キラキラ共和国

OGAWA Ito

La République du bonheur

Roman traduit du japonais
par Myriam Dartois-Ako

Illustrations : Shunshun
Calligraphies : Kayatani Keiko et Mitsui Tadahiro

Éditions Picquier

DE LA MÊME AUTRICE
AUX ÉDITIONS PICQUIER

Le Restaurant de l'amour retrouvé

Le Ruban

Le Jardin arc-en-ciel

La Papeterie Tsubaki

Le Goûter du lion

Tous nos remerciements à Mitsui Tadahiro qui a aimablement réalisé les calligraphies de l'édition française (pages 1, 13, 160, 172, 235, 236, 256, 284).

Titre original : *Kira Kira Kyowakoku*

Mas de Vert
B.P. 20150
13631 Arles cedex

www.editions-picquier.com

Lettres en japonais : Kayatani Keiko

Conception graphique : Picquier & Protière

Mise en page : IGS-CP

ISBN : 978-2-8097-1635-1

ISSN : 1251-6007

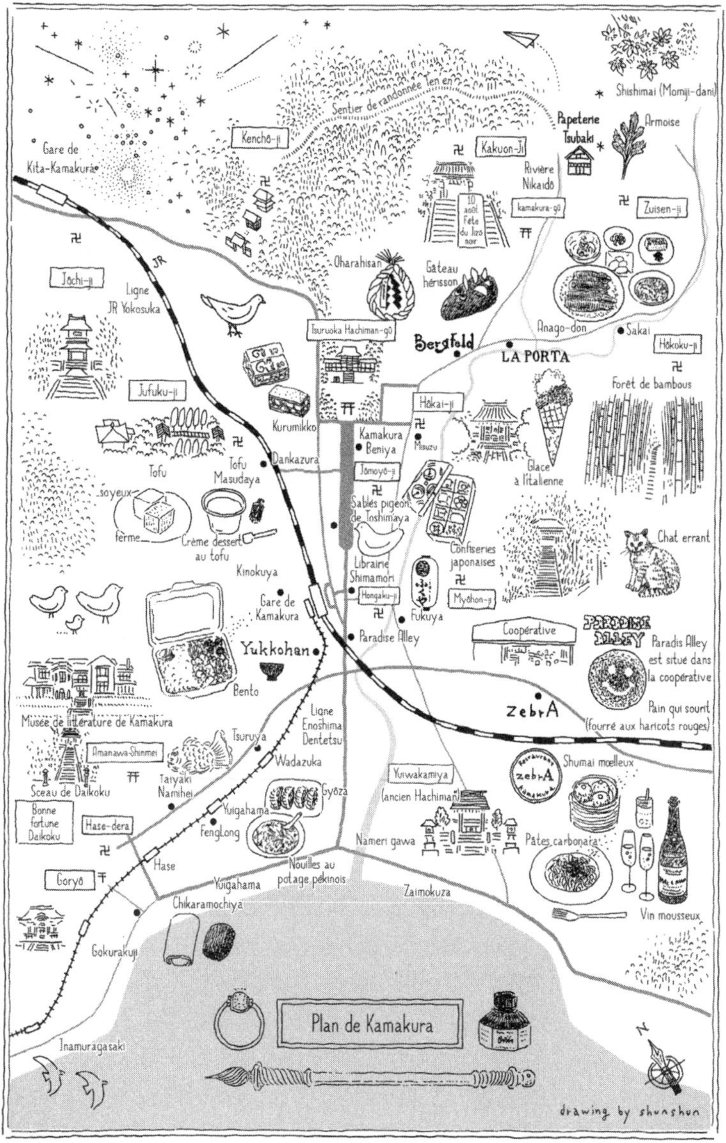
Plan de Kamakura
Gare de Kita-Kamakura
Sentier de randonnée Ten en
Kenchō-ji
Shishimai (Momiji-dani)
Papeterie Tsubaki
Armoise
Kakuon-Ji
Rivière Nikaidō
10 août Fête du Jizo noir
kamakura-gū
Zuisen-ji
JR
Jōchi-ji
Ligne JR Yokosuka
Oharahisan
Gâteau hérisson
Tsuruoka Hachiman-gū
Bergfeld
Anago-don
Sakai
LA PORTA
Hōkoku-ji
Forêt de bambous
Jufuku-ji
Kurumikko
Hōkai-ji
Kamakura Beniya
Misuzu
Dankazura
Tofu Masudaya
Tofu
Jōmyō-ji
Glace à l'italienne
soyeux
ferme
Crème dessert au tofu
Sablés pigeon de Toshimaya
Confiseries japonaises
Chat errant
Kinokuya
Librairie Shimamori
Gare de Kamakura
Hongaku-ji
Myōhon-ji
Fukuya
Paradise Alley
Coopérative
Paradis Alley est situé dans la coopérative
Yukkohan
Bento
zebrA
Pain qui sourit (fourré aux haricots rouges)
Musée de littérature de Kamakura
Ligne Enoshima Dentetsu
Tsuruya
Amanawa-Shinmei
Wadazuka
Yuiwakamiya (ancien Hachiman)
Shumai moelleux
Restaurant zebrA Kamakura
Taiyaki Namihei
Sceau de Daikoku
Gyōza
Bonne fortune Daikoku
Hase-dera
Yuigahama
FengLong
Nameri gawa
Pâtes carbonara
Hase
Nouilles au potage pékinois
Goryō
Yuigahama
Zaimokuza
Chikaramochiya
Vin mousseux
Gokurakuji
Inamuragasaki
N
drawing by shunshun

BOULETTES À L'ARMOISE

Parfois, la vie change en un clin d'œil.

Mitsurô m'a portée sur son dos et moins d'un an après, nous nous sommes mariés. Au début, il n'avait été pour moi qu'une relation indirecte, le « père de QP », avant de devenir un nom propre, « Monsieur Morikage », puis, un beau jour, tout simplement « Mitsurô ».

Chaque fois que je prononce son prénom pour moi, une goutte de miel sucré coule sur mon cœur et je m'émerveille – Mitsurô, « l'enfant du miel » : cela lui va comme un gant. Sans doute qu'à sa naissance, ses parents lui ont souhaité une existence lumineuse comme le miel, un doux vœu qu'ils ont confié à son prénom.

Mais, encore un peu gênée de l'appeler ainsi à voix haute, je me rabats sur Morikage. Mitsurô, quant à lui, m'appelle Poppo ou Poppo-chan,

Hatoko ou Hato-chan, voire Hato-pon ou Hato-pî quand il a bu.

Peut-être bien que lui non plus ne sait pas trop sur quel pied danser. La distance entre nous grandit et diminue au gré de chacune de ces façons de m'appeler.

Le sanctuaire Hachiman dans notre dos, nous cheminons sur l'allée Dankazura en direction de la mer. Regarder Mitsurô droit dans les yeux m'embarrasse un peu et je détourne souvent le regard, mais s'il s'agit d'observer son profil, je ne crains rien. Je peux l'admirer à son insu.

A partir d'aujourd'hui, cet homme est mon mari. Mon Mitsurô est plus beau que jamais. Son nez est aussi merveilleux que les toboggans du parc.

Si, ce jour-là, QP n'avait pas dit pour rire que nous faisions une « sortie en amoureux », il n'y aurait sûrement rien eu entre lui et moi. Un an plus tôt, que dis-je, trois mois plus tôt, je ne me serais pas imaginée devenir la femme de quelqu'un. QP a été le trait d'union entre nous deux.

Pleine de gratitude, j'ai serré fort sa main, mais sans lui faire mal.

Tout de même, quelle cohue de touristes en marche vers le sanctuaire ! Ils sont tellement nombreux qu'on peine à avancer en famille, à trois de front. Je dois faire attention à ne pas perdre de vue QP et Mitsurô.

Aussi bien maintenant dans cette allée, qu'en général sur le long chemin qu'est la vie.

— Tu ne trouves pas qu'elle a perdu de sa superbe, quand même ? ai-je demandé à Mitsurô en me faufilant à travers la foule.

— Quoi donc ?

— Eh bien, la Dankazura.

Cette allée, c'est le shogun Minamoto no Yoritomo qui l'a fait construire pour que les dieux veillent sur la grossesse de son épouse Masako. Comme il devait l'aimer, pour leur faire l'offrande d'une si longue route juste dans l'espoir qu'elle accouche sans encombre !

Pendant les travaux de rénovation, les cerisiers ont été replantés, laissant place à de jeunes arbres tout frêles le long du chemin d'accès au sanctuaire. Et comme, en plus, le sol a été bétonné, on a l'impression de fouler un chemin quelconque.

— Je reconnais que c'est peut-être mieux pour éviter les flaques d'eau après la pluie, ai-je dit.

Mitsurô, déjà passé à autre chose, avançait à pas vifs, le regard au loin comme s'il contemplait un coucher de soleil.

Heureusement que ces travaux ont eu lieu après le décès de l'Aînée. Le spectacle l'aurait hérissée et, à coup sûr, elle se serait fendue d'une longue lettre de protestation au maire. L'allée Dankazura était un lieu à part dans son cœur.

Tout d'abord, quand j'étais enfant, descendre l'allée vers la mer aurait été impensable. Pour l'Aînée, il était hors de question de montrer son derrière au sanctuaire Hachiman. J'avais donc déjà parcouru la Dankazura dos à la mer, en direction du sanctuaire, mais jamais dans le sens inverse.

Sachant que c'est la première fois que je marche au bras de mon mari, les dieux me pardonneront sans doute. Et puis, cette histoire de ne pas tourner le dos au sanctuaire a été décrétée par l'Aînée ; comme elle n'est plus là, cette interdiction n'a plus lieu d'être.

Depuis ma rencontre avec Mitsurô et QP, j'arrive enfin à penser ainsi. Dire que l'Aînée m'avait jeté un sort serait exagéré, mais elle avait tissé une toile dans laquelle j'étais prise. Ils ont réussi à m'en extraire.

— On peut faire un crochet par la coopérative ? m'a demandé Mitsurô en se retournant.

— Bien sûr.

— Alors, on va aussi à la boulangerie ! s'est exclamée QP d'une voix soudain pleine d'entrain – jusque-là, elle était plutôt apathique.

Elle avait fait le jour même sa première rentrée des classes. Toutes ces nouveautés l'avaient fatiguée. Moi aussi, je faisais mes premiers pas en tant que maman.

— Qui veut un pain-qui-sourit ? ai-je demandé.

Nous avons tous les trois levé la main en criant « oui ! » à l'unisson. C'est comme ça que nous appelons les petits pains fourrés à la purée de haricots *azuki* de chez Paradise Alley.

— Mais comme on va chez zebrA, les pains-qui-sourient seront pour le goûter de demain, ai-je précisé.

QP a fait la moue, poussant en avant sa lèvre inférieure d'un air boudeur, ce qui lui faisait la tête d'Oba Q le petit fantôme. Elle a drôlement grandi en un an, depuis que je la connais.

La coopérative, il faut y aller le matin et très tôt, même ; en fin d'après-midi, il ne reste quasiment plus de légumes. Je m'inquiétais – Mitsurô allait-il trouver ce qu'il cherchait ? – quand il est revenu, une tête d'ail à la main. Il commençait à connaître du monde, c'était encourageant de le voir saluer les uns et les autres. Nous avons aussi réussi à acheter trois pains-qui-sourient.

— Ils sont tout chauds !

QP, le sourire aux lèvres, serrait contre elle le sachet en papier.

Je pensais que zebrA était proche de la coopérative, mais à pied, ça fait une trotte. Le trottoir est étroit, alors nous avançons en file indienne, avec QP au milieu, comme une famille de canards.

Mitsurô avait entendu parler de zebrA par une maman du jardin d'enfants de QP – avec sa douceur et sa joie de vivre, il s'était bien intégré au cercle des mamans. Même moi qui vivais depuis longtemps à Kamakura, j'ignorais l'existence de ce restaurant dans les environs du temple Ankokuron-ji.

— Bonsoir ! a lancé la patronne quand j'ai timidement poussé la porte.

Elle était souriante, très avenante. J'ai annoncé, un peu tendue :

— Nous avons réservé au nom de Morikage.

A partir d'aujourd'hui, je ne suis plus Amemiya Hatoko, mais Morikage Hatoko. C'est comme si QP et Mitsurô m'avaient acceptée dans leur équipe, ce qui me procure à la fois de la joie et de l'embarras. Je ne suis pas encore habituée à mon nouveau patronyme, mais comme la pluie du premier kanji de mon nom de jeune fille (*ame*) s'est juste transformée en forêt (*mori*), les pigeons de mon prénom (*hato*) doivent être contents ; je le prends comme ça.

雨
ame

森
mori

鳩
hato

J'avais réservé pour le tout début de soirée et nous étions les seuls clients. QP et moi nous sommes installées côte à côte ; Mitsurô s'est assis face à nous. En cuisine se tenait un homme, a priori le mari de la patronne, qui avait tout l'air d'être un véritable cordon-bleu.

— On dirait qu'il y a deux sortes de bières : de la Premium Malt's et une bière artisanale locale, ai-je dit en examinant le menu.

Mitsurô a réfléchi un instant avant de proposer d'une voix assurée :

— Aujourd'hui, c'est fête, prenons du mousseux.

J'ignore encore tout de sa situation financière – a-t-il des économies, combien gagne-t-il par mois ? Vu les circonstances, je pense bien qu'il ne peut pas faire de folies. Peut-être est-ce écrit sur mon visage, car il ajoute :

— On peut bien se le permettre, c'est un jour spécial.

Il me regarde, ses yeux pareils à une pierre polie. A l'approche de la quarantaine, quelques cheveux blancs commencent à parsemer sa chevelure.

— C'est vrai.

En effet, c'est un jour à part. QP est entrée à l'école primaire et nous, nous nous sommes mariés. Désormais, nous sommes une famille. Aujourd'hui est née la nouvelle famille Morikage. Comment ne pas fêter comme il convient cette date à marquer d'une pierre blanche ?

Nous avons trinqué, au mousseux pour les adultes et au squash aux fruits de saison pour QP.

— QP, félicitations pour ton entrée à l'école ! avons-nous articulé en chœur, Mitsurô et moi.

Elle s'est alors écriée, dix fois plus fort que nous :

— Papa, Poppo, félicitations pour votre mariage !

Je n'avais pas imaginé qu'elle dirait cela ; interloquée, j'ai regardé autour de nous. La salle était encore vide, mais le chef en cuisine et la patronne près du comptoir, tout sourire, nous applaudissaient discrètement, comme s'ils étaient au courant.

Nos flûtes à la main, Mitsurô et moi les avons remerciés, tout gênés. Puis je me suis tournée vers mon mari et ma fille :

— Merci à vous de m'accueillir. J'ai encore beaucoup à apprendre, soyez bienveillants, s'il vous plaît.

Ce soir, nous étions censés fêter l'entrée de QP à l'école et je ne pensais pas que la soirée tournerait ainsi. Mais voir le chef et la patronne nous applaudir m'avait enchantée et la joie d'avoir épousé Mitsurô m'a empli le cœur, comme des bulles de mousseux, avant de se transformer en larmes.

Voyant mes pleurs, Mitsurô m'a tendu un mouchoir en disant :

— Les bulles vont disparaître si tu ne te dépêches pas.

C'est toujours pareil. Dans les moments délicats, je n'ai jamais de mouchoir sur moi. Celui-ci embaumait cette fois-ci non pas le curry, mais son odeur à lui.

La voix de QP s'est élevée :

— Santé !

Elle avait gardé son verre très lourd à la main et elle n'en pouvait plus d'attendre. Le squash, avec sa multitude de fruits de saison, ressemblait à un écrin débordant de joyaux. J'ai bu à mon tour une gorgée de vin mousseux, que j'ai doucement laissé couler au fond de ma gorge.

Mitsurô a déclaré, en ouvrant le menu :

— Il paraît que tout est bon ici. Il y a des plats chinois, mais aussi de la cuisine italienne ; on n'a qu'à commander ce qui nous fait envie.

Alors qu'il ne tient pas très bien l'alcool, il avait déjà vidé plus de la moitié de son verre.

J'ai examiné le menu : en effet, tout avait l'air bon. La patronne est venue prendre notre commande. Mitsurô a fait son choix en premier :

— Une salade zebrA, des *shumai* moelleux et des sardines à l'huile maison.

— Des pâtes carbonara, a ajouté QP.

Quant à moi, je me suis enfin décidée après moult hésitations – tout était tentant.

— Un sauté de crevettes et de bulbes de sagittaire au sel et à la laitue, avec du riz au crabe et aux légumes. Pour les bouchées chinoises *shumai*, mettez-nous-en trois, s'il vous plaît.

J'étais toute joyeuse, comme si mes larmes, un instant auparavant, n'avaient jamais existé.

Depuis que je connais les Morikage père et fille, j'ai découvert le plaisir de manger. Bien entendu, j'ai toujours aimé manger de bonnes choses. Mais un plat n'a pas le même goût selon qu'on le mange tout seul, en silence, ou avec des êtres chers, en bavardant gaiement. Bien manger à table avec ceux qu'on aime : rien ne surpasse un tel moment de bonheur et de luxe.

— Demain, il faut qu'on envoie les faire-part de mariage, ai-je dit après avoir fini mon premier verre.

— Je t'aiderai, a proposé QP.

— Tiens, tu as dit « je » ?

J'ai regardé Mitsurô, surprise.

— Hier, tu disais pourtant encore « QP » pour parler de toi.

Mitsurô non plus n'a pas caché son étonnement :

— Peut-être que quand on entre à l'école, on se met à dire « je ».

Cela avait-il été mon cas ? J'étais incapable de m'en souvenir. M'étais-je, à une époque, désignée par mon prénom, Hatoko, ou mon surnom, Poppo ? L'Aînée aurait peut-être pu me renseigner sur la question, mais elle n'était plus là pour le faire.

Cela m'a rappelé que j'avais quelque chose à lui confier dans mon cœur : *Je me suis mariée, tu sais. Et en prime, je suis même devenue mère.*

Aussitôt, j'ai cru entendre, comme tombée du ciel, sa réponse un peu sèche : *Ah bon.*

Si elle était encore en vie, que penserait-elle de Mitsurô ? Je crois qu'il aurait réussi à lui plaire – même si elle était difficile –, il l'aurait sûrement conquise sans trop d'efforts.

Les plats étaient merveilleux, comme promis. Tous délicieux, sans rien à redire. Ce n'était ni de la cuisine familiale ni la cuisine sophistiquée d'un chef qui cherche à se faire remarquer, mais des saveurs intemporelles qui plaisent à tout le monde, du petit enfant comme QP aux grands-parents. QP a englouti presque toute seule son assiette de pâtes à la carbonara.

— J'ai plus faim !

— Je crois qu'on a un peu trop commandé, aujourd'hui.

— On n'aura qu'à emporter ce qu'on n'a pas fini.

Dans la marmite en terre joufflue, il restait du riz au crabe.

Si Mitsurô avait été seul, je ne l'aurais peut-être pas épousé. C'est pour QP que j'ai sauté le pas, j'en ai conscience.

J'avais envie de faire partie de sa famille. Et elle, elle avait tellement envie qu'on se marie !

— On va y aller petit à petit, hein ?

J'étais peut-être un peu pompette. Mais j'avais les idées claires.

— Petit à petit ?

J'essayais de faire passer un message important, ce que QP, du haut de ses six ans, comprenait sans doute. Elle me scrutait, les yeux rivés sur moi.

— Oui, on va devenir mère et fille petit à petit. Si on essaie trop fort trop vite, on risque de s'épuiser, alors on va avancer doucement, l'une comme l'autre.

J'y avais beaucoup réfléchi depuis que notre mariage était décidé.

L'Aînée avait certainement essayé trop fort. Soucieuse de réduire la distance entre nous, elle s'était escrimée à devenir « l'Aînée ». Mais pour moi, cela avait été une souffrance. Du coup, j'ai décidé de ne pas trop en faire. Je n'ai aucune velléité de devenir à tout prix la mère de QP. Ce qui serait bien, c'est qu'on se rapproche petit à petit, sans effort, et qu'un beau jour, on soit devenues mère et fille.

Je ne voulais pas gaspiller les plats concoctés pour nous par le chef, alors je me suis évertuée à trouver une petite place dans mon estomac pour les sardines à l'huile. Avec un soupçon d'amertume, elles avaient le goût de la mer au printemps.

— Cet été, on ira à la plage tous ensemble, d'accord ?

On invitera aussi notre voisine, Madame Barbara. Je ne lui ai pas encore annoncé notre mariage.

Bien entendu, je sais que la vie à deux n'a rien de facile. Des tas de difficultés à surmonter nous attendent sans doute. Un jour, je regretterai peut-être de m'être mariée. Je ne peux pas jurer non plus qu'il ne m'arrivera pas de déprimer parce que QP dit en criant qu'elle me déteste, ou de pleurer toute la nuit après une dispute avec Mitsurô.

Mais aujourd'hui me donnera la force de triompher de ces écueils. Comme le squash débordant de fruits, c'est un jour spécial, une sorte de récompense.

— Il commence à y avoir du monde et QP ne va pas tarder à avoir sommeil ; si on y allait ? a proposé Mitsurô en revenant des toilettes.

Il s'est mis à rassembler ses affaires. Il restait encore quelques bribes de nourriture dans les plats, mais nous avions réussi à presque tout manger.

— Merci pour ce bon repas, ai-je murmuré, les mains jointes devant ma poitrine et les yeux clos.

QP m'a imitée gravement. Comme elle a changé en un an ! De même que les plantes poussent, elle grandit en s'épanouissant vers le ciel.

— Mitsurô ! ai-je lancé pour m'amuser, une fois sortis du restaurant.

C'était la première fois que je l'appelais par son prénom. Enhardie par l'alcool, j'ai passé mon bras dans le sien.

C'était une belle soirée. La brise soufflait de la mer avec une grande douceur, comme pour panser une plaie. Je n'ai pas tellement l'occasion de venir du côté du littoral, mais c'est un endroit plaisant.

Descendus du bus devant le Kamakura-gû, nous sommes allés annoncer notre mariage au prince Morinaga, à qui le sanctuaire est dédié. En général, je me borne à m'incliner devant le torii à l'entrée, mais ce soir-là, nous avons gravi les escaliers et, alignés devant le bâtiment principal, nous avons lancé chacun une pièce dans la boîte à offrandes, avec un bel ensemble. Puis nous avons secoué la clochette avant de nous incliner deux fois et de frapper deux fois dans nos mains que nous avons gardées jointes pour prier. Après une dernière courbette, nous avons lentement descendu les escaliers.

— Bonne nuit ! ai-je lancé, de retour sous le torii, et j'ai quitté Mitsurô et QP.

Je suis partie à gauche, tandis qu'eux poursuivaient leur chemin vers la droite.

Peut-être aurions-nous pu passer la nuit ensemble, pour marquer le coup ; j'y avais bien songé, mais je dois ouvrir la papeterie Tsubaki demain matin et Mitsurô a son café. Nous envisageons de nous installer ensemble mais dans l'immédiat, chacun vivra chez soi, avons-nous décidé. Nous sommes ensemble-mais-voisins. Dans un premier temps, nous ferons autant que possible les allées et venues entre les deux maisons.

Arrivée au coin de la rue, j'ai lancé encore une fois « Bonne nuit ! » en me retournant pour leur faire signe de la main.

Je m'en doutais : ils attendaient tous les deux. Sous la faible et incertaine lumière d'un réverbère, Mitsurô m'a rendu mon au revoir de toutes ses forces.

Le lendemain, un samedi, j'ai consacré mon après-midi à la confection des faire-part de mariage.

J'avais plus ou moins réfléchi au texte dans la matinée, pendant que la boutique était ouverte, mais le mettre en forme était loin d'être facile.

Je savais pourquoi. C'était parce que j'avais eu l'idée farfelue de l'imprimer moi-même avec une presse manuelle.

Vers la fin de l'année dernière, un ami imprimeur qui allait fermer boutique faute de successeur m'a donné une toute petite partie de ses caractères typographiques. Ces caractères, j'ai envie de les essayer.

Mais c'est plus facile à dire qu'à faire.

Jamais je n'aurais imaginé que composer un texte avec des caractères mobiles serait si difficile.

Autrefois, les gens répétaient ce processus fastidieux pour fabriquer des livres. Rien que d'y penser, j'ai envie de me prosterner aux pieds de tous ceux qui ont joué un rôle dans l'histoire de l'imprimerie. Je suis sûre qu'à leur place, j'aurais abandonné avant même de finir une page, que dis-je, une ligne ! C'est un travail qui demande beaucoup de persévérance.

Voilà comment cela se passe : d'abord, on rassemble les caractères nécessaires ; on compose le texte en les alignant dans le bon ordre, on les couvre d'encre et puis on les presse contre le papier. Mais ils sont minuscules et à force de les regarder, on a les yeux qui papillotent. Et comme, en prime, ils sont à l'envers, ce n'est pas évident à déchiffrer.

Au début, je pensais bien faire les choses en utilisant aussi des kanji, mais c'était mission impossible ; à ce rythme-là, j'y serais encore l'année prochaine.

En fin de compte, j'ai opté pour une composition uniquement en hiragana. Et j'ai supprimé jusqu'à la moindre syllabe superflue, ce qui a donné un texte assez plat.

Ça manque d'humour, me disais-je, quand j'ai entendu la porte d'entrée coulisser. QP a déboulé dans la pièce en disant :

— Poppo, on goûte ?

Il était déjà si tard ? Je n'avais pas vu le temps passer. Je me suis empressée de mettre mon travail de côté pour l'accueillir.

— Des sablés-pigeons, ça te va pour le goûter ? ai-je demandé et elle a affiché un grand sourire.

Une dame du quartier, bonne cliente de la papeterie, m'avait offert la plus grosse boîte de sablés en forme de pigeon – quarante-huit biscuits – pour me remercier d'avoir aidé sa fille qui cherchait un petit boulot à rédiger son CV. J'étais bien embêtée car je n'arriverais jamais à tout manger seule, mais QP m'était une aide précieuse. Nous avions prévu, une fois la boîte en fer-blanc vide, qu'elle y rangerait ses crayons.

— Tiens.

J'ai posé devant elle une tasse remplie à ras bord de lait froid. Depuis qu'elle vient toute seule comme une grande, j'ai toujours du lait dans mon réfrigérateur. Son plaisir du moment, c'est de manger ses sablés trempés dans le lait bien froid.

— Tu m'en donnes une bouchée ?

Un sablé entier m'aurait fait trop, mais j'avais envie de sucré. QP m'a fait ouvrir la bouche et j'ai attendu, le bec grand ouvert comme un oisillon ; elle a cassé un morceau de la queue, qu'elle a déposé sur ma langue.

Les sablés-pigeons sont vraiment délicieux. Leur saveur douce a le goût du fait maison. Mais quand j'ai appris qu'à leur commercialisation sous l'ère Meiji, à la fin du XIXe siècle, on les appelait *hato saburô*, ça m'a bien fait rire. Saburô ? On aurait dit le prénom d'un chanteur de ballades traditionnelles.

— Tu me donnes une feuille pour dessiner ?

QP, qui avait englouti son sablé en un clin d'œil, tendait les mains vers moi, le tour de la bouche constellé de miettes. J'ai un stock de feuilles de brouillon. J'en ai sorti une du placard et QP s'est lancée dans un pliage. Elle a fait un avion en papier.

Mais il ne volait pas très bien. La regarder s'escrimer m'a donné envie de m'y mettre à mon tour. Il y a sans doute plusieurs façons de faire un avion en papier. Quand j'étais enfant, je procédais ainsi : je pliais en deux dans le sens de la longueur une feuille posée verticalement, puis je la dépliais et je repliais les coins du bas vers l'intérieur, en triangle.

Les gestes me sont revenus progressivement. A force de plier et de déplier, de faire et de défaire, j'ai fini par réussir mon avion.

— J'y suis arrivée, regarde !

Il avait le nez effilé comme un avion de ligne japonais.

— Il est beau ! m'a complimentée QP.

D'un geste vif, j'ai lancé l'avion tout droit ; il a plané en direction de l'autel bouddhique. Il volait plutôt bien.

Ensuite, c'est QP qui l'a fait voler. Je la regardais faire quand une idée m'est venue.

C'était d'imprimer nos faire-part de mariage sur des avions en papier et de les envoyer sous cette forme. Cette idée insolite m'a emplie d'excitation.

Ça ne vous ferait pas plaisir de découvrir, un jour, un avion en papier dans votre boîte aux lettres ? Les gens seraient surpris. Et si cela illuminait un peu leur journée, ce serait un petit mais chaleureux cadeau de notre part.

A vrai dire, tout à l'heure, quand je me battais toute seule avec les caractères typographiques, j'avais eu comme un regret : j'aurais mieux fait d'envoyer les faire-part par courriel. Je me serais épargné tout ce travail et ils auraient été délivrés en un rien de temps. Efficace et économique. J'avais trouvé ça idiot de m'acharner en vain. Mais maintenant, c'était ce moi d'avant que je trouvais stupide.

Dans une vie, on n'annonce pas si souvent que ça son mariage ! C'était le moment ou jamais de mettre en avant mes qualités d'écrivain public.

Ce printemps, nous sommes devenus une famille
Nous avons pris la mer à trois sur une petite barque
Nous espérons que vos vœux nous accompagneront

Comme je n'avais rien pour maintenir les caractères mobiles, je les ai rassemblés par petits groupes que j'ai immobilisés avec des morceaux de *masking tape*. Après les avoir disposés de façon

このはる　わたしたちは　かぞくに　なりました
ちいさな　ふねにのり　3にんで　うみへ　こぎだします
どうか　あたたかいめで　みまもって　ください

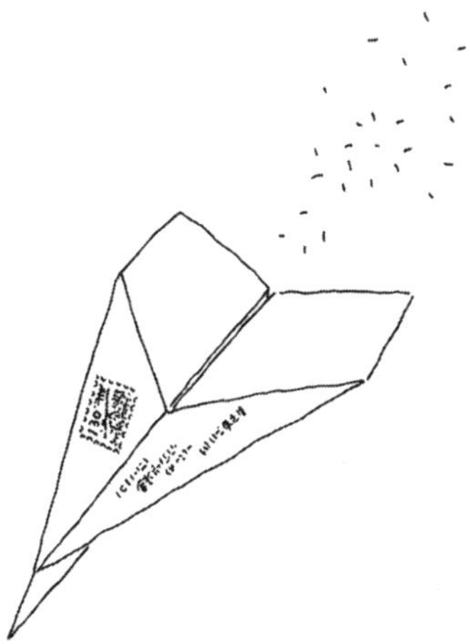

à ce que le texte apparaisse joliment quand on dépliait l'avion en papier, je les ai pressés sur la feuille. Pour l'impression, j'avais choisi une encre indélébile spéciale, longue à sécher.

Au début, je pensais écrire « nous nous sommes mariés » plutôt que « nous sommes devenus une famille ». Mais cela n'aurait concerné que Mitsurô et moi, pas QP. Or, notre voyage débutait à trois, en famille. J'ai donc opté pour la formule « nous sommes devenus une famille ».

Une fois l'encre bien sèche, j'ai plié la feuille comme pour un avion en papier normal. Mais ses ailes s'ouvraient, ça ne ressemblait à rien ; je les ai fixées avec une agrafeuse à deux endroits.

Pour être précise, comme il existe désormais des agrafeuses sans agrafes, c'est ce que j'ai utilisé. Avec une agrafe métallique, on peut se piquer le doigt ou le destinataire risque de se blesser ; dans la mesure du possible, j'évite de m'en servir.

Chacun de nous écrirait son nom, ai-je décidé. Et il faudrait ajouter notre adresse, au cas où l'avion se perdrait.

Pour le papier, je prendrais des feuilles A5 jaune vif un peu rigides. C'était un jaune soleil éblouissant. Le jaune, c'est une couleur porteuse d'espoir.

Je ne me souvenais pas d'avoir acheté ce papier, c'était sans doute une trouvaille de l'Aînée. Les feuilles, assez épaisses, supporteraient certainement un long voyage. Vu leur poids, elles passeraient dans la catégorie la moins chère des lettres hors format ; je pourrais les poster telles quelles, affranchies à cent vingt yens.

J'ai inspecté ma boîte à timbres. J'en avais à cent trente yens, de la série d'estampes des *Cinquante-trois stations du Tôkaidô* par Utagawa Hiroshige, vendue tous les ans à l'occasion de la semaine internationale de la lettre écrite. Les couleurs de la mer et de la montagne étaient vraiment magnifiques. C'était le timbre rêvé pour annoncer notre nouveau départ. Il coûtait dix yens de plus que prévu ; ce serait mon cadeau aux services postaux, auxquels j'avais recours tout au long de l'année.

Concentrée sur mon travail, je n'ai pas vu l'après-midi passer. Le lendemain était un dimanche. Puisque c'était le jour de fermeture de la papeterie Tsubaki, il était plus ou moins convenu que je passais la nuit du samedi chez Mitsurô.

Je lui montrerais d'abord un premier exemplaire et pour pouvoir continuer chez lui si nous tombions d'accord, j'ai entassé dans une boîte le nécessaire : les caractères typographiques tout juste assemblés, mais aussi le tampon encreur, les timbres, le papier, l'agrafeuse et, au cas où, le stylo-plume avec lequel j'écrirais mon nom.

Je me suis fait la réflexion que le calme régnait ; QP était dehors, en train de jouer avec l'avion en papier.

— Et si on allait voir papa ? ai-je lancé dans son dos.

Elle s'est précipitée vers moi les deux bras étendus, comme si elle était elle-même devenue un avion. Le froid qui nous faisait encore frissonner quelques jours plus tôt n'était plus qu'un mauvais souvenir. Le cerisier pleureur du jardin de Madame Barbara ne tarderait sans doute pas à fleurir.

Nous avons pris le chemin de la maison de Mitsurô en jouant à *gu-ri-ko*, une variante de pierre-papier-ciseaux où, à chaque fois, le vainqueur avance de trois ou six pas.

QP, qui gagnait presque à tous les coups, s'éloignait petit à petit de moi. Nous avons quand même continué à jouer, en criant « pierre ! » ou « ciseaux ! »

Moi, je n'avais pas eu le droit de jouer ainsi. C'est peut-être pour cela que je m'offre une nouvelle enfance avec QP.

Alors que le trajet prend une dizaine de minutes en marchant normalement, nous avons mis près d'une demi-heure, à force de jouer. Le vieux bâtiment où logent Mitsurô et QP est à mi-chemin d'une côte. Le rez-de-chaussée est occupé par le café de Mitsurô.

Le café a du mal à trouver sa clientèle. Mitsurô arrive à s'en sortir parce que son propriétaire âgé demande un loyer ridiculement bas, mais à Komachi, par exemple, il aurait sans doute fait faillite depuis belle lurette. Mais là où il m'impressionne vraiment, c'est qu'il ne se laisse pas abattre. Il fait preuve d'un optimisme qu'on pourrait qualifier de forcené. Du genre à survivre au fin fond de la jungle avec juste ce qu'il trouve sous la main.

Comme le café était encore ouvert, je me suis contentée de saluer du regard Mitsurô, debout derrière le comptoir. La clientèle se composait de deux jeunes femmes et d'un homme seul.

J'ai gravi l'escalier extérieur et, à l'étage, j'ai ouvert la porte avec la clé que Mitsurô m'a donnée. Le studio est équipé d'une kitchenette, d'une petite salle de bains et de toilettes minuscules. QP voulait des lits superposés, alors ils dorment l'un au-dessus de l'autre.

Aujourd'hui encore, les panneaux de l'autel bouddhique sont fermés. C'est un petit autel installé sur la commode de la chambre. Reste-t-il ainsi en permanence ou Mitsurô le ferme-t-il par égard pour moi, quand je viens ? Je n'en sais rien. Ce serait bizarre de joindre les mains devant un autel fermé, alors je me suis contentée d'une brève prière intérieure pour m'excuser du dérangement.

QP voulait que je lui lise une histoire ; j'ai choisi un livre dans la bibliothèque et nous avons commencé à le lire. C'était une histoire pleine de chats. L'intrigue était un peu compliquée et je me demandais si elle ne s'ennuyait pas, mais elle regardait attentivement les images.

En cours de route, elle s'est appuyée contre moi. De son corps doux et tiède émanait une odeur un peu sucrée ; on aurait dit une confiserie à la farine de riz toute fraîche.

Le soir, nous avons dîné tardivement tous les trois dans le café après la fermeture. Le printemps, c'est la saison des alevins de poisson : sur un bol de riz blanc, on entasse une petite montagne d'alevins blanchis, presque à les faire déborder. La soupe de miso était à l'œuf battu. Mitsurô nous a aussi servi des boulettes de hachis de poulet qui lui restaient du déjeuner, mais les petits poissons m'avaient suffi, je n'en ai presque pas mangé.

Il y a un an, QP aurait avalé son bol de riz aux alevins couvert de mayonnaise. J'en avais parlé à Mitsurô, car j'étais inquiète – ce n'était sans doute pas très bon pour sa santé – et pour commencer, nous étions passés de la mayonnaise en tube à la mayonnaise maison.

Faire soi-même la mayonnaise, ça paraît difficile à première vue, mais en réalité, c'est très simple : il suffit de battre un jaune d'œuf avec de l'huile et du vinaigre, en ajoutant une pincée de sel pour l'assaisonnement, et c'est tout. Je versais ensuite exprès cette préparation dans un tube de mayonnaise du commerce pour QP. Je me disais que ça la rassurerait. En pensant à sa santé, j'utilisais toujours de l'huile d'olive.

Depuis que nous sommes ensemble, Mitsurô et moi, mon quotidien a insensiblement évolué. Le plus grand changement porte sur la nourriture : alors qu'avant je mangeais presque toujours au restaurant, je me suis mise à cuisiner. Désormais, quand je prends un repas seule, au lieu d'attraper mon portefeuille et de sauter sur ma bicyclette, je commence par ouvrir le réfrigérateur. Je prépare en un tournemain des pâtes, par exemple, que je mange avec de la sauce. Cela aurait été impensable avant ma rencontre avec Mitsurô et QP.

C'est plus économique aussi. Mais c'est surtout la santé de QP qui me préoccupe. Je tiens à ce qu'elle mange sain et équilibré.

Mes talents de cuisinière laissent encore à désirer, mais comparé à avant, j'ai fait d'énormes progrès. Voir QP dévorer son repas à belles dents me ravit. En exagérant, cela suffirait presque à me remplir l'estomac.

Pendant que je débarrassais, j'ai parlé à Mitsurô de nos faire-part de mariage. Comme nous n'avions pas prévu de cérémonie, nous voulions soigner l'annonce de notre union ; c'est lui qui en avait exprimé le souhait en premier.

L'idée de l'avion en papier, je l'ai gardée pour la fin. Parce que je craignais un tout petit peu qu'il ne soit pas d'accord. Par moments, il est bizarrement conservateur. Alors qu'il est accommodant sur quatre-vingt-dix-neuf pour cent des choses, sur le un pour cent restant, il ne cède pas, quoi qu'il arrive. Alors, je me disais qu'il pourrait bien décréter qu'un faire-part, ça doit être rectangulaire, un point c'est tout. Mais je m'étais fait du souci pour rien.

— C'est toi la pro, c'est toi qui décides, a-t-il déclaré d'une voix égale tout en préparant adroitement des boulettes avec le reste de riz et d'alevins.

Préparer avec les restes du dîner des *onigiri* à manger grillés au petit-déjeuner, c'est la tradition chez les Morikage.

Le lendemain matin, après avoir avalé les *onigiri* et une soupe de miso, nous nous sommes mis au travail sans tarder.

— Chacun va écrire son nom, d'abord Mitsurô, ensuite moi, puis QP, d'accord ?

Nous avons signé les faire-part à la chaîne. Je l'avais déjà remarqué au moment de la signature de l'acte de mariage, Mitsurô a une écriture assez laide, qui ne lui ressemble pas.

— Papa, tu écris mal !

Je n'avais rien dit, c'était QP qui faisait la grimace.

— Pardon ! s'est excusé Mitsurô.

Il avait beau enchaîner les faire-part, son nom était toujours aussi mal écrit. Mais l'écriture n'est pas le reflet parfait d'une personne : ma rencontre avec Karen m'en avait fait prendre conscience.

Ce jour-là, Karen m'avait confié qu'elle était dysgraphique, mais ce n'était pas grave. L'écriture n'est pas qu'une question superficielle de beauté ou de laideur, ce qui compte, c'est le cœur qu'on y met. De la même façon que le sang coule dans les veines, si l'écriture exprime sincèrement nos intentions, le destinataire le sent. J'en suis convaincue.

— Quand on écrit chaque caractère de tout son cœur, c'est parfait, ai-je murmuré en traçant lentement le *ko* de Hatoko.

QP, qui avait repris son père, écrivait avec force son prénom, Haruna, avec son crayon préféré spécial calligraphie. Elle n'avait écrit en miroir sur aucun faire-part.

C'était le fruit de notre entraînement avant son entrée à l'école primaire, en accord avec Mitsurô. Il lui arrivait encore de temps à autre de tracer un caractère à l'envers, mais beaucoup moins souvent qu'avant. Son nom, elle l'écrivait désormais à la perfection.

Fallait-il ou non rectifier son écriture ? Mitsurô et moi avions sérieusement discuté de la question. Dans son enfance, on l'avait forcé à devenir droitier. Du coup, aujourd'hui encore, il hésite parfois entre ses deux mains. Il aurait donc préféré attendre que QP cesse d'elle-même d'écrire à l'envers.

Mais je n'étais pas d'accord. Etre gaucher, cela ne concerne que soi, sans vraiment gêner les autres, mais l'écriture est un moyen de communication. Cela n'a aucun sens si le message est illisible ; il valait donc mieux corriger l'écriture en miroir de QP dès que possible. C'était mon avis. Mitsurô avait fini par se laisser convaincre et QP avait réussi à maîtriser les hiragana dans le bon sens.

J'écrivais mon nom sous celui de Mitsurô. Chaque fois que je traçais le caractère du pigeon – le *hato* de Hatoko –, j'imaginais quelles significations l'Aînée avait souhaité conférer à mon prénom. Peut-être ses ailes étaient-elles chargées de transporter quelque chose ? Cette idée me le faisait aimer, pour la première fois.

Après avoir signé tous les faire-part, Mitsurô est vite parti préparer l'ouverture du café. Il ne me restait plus, avec QP, qu'à avancer autant que possible.

Vu son ardeur à plier les avions en papier, nous avons progressé plus rapidement que je ne l'imaginais. Les uns après les autres, les avions jaunes prenaient forme.

Mais le plus difficile nous attendait.

J'hésitais : devais-je écrire l'adresse avant de coller le timbre, ou l'inverse ? Clairement, il valait mieux coller le timbre au dernier moment. Parce que si je me trompais dans l'adresse, il me faudrait ensuite le décoller.

Mais je me suis souvenue que l'Aînée, elle, affranchissait toujours les lettres d'abord. Ainsi, on pouvait mieux équilibrer l'adresse et le nom du destinataire, et puis c'était un moyen de se mettre la pression, m'avait-elle expliqué, on n'avait pas droit à l'erreur.

— Qu'est-ce qu'on fait ? ai-je demandé à QP à côté de moi.

— Je commence à avoir faim.

Elle s'est abattue face contre la table, comme une poupée sans piles.

— Oh, pardon !

Je n'avais pas vu le temps passer. Je lui ai demandé ce qu'elle voulait manger : du pain.

— Très bien ! Allons faire les courses chez Bergfeld.

J'ai baissé la selle de la bicyclette de Mitsurô et fait mettre son casque à QP. Elle ne voulait plus monter dans le siège enfant à l'arrière. J'étais donc seule sur le vélo pour adulte et elle sur son vélo pour enfant, qu'elle maîtrisait très bien.

— Attention aux voitures, d'accord ?

On aurait eu plus vite fait de prendre l'avenue du bus, mais comme la circulation est dense, je préfère faire un détour par les petites ruelles, en passant devant le sanctuaire Egara-tenjin. Je me retournais sans cesse pour m'assurer que QP suivait bien. Si jamais il lui arrivait quelque chose, je n'y survivrais pas. Je me souciais tellement d'elle que je n'avais pas le temps d'admirer les cerisiers en pleine floraison.

Après avoir pris deux croquettes à la crème et au crabe, des saucisses et du jambon à la charcuterie voisine de chez Bergfeld, nous avons acheté deux petits pains Parker House, deux pains au lait, du pain de mie et un bretzel – Mitsurô adore ça.

Bergfeld, c'est une boutique qui me faisait rêver quand j'étais petite. L'Aînée avait toujours refusé que je mange sucré, en particulier des pâtisseries occidentales ; du coup, j'en brûlais d'envie.

Surtout, le gâteau en forme de hérisson m'avait longtemps fait saliver. Quand j'y repense, la honte et les remords m'assaillent, mais l'écolière que j'étais stationnait longuement devant la boutique, sur le chemin du retour, les yeux rivés sur la vitrine. Ce que je couvais ainsi du regard, c'étaient les hérissons couverts de chocolat.

— Poppo, il y a des hérissons !

J'avais raconté cette histoire à QP qui, depuis, à chacun de nos passages, m'informait de leur présence ou de leur absence.

Ce gâteau-hérisson, que j'avais enfin pu savourer une fois adulte, n'avait pas le goût que j'avais imaginé. Malgré cela, quand j'en voyais, je ne pouvais m'empêcher d'y revenir, incapable de choisir autre chose, à mon grand dam.

— Pas aujourd'hui. On va se préparer un goûter, d'accord ? Mais si tu veux un gâteau en plus, tu peux.

Avais-je raison de la gâter autant ? C'est peut-être parce que je ne suis pas sa vraie mère que j'agis ainsi – cette pensée m'a traversé l'esprit. Mais me montrer sévère ne ferait pas plus de moi sa vraie mère. L'Aînée en avait été la preuve vivante.

— Puisqu'on prépare autre chose, je n'en veux pas, a répondu QP après un instant de réflexion.

Le dimanche après-midi, nous avons l'habitude de confectionner le goûter ensemble. Tout ce que j'aurais aimé faire enfant, je le ferais pour elle, avais-je décidé.

De retour chez Mitsurô, j'ai vite préparé les sandwichs. J'ai sorti du réfrigérateur un reste de salade de pommes de terre, coupé des concombres en rondelles et empilé des feuilles de laitue. J'ai servi telles quelles les croquettes à la crème et au crabe, achetées toutes chaudes. Il ne restait plus qu'à faire dorer les saucisses à la poêle. Après, chacune garnirait son pain à son goût.

J'ai ouvert mon pain à sandwich Parker House, déjà fendu, pour y disposer une croquette arrosée de sauce Worcestershire. Sa panure craquante laissait échapper une sauce blanche bien épaisse au parfum iodé.

— C'est bon ! ai-je soufflé dans un soupir.

— Oui, c'est bon ! a répondu QP en battant des pieds pour souligner son enthousiasme.

Elle avait glissé une saucisse dans son petit pain transformé en hot-dog.

En fin de compte, j'ai décidé de coller d'abord les timbres. De mon point de vue, le plus simple était de le faire en dernier, mais du point de vue des destinataires, il valait mieux que l'adresse et le nom soient en harmonie avec le timbre, chacun recevrait un bel avion en papier. Je n'avais qu'à ne pas me tromper, voilà tout ; cela m'était apparu comme une évidence pendant que je mangeais mon sandwich à la croquette.

— QP, tu veux bien m'aider à coller les timbres ? ai-je demandé en nettoyant la table, le repas fini.

— Oui ! s'est-elle écriée en levant la main, pleine d'entrain.

Pour commencer, j'en ai collé un, pour lui montrer où le placer.

Les yeux sur cet exemple, elle prenait les timbres délicatement, un par un, et les déposait sur sa langue. Les produits utilisés au dos sont de l'acétate de vinyle et de l'alcool polyvinylique, des substances inoffensives. Quand j'étais enfant, moi aussi j'adorais lécher les timbres. Du coup, je la comprenais très bien. Maintenant que j'étais adulte, je ne trouvais plus cette saveur aussi agréable, et puis, si un ou deux timbres ne portaient pas à conséquence, par dizaines, ce n'était peut-être pas très bon pour la santé.

— Tu ne crois pas que tu ferais mieux de ne pas trop en lécher ? ai-je lancé par acquit de conscience, mais QP n'a pas semblé m'entendre.

Elever un enfant, c'est aussi parfois savoir lâcher la bride, m'avait dit Mitsurô. Alors, j'ai laissé couler.

Tout de même, l'inventeur du timbre-poste est à saluer. C'est en Angleterre que le premier service postal à port payé du monde a vu le jour.

Jusqu'alors, c'était le destinataire qui payait à réception de la lettre. Mais cela coûtait très cher et les personnes pauvres, dans l'impossibilité de payer le port, étaient contraintes de renvoyer le courrier.

Expéditeurs et destinataires avaient donc mis au point un système de symboles permettant de déchiffrer le message sans avoir à ouvrir l'enveloppe, juste en la regardant par transparence à la lumière du soleil. Par exemple, un rond signifiait que l'expéditeur était en bonne santé, une croix qu'il allait mal, etc. Ainsi, le destinataire n'avait pas besoin de payer les frais de port.

Mais pour la poste qui s'évertuait à acheminer le courrier, c'était un terrible manque à gagner. C'est un certain Rowland Hill qui s'est attaqué à ce problème. Celui qu'on surnomme aujourd'hui le père du système postal moderne était un homme du peuple. Il a eu l'idée de faire payer le port à l'avance par l'expéditeur. Voilà comment, en

1840, l'affranchissement du courrier avec un timbre-poste a vu le jour en Angleterre.

Ensuite, un certain Maejima Hisoka qui étudiait là-bas a découvert ce système, qu'il a mis en œuvre à son retour au Japon. Le monsieur sur les timbres de un yen, c'est lui. Au Japon, le système postal moderne a démarré en l'an 4 de l'ère Meiji (1871), c'est-à-dire il y a presque cent cinquante ans.

— Merci à vous deux, messieurs Rowland Hill et Maejima Hisoka, ai-je murmuré en collant un timbre sur le dernier avion en papier.

Il ne me restait plus qu'à écrire les noms et les adresses avant de porter le tout à la poste ; de main en main, les avions iraient atterrir dans la boîte aux lettres de chacun. Imaginer leur voyage me remplissait d'excitation.

C'est par une fin d'après-midi où les pétales de cerisiers s'éparpillaient sans résistance que Panty a débarqué à la papeterie Tsubaki, survoltée.

— J'ai enfin vu Lady Baba ! a-t-elle lancé, les mots fusant de ses lèvres.

— Ah bon, où ça ? Moi aussi, je veux la voir ! Elle est à Kamakura ? Elle donne un concert à la salle Yokohama Arena, c'est ça ?

Surexcitée, je me suis penchée vers Panty. Parce que voyez-vous, Lady Gaga, à une époque de ma vie, c'était un modèle pour moi.

— Elle se promenait rue Komachi-dôri. Mais Poppo, je crois que tu es à côté de la plaque. Je ne te parle pas de Lady Gaga, mais de Lady Baba. Elle a été aperçue ici et là ces derniers temps, et moi aussi, j'ai enfin réussi à la voir.

— Lady Baba ?

— Oui, Lady Baba. De dos, elle ressemble comme deux gouttes d'eau à Lady Gaga, mais de face, c'est une *baba*, une vieille femme. Tu ne la connais pas ? A Kamakura, en ce moment, on ne parle que d'elle.

Panty me regardait, sidérée.

— Pardon, tu sais que je ne me tiens pas tellement au courant de ce genre de choses, ai-je murmuré, dépitée.

Si cela avait été Lady Gaga, j'aurais tout donné pour la voir.

Par manque d'imagination, j'avais été une simple *ganguro* – bronzée à coups d'UV, les cheveux décolorés et le maquillage outrancier –, mais en réalité, j'aurais voulu lui ressembler. J'aurais voulu m'habiller comme je voulais, me maquiller comme ça me chantait et vivre à ma guise sans me soucier du regard d'autrui. Celle qui incarnait cet idéal, c'était Lady Gaga, de son vrai nom Stefani Joanne Angelina Germanotta.

— Tu es une fan de Lady Gaga, Poppo ? Jamais je ne l'aurais imaginé.

Panty en était comme deux ronds de flan.

En effet, pour les gens qui me connaissent telle que je suis aujourd'hui, cela doit sembler incroyable. Mais pour moi, c'est quelqu'un à part.

A l'époque où j'étais une *ganguro*, je déambulais dans la ville, torturée, perdue, et la musique qui se déversait alors à fond dans mes écouteurs, c'était celle de Lady Gaga. Même si je ne comprenais rien aux paroles, ces chansons me racontaient, j'en étais intimement convaincue.

Mes disputes les plus violentes avec l'Aînée avaient en général pour objet Lady Gaga. Quand j'écoutais ses CD à fond en pleine nuit, l'Aînée débarquait à coup sûr pour me faire cesser, les traits déformés par la colère.

Alors, si j'avais pu la rencontrer, j'aurais voulu lui dire, juste en passant, que ses chansons m'avaient sauvée.

Cependant, ce n'était pas la vraie Lady Gaga qui avait fait son apparition à Kamakura, semblait-il, mais une certaine Lady Baba qui lui ressemblait.

— Elle vaut le détour, tu sais. En un sens, elle est encore plus étonnante que la vraie.

Panty avait beau insister, elle pouvait bien lui ressembler autant qu'elle voulait de dos, la mémé qui se cachait sous ces oripeaux, je m'en fichais royalement.

— Tu parles, c'est du toc, ai-je fini par lâcher d'un ton sec.

Panty s'est empressée de changer de conversation :

— Ah, au fait, j'ai reçu ton avion en papier. Félicitations !

— Tu as été surprise ? ai-je bêtement demandé, un peu embarrassée.

— J'aimerais bien te dire que oui, mais je me doutais que ça allait finir comme ça. Tu croyais peut-être fréquenter Micchi en douce, mais permets-moi de te dire que tout le monde était au courant !

Vraiment ? Ça, c'est bien Kamakura : les murs ont des oreilles, les cloisons tendues de papier ont des yeux et tout se sait.

— Je suis désormais la mère d'un enfant, ai-je dit, la mine narquoise.

— Tu auras des choses à m'apprendre, a répondu Panty d'un air entendu.

Surprise, je l'ai dévisagée et elle m'a chuchoté à l'oreille :

— J'en suis au troisième mois.

— Félicitations !

Je n'ai pu m'empêcher de la serrer fort dans mes bras. C'était peut-être pour ça qu'aujourd'hui, ses formes se remarquaient encore plus que d'habitude.

A quoi ressemblerait l'enfant du Baron et de Panty ? Sa grossesse était une nouvelle bien plus renversante que notre mariage, à Mitsurô et moi.

— Mais on garde le secret pour le moment, d'accord ?

Un index devant les lèvres, elle me regardait droit dans les yeux.

— Je n'en parlerai à personne, ai-je promis.

Et quand je disais personne, cela comprenait bien entendu Mitsurô et QP. Respecter la confidentialité, c'est crucial pour un écrivain public, me répétait l'Aînée. Cette leçon était gravée au plus profond de mon être.

C'est par une après-midi ensoleillée, juste avant les congés de la Golden Week, qu'un jeune garçon a fait son apparition à la papeterie Tsubaki.

— Bonjour ! a lancé une voix pure, comme sortie tout droit des entrailles de son propriétaire.

J'ai relevé la tête : un garçon coiffé d'une casquette de base-ball se tenait devant moi.

— Enchanté, je m'appelle Suzuki Takahiko. Je suis venu de Kita-Kamakura pour demander conseil à l'écrivain public. Vous êtes bien Madame Amemiya Hatoko ?

Il paraissait plus mûr qu'il n'en avait l'air. Sa voix allait bientôt muer.

Il avait le visage, les bras et les jambes très bronzés. Du coup, au début, je ne me suis pas aperçue qu'il était malvoyant. C'était pourtant le cas : je l'ai deviné en le voyant toucher le coin d'une table d'une main hésitante, comme s'il cherchait quelque chose.

— Assieds-toi, je t'en prie, ai-je dit en avançant un tabouret.

Mais arriverait-il à le trouver ? Comment l'aider ? Je ne savais pas comment faire. Si je lui effleurais soudain le bras, par exemple, je risquais au contraire de le décontenancer.

— Je me dirige au son de votre voix, ne vous inquiétez pas.

Il semblait avoir senti mes hésitations. Sa voix était posée.

Il progressait dans ma direction, avançant d'un pas lent entre les étagères chargées d'articles. Je l'ai juste guidé un bref instant pour l'aider à s'asseoir.

— Merci.

Takahiko était un garçon très poli.

— Je vais te préparer une boisson. Tu préfères du chaud ou du froid ?

Il a réfléchi un peu avant de répondre à ma question d'une voix ferme :

— Pourrais-je avoir un verre d'eau ? Je suis venu à pied et cela m'a donné un peu soif.

J'avais l'impression de parler avec un adulte.

— Tu veux des glaçons ?

— Deux ou trois, s'il vous plaît.

J'ai attendu qu'il ait fini de boire pour lui demander ce qu'il voulait.

— Alors, que veux-tu me demander ?

Il m'a regardée droit dans les yeux et a dit :

— Je veux écrire une lettre à ma mère. C'est bientôt la fête des mères et je voudrais lui offrir un œillet avec un message. Je suis quasiment aveugle. Pour lire, j'utilise le braille, et quand j'ai besoin de m'exprimer, je le fais à l'oral. Au quotidien, cela ne me gêne pas trop de ne pas pouvoir écrire. Mais je voudrais donner une lettre à ma mère, comme les autres enfants.

Il suffisait de le regarder pour comprendre à quel point sa mère l'avait élevé avec amour.

— Quel genre de lettre veux-tu lui écrire ?

Après une brève hésitation, il a répondu :

— Je voudrais la remercier de préparer mon bento tous les jours. Et puis…

Il s'est tu.

— Et puis ? ai-je demandé d'une voix douce.

Il a repris après un silence, en se tortillant sur son siège :

— Je voudrais lui dire que je suis heureux qu'elle soit ma maman.

J'ai failli fondre en larmes. Takahiko était rouge comme un coquelicot.

Il était heureux qu'elle soit sa mère.

Ces choses-là, généralement, on s'en rend compte dans les dernières années de sa vie, ou après avoir perdu ses parents, non ? Moi, ce n'est qu'après le décès de l'Aînée que j'ai pu me réjouir de l'avoir eue pour grand-mère. Malgré son jeune âge, Takahiko l'avait déjà compris.

— Elle est gentille, ta maman ? Tu veux bien me dire comment elle est ?

Quel bonheur cela devait être d'avoir un fils comme lui !

— Quand elle se fâche, elle fait vraiment peur. Mais en général, elle est gentille ; l'été, elle m'emmène à la rivière attraper des petits poissons et faire des barbecues. Mais c'est pas parce que je suis malvoyant qu'elle doit me faire à tout bout de champ des bisous, j'aimerais bien qu'elle arrête.

Il a fait la moue. Elle aimait sans doute le voir gonfler les joues ainsi, c'est pour ça qu'elle lui faisait des bisous.

— Est-ce que tu vois un peu ?

J'étais convaincue qu'il ne prendrait pas mal ma question.

— Je perçois la différence de luminosité entre le jour et la nuit. Quand je suis dans un endroit lumineux, mon monde s'éclaire. Ça inquiète ma mère, elle dit que si je reste trop longtemps dehors, je risque d'attraper une insolation ou un coup de chaleur, mais moi, j'aime bien m'exposer au soleil.

De fait, il émanait de lui une grande vitalité, comme s'il était un enfant du soleil.

— Takahiko, j'ai une proposition à te faire, ai-je dit en rectifiant ma posture.

Il voyait tout, j'en étais convaincue. Ne rien voir équivalait à tout voir, quelque part. Ma silhouette, le dos bien droit, se reflétait sûrement dans les yeux de son cœur.

— Je peux calligraphier la lettre à ta place. Mais si tu l'écrivais toi-même ? Avec mon aide. Qu'en dis-tu ?

Une lettre écrite de sa main serait le plus merveilleux des cadeaux, à mon avis.

— Moi ? Je pourrais l'écrire ?

C'était, semblait-il, une proposition à laquelle il ne s'attendait pas.

— Bien entendu, si tu as du mal pour certaines parties, je t'aiderai. Mais ce ne sera pas une très longue lettre et je pense qu'avec un peu d'entraînement, tu y arriveras.

Au bout d'un moment, il a répondu « d'accord », tout doucement.

Ce jour-là, nous avons décidé du texte de la lettre. Takahiko avait deux souhaits : utiliser des kanji et écrire petit, dans la mesure du possible. Il savait écrire les hiragana en gros caractères. Mais cela aurait été comme la lettre d'un gamin, soutenait-il du haut de ses douze ans, et ça lui déplaisait.

Il voulait lui écrire une lettre de son âge, se montrer à son avantage ; sa noblesse d'esprit me faisait chavirer.

Nous avons décidé qu'il reviendrait le lendemain pour s'entraîner avant d'écrire la lettre pour de bon.

Après l'avoir raccompagné, je suis restée sur le pas de la porte, rêveuse.

Un papillon dansait dans les flaques de soleil. Il virevoltait de-ci de-là, comme fou de joie de pouvoir voler. Loin de se douter qu'il était observé, il évoluait, oublieux de tout, et il était beau.

Il exprimait de tout son être le bonheur d'être en vie.

Le papillon, Takahiko et QP étaient pareils. Ils vivaient, de toutes leurs forces.

Dans la papeterie Tsubaki, il y a un coin réservé au papier à lettres. Avant, ce rayonnage n'existait pas, mais depuis le printemps dernier, j'y présente de plus en plus d'articles destinés aux adultes. Bien entendu, j'ai aussi des kits de correspondance mignons qui conviennent aux enfants, mais je propose majoritairement des designs sobres.

Tu es écrivain public, tu vas perdre ton travail si tout le monde se met à écrire des lettres, m'avait un jour dit Madame Calpis venue acheter un stylo-pinceau, mais elle se faisait du souci pour rien. Moi, ma plus grande crainte, c'est de voir disparaître les boîtes aux lettres. Si plus personne n'écrit, un jour, il n'y en aura peut-être plus, de la même façon qu'avec la diffusion du portable, les cabines téléphoniques ont progressivement disparu.

Quel papier à lettres choisirait Takahiko ? Plutôt quelque chose de mignon ou de tout simple ? J'y réfléchissais tout en époussetant délicatement les feuilles et les enveloppes.

La mappemonde antique retrouvée dans les affaires de l'Aînée au fond d'un placard et que j'avais exposée sans la mettre en vente n'était plus là : je m'étais laissé convaincre par un client qui la voulait à tout prix. A la place, j'avais disposé des plumes de verre et des encres. Ces plumes de verre étaient les articles les plus chers de la boutique. Fabriquées à la main par un jeune artisan japonais, elles étaient d'une telle beauté que lorsque je posais les yeux dessus, instinctivement, je me tenais plus droite.

— Bonjour !

Takahiko est arrivé à peu près à la même heure que la veille.

Debout sur le seuil de la papeterie Tsubaki, il a ôté sa casquette de base-ball pour s'incliner poliment. Puis il m'a soudain tendu une branche de rhododendron en disant :

— Tenez, c'est pour vous. Des fleurs du jardin. Je les reconnais à leur odeur. De quelle couleur sont-elles ?

— Un très bel orange.

— Tant mieux ! a-t-il commenté avec un grand sourire.

Il me faisait fondre. Les températures avaient grimpé, il devait avoir chaud. Une goutte de transpiration coulait sur sa tempe.

— Merci beaucoup. Je vais te chercher un verre d'eau fraîche.

Après l'avoir installé sur une chaise, je me suis dépêchée d'aller chercher de l'eau au réfrigérateur.

J'ai mis dans un verre la branche de rhododendron qu'il m'avait offerte, elle égayerait la cuisine.

— On va commencer par choisir le papier à lettres, ai-je annoncé à Takahiko qui avait vidé son verre d'eau d'un trait.

Dans la matinée, j'avais pris soin de sélectionner dans mon stock les plus susceptibles de lui convenir. Je les ai étalés devant lui.

Je lui ai mis une feuille de chaque entre les mains, afin qu'il se rende compte du grain du papier et de ses dimensions. Je lui ai décrit le plus concrètement possible les motifs et les lignes dessus.

Il passait et repassait la paume de sa main sur le papier, en vérifiait les dimensions du bout des doigts. Il avait une mémoire étonnante ; il enregistrait parfaitement chaque information du premier coup.

Jusqu'à la fin, il a hésité entre deux feuilles : l'une de forme irrégulière, avec trois oiseaux dessinés dans le coin supérieur gauche, et l'autre avec une carte géographique imprimée sur l'envers – un papier de fabrication allemande.

Il a appliqué une nouvelle fois sa main sur le papier allemand. On aurait dit que ce geste lui permettait de saisir quelque chose d'important.

— Ce papier, c'était vraiment une carte géographique autrefois, n'est-ce pas ? Pourriez-vous me dire de quelle carte il s'agit ? a-t-il demandé d'un ton grave.

— Eh bien, il y a une rivière et des montagnes, ai-je répondu en examinant le papier.

— Des montagnes ?

Sa paume toujours sur la feuille, Takahiko a relevé la tête. Puis le ravissement s'est dessiné sur son visage, comme si ses doigts étaient en contact avec une véritable montagne. Il a annoncé :

— Je prends celui-ci. Ma mère aime l'escalade. Elle en a déjà fait à l'étranger, il paraît. Mais depuis ma naissance, elle a arrêté. Moi, j'aimerais bien qu'elle parte plus souvent en voyage. Et puis, sur l'autre feuille, il n'y a que trois oiseaux ; ma petite sœur risquerait de se fâcher !

Il a effleuré du doigt le papier aux oiseaux.

— On est quatre à la maison, alors, quatre oiseaux, ce serait mieux. Je peux prendre l'autre ?

— Bien sûr ! ai-je répondu.

Il avait longuement réfléchi aux sentiments de chacun avant de faire son choix… Quel gentleman c'était ! J'ai préparé plusieurs feuilles de la même taille que le papier à lettres pour qu'il puisse s'entraîner.

Je l'ai fait s'asseoir à une table dehors. Je m'étais dit qu'il y serait mieux pour écrire ; j'avais sorti une vieille table que j'utilisais normalement à l'intérieur.

— Ah, c'est lumineux, ici, a-t-il murmuré, les paumes en avant comme pour retenir la lumière entre ses mains.

C'était une simple remarque faite en passant, mais ces mots paraissaient chargés d'une signification profonde, comme ceux d'un poète.

Takahiko, la lumière lovée entre ses mains, affichait un sourire radieux. Il aimait vraiment le soleil. Peut-être avait-il l'impression que sous ses rayons, tout lui était visible.

Les hiragana, les katakana et les kanji les plus courants, c'était son père qui lui avait appris à les écrire. Il appelait ça « la classe du bain ». Dans la baignoire, son père traçait un caractère sur le dos de Takahiko, qui le mémorisait ; c'était ensuite à son tour de le dessiner sur le dos paternel. Voilà comment il s'était entraîné à écrire chaque caractère, encore et encore. Donc, ce ne serait pas si difficile pour lui d'écrire sa lettre sur du papier.

Pour commencer, j'ai posé ma main sur la sienne, tout en douceur, et nous avons écrit ensemble pour qu'il s'habitue. Il connaissait le texte par cœur.

Au bout de quatre feuilles, il y arrivait presque tout seul. Au fil des caractères, il écrivait de plus en plus gros, ce que je lui ai signalé sans le brusquer.

— Tu veux essayer sur le papier à lettres ? ai-je demandé, et il a fermement hoché la tête.

Il voulait terminer avant que le soleil baisse. J'ai encore une fois taillé le crayon et, après en avoir un peu arrondi la pointe, je le lui ai mis entre les doigts.

— Tu es prêt ?

Je lui ai doucement touché l'épaule ; l'air tendu, il a pris deux grandes inspirations. J'ai laissé ma main sur son épaule.

Ma paume lui envoyait des ondes positives. Seulement lorsqu'il s'apprêtait à dévier du chemin, ma main allait délicatement se poser sur la sienne afin de guider le crayon entre ses doigts.

Comme s'il les passait en revue derrière ses paupières, après chaque caractère tracé avec grand soin, Takahiko relevait la tête vers le soleil.

おかあさんへ

いつも、おいしいお弁当を作ってくれて

どうもありがとう。

おかあさんが僕のおかあさんで、

よかったです。

おかあさん、これからはたくさん

山に登ってください。

あと、ひとつだけお願いがあります。

僕は、来年、中学生です。

ほっぺのチューは、卒業したいです。

多果比古より

Peut-être faisait-il remonter du fond de sa mémoire le souvenir de ceux que son père lui écrivait sur le dos, dans la salle de bains.

A le voir ainsi, on aurait cru qu'il échangeait avec le dieu du soleil, dans une langue qui n'appartenait qu'à eux.

Maman,

Merci de me préparer chaque jour un bon bento.

Je suis heureux que tu sois ma maman.

J'espère que tu vas escalader plein de montagnes, à présent.

J'aimerais te demander quelque chose.

L'année prochaine, j'entrerai au collège.

Je n'ai plus l'âge que tu me fasses des bisous.

Takahiko

A peine avait-il reposé son crayon à papier que ses épaules se sont lentement relâchées. Les kanji les plus compliqués, qu'il avait peiné à écrire pendant qu'il s'entraînait, étaient plutôt réussis.

— Takahiko, elle est très belle, ta lettre.

Sans doute avait-il calculé mentalement comment agencer le texte sur la surface de la feuille. Sa signature était placée au bon endroit, sans laisser un grand blanc en dessous.

— Tu as un joli prénom.

Mon compliment lui a arraché un sourire gêné.

J'ai plié la feuille en deux avant de la glisser dans l'enveloppe.

— Tiens, voilà, ai-je dit en la lui tendant.

— Combien vous dois-je ? a-t-il demandé en se levant.

Un travail comme celui-ci, ça n'avait pas de prix. C'était plutôt moi qui avais envie d'exprimer ma gratitude en lui offrant quelque chose.

— Disons juste le prix du papier à lettres. Ça fera cent yens, ou plutôt cinquante, s'il te plaît.

— Mais...

Takahiko en était coi.

— Achète un bel œillet à ta mère, ai-je suggéré.

— Je vous remercie.

Sans tergiverser, il a sorti une pièce de cinquante yens de son porte-monnaie. J'avais envie de passer un ruban dans le trou au centre pour en faire une médaille, tellement cela avait été un honneur.

Il m'est arrivé, une seule fois, d'offrir un cadeau à l'Aînée pour la fête des mères. J'étais en première année d'école primaire, comme QP aujourd'hui.

Avec les étrennes reçues de tante Sushiko, je lui avais acheté un œillet rouge. Bien entendu, j'espérais lui faire plaisir. Mais cela a été un désastre.

L'Aînée a regardé fixement la fleur que je lui tendais, avant de déclarer :

— Moi, je préfère les œillets japonais. Offrir un œillet rouge pour la fête des mères, comme un perroquet qui répète bêtement les mots qu'il entend, c'est se faire mener par le bout du nez par les fleuristes.

Elle a ajouté en me tendant la fleur encore enveloppée :

— Va la rendre, c'est du gâchis de dépenser de l'argent pour une fleur aussi banale. De toute façon, elle va se faner.

Ensuite, je ne me souviens que de mes larmes. En pleurs, j'ai marché jusque chez le fleuriste du quartier, à qui j'ai expliqué la situation entre deux sanglots.

Sans doute a-t-il deviné quel drame se jouait, car il m'a remboursée. Aujourd'hui encore, quand je passe devant sa boutique, ce souvenir amer remonte et ça me bouleverse.

Mais j'ignorais que, ce jour-là, l'Aînée m'avait suivie. C'était écrit dans une de ses lettres à Shizuko, sa correspondante en Italie.

Elle disait qu'elle regrettait sa réaction. Elle ne s'attendait pas à ce cadeau, apparemment. Sous le coup de la surprise, elle avait décrété qu'elle ne voulait pas de ma fleur mais, en réalité, cela lui avait fait plaisir. Elle avait simplement cherché à cacher sa joie et son embarras.

Au bout du compte, je ne lui ai offert un œillet qu'une fois dans ma vie.

Après cet épisode, chaque année, à l'époque de la fête des mères, nous nous comportions toutes les deux comme si ce jour n'avait jamais existé, feignant l'indifférence.

Voilà pourquoi je n'aime pas trop cette fête. Quand, partout, on n'entend plus parler que de ça, je me sens mise sur la touche. Comme si ceux qui n'ont personne à qui offrir un œillet ce jour-là n'avaient pas le droit d'exister.

Mais la fête des mères, c'est en réalité un très beau jour, comme Takahiko me l'a appris.

Pendant la Golden Week, j'ai été prise dans un véritable tourbillon. C'est pareil tous les ans à

Kamakura, mais cette année, les touristes étaient particulièrement nombreux.

La papeterie Tsubaki a elle aussi accueilli un flot de visiteurs. Alors qu'en temps normal, il n'y a pas un chat, c'était la cohue. Les clients se succédaient et achetaient toutes sortes de choses.

Je m'en réjouissais, bien sûr, mais en même temps, cela m'inquiétait, l'atmosphère toujours paisible de la boutique n'allait-elle pas succomber à cet ouragan ? Et puis, nous étions tellement occupés, Mitsurô et moi, que nous n'avions pas le temps de nous voir, c'était triste. En contrepartie, heureusement, nous parlions longuement au téléphone chaque soir.

Nous avons beau habiter le même quartier, on se serait cru dans une relation à distance.

C'est le dernier jour de la Golden Week, en fin d'après-midi, que Madame Barbara a soudain surgi à la papeterie Tsubaki. Les gens reprendraient le travail le lendemain et cela se sentait : la fièvre qui s'était emparée de Kamakura retombait peu à peu.

En quelques jours, j'avais accueilli tellement de monde que je commençais à avoir des courbatures dans les muscles des joues et autour des yeux. Tout aussi épuisée psychologiquement, j'étais en train de me préparer un thé au citron bien sucré.

— Poppo, tu es là ?

C'était la voix enjouée de Madame Barbara.

— J'arrive !

Je me suis empressée de remplir la théière pour deux.

J'ai vite regagné la boutique avec le nécessaire pour le thé ; Madame Barbara m'y attendait, dans une robe vaporeuse.

— Ça fait longtemps !

Cela faisait vraiment longtemps.

La dernière fois que je l'avais vue, c'était encore l'hiver. Par une froide journée, nous étions allées jusqu'à Omachi manger des nouilles *kishimen*. Mais après cela, j'avais été très occupée, par mon mariage notamment, et Madame Barbara, quant à elle, s'était absentée de longues semaines.

— Pardon de ne pas m'être manifestée tout ce temps.

— Je vous en prie, je me suis dit que vous deviez être en voyage avec votre amoureux.

— Tu n'es pas loin de la vérité. Sauf que cette fois, j'ai voyagé seule.

— Ah bon, toute seule ? Ça alors ! ai-je lancé.

Elle a lentement sorti de sa poche un avion en papier.

— J'ai trouvé ça.

Peut-être avait-il traversé des turbulences, car il avait une aile un peu déchirée.

— Félicitations. Sois heureuse, m'a-t-elle souhaité d'une voix douce.

— Merci. Je le serai, ai-je répondu avec une petite courbette.

Je ne sais pas pourquoi, mais plus que tout autre, sa bénédiction m'est allée droit au cœur.

— Je suis sûre que tu y arriveras.

C'était Madame Barbara qui me le disait, elle qui avait sans doute goûté tant à la douceur qu'à l'amertume de la vie. Fonder une famille heureuse avec Mitsurô et QP serait pour moi la meilleure façon de la remercier, ai-je songé.

— Le thé est prêt.

J'en ai rempli une tasse, que je lui ai tendue.

Puis nous avons bavardé de tout et de rien, comme toujours.

Mes liens familiaux avec Mitsurô et QP sont bien entendu importants, mais mon amitié avec Madame Barbara l'est presque autant. C'est aussi pour cette raison que même mariée, je continue à vivre dans cette vieille maison que m'a laissée l'Aînée.

— Tu es fatiguée, Poppo ? m'a demandé Madame Barbara au moment de partir.

— Peut-être un peu, oui.

Le reconnaître suffirait à me sentir terrassée par la fatigue.

— Tu sais que les Français demandent souvent « Ça va ? » et qu'en général, on répond « Oui » à cette question. Mais quand ça ne va vraiment pas, on peut tout à fait répondre honnêtement « Non », paraît-il. Ça se comprend, n'est-ce pas ? Personne n'est jamais continuellement en forme.

— Répondre par la négative, ça demande du courage mais ça doit soulager, ai-je remarqué.

— Bref, quand on est fatigué, le mieux, c'est de dormir. Si on se force, on finit toujours par en payer le prix, alors moi, j'ai décidé d'arrêter. Poppo, merci pour le thé. Moi aussi je suis fatiguée ; je rentre me coucher.

Comme si elle avait attendu le départ de Madame Barbara, la voix de Mémé s'est élevée devant la boutique. Accroupie sous le grand camélia, elle me scrutait, les yeux rivés sur moi.

Mémé, c'est une chatte du quartier qui, depuis le début de l'année, vient de temps à autre. C'est Mitsurô qui l'a surnommée ainsi.

— Viens, Mémé !

Je me suis dépêchée d'aller à la cuisine chercher les petites sardines séchées que je garde au réfrigérateur. J'ai tendu une main.

Mémé, méfiante, hésitait à s'approcher.

J'ai fini par renoncer et déposer les poissons devant la stèle épistolaire ; au bout d'un moment, elle en a embarqué un, avec la vélocité d'un ninja.

Sans doute lui donne-t-on ici et là tout un tas de noms et de nourriture. Elle a le ventre assez rebondi.

Elle était venue annoncer que la nuit tombait.

J'ai vite fermé la boutique pour me rouler en boule sur le canapé. Je me suis aussitôt endormie.

La cueillette du thé

L'été approche quatre-vingt-huit nuits
Dans la plaine et les montagnes
jeunes pousses à foison

Un samedi après-midi, quelques jours après les fameuses « quatre-vingt-huit nuits » qui suivent le premier jour du printemps dans l'ancien calendrier, avec QP de retour de l'école, nous avons cueilli de jeunes pousses de thé. Car figurez-vous que j'ai un théier dans mon jardin ! Je l'ai appris dans l'une des lettres de l'Aînée à Shizuko. Mais je n'avais pas réussi à le trouver.

C'est Mitsurô qui me l'a montré. Originaire du cœur de Shikoku, il en connaît un rayon sur la nature. Puisque j'avais un théier, cela m'a donné l'idée de préparer du thé nouveau.

— On cueille seulement les trois feuilles du dessus, d'accord ?

Chacune une bannette en bambou à la main, nous avons récolté les jeunes pousses de thé.

Les bourgeons du théier, riches des divers nutriments emmagasinés durant l'hiver, donnent un « thé de la jeunesse éternelle ». Moi, jusqu'à présent, j'étais convaincue que le thé, ça s'achetait dans le commerce.

Cueillir de jeunes pousses, en d'autres termes de tout petits bébés, c'est un véritable crève-cœur. L'extrémité du bourgeon et les feuilles qui pointent par en dessous, souples et douces, luisent comme si elles exprimaient de toutes leurs cellules la joie d'avoir émergé au soleil.

Et ces bébés, QP et moi étions en train de tous les cueillir. Si j'étais leur maman, je serais triste. Alors, dans mon cœur, je n'arrêtais pas de leur demander pardon et de les remercier.

QP, qui aime les comptines, fredonnait la chanson de la cueillette du thé. Elle m'a appris les gestes qui vont avec et je les maîtrise bien, mais cela m'a demandé un tel effort de concentration que je n'ai pas vraiment retenu les paroles.

— On va s'arrêter, on en a suffisamment.

Nos deux bannettes étaient pleines à ras bord de jeunes pousses de thé.

Dans la cuisine, j'ai relu les instructions consignées par l'Aînée dans sa lettre.

De même que j'ignorais l'existence du théier, je ne savais pas qu'elle faisait son propre thé.

Chère Shizuko,

Chez nous, le vent se rafraîchit de jour en jour et bientôt, les théiers vont fleurir. Avez-vous déjà vu des fleurs de thé ? Je les aime beaucoup. A l'automne apparaissent de petites fleurs blanches semblables à celles du camélia.

Pour faire du bon thé, ce sont les feuilles qui sont importantes et il paraît qu'il vaut donc mieux couper les fleurs. Mais j'ai du mal à m'y résoudre. Elles sont tellement mignonnes que je préfère les laisser s'épanouir.

Avez-vous des théiers en Italie ? Si vous en trouvez, je vous conseille d'essayer de préparer du thé. En le laissant fermenter, ce qui demande du travail, on peut obtenir du thé anglais. Moi qui suis japonaise, je préfère le thé vert.

Je vous envoie la recette ci-dessous, avant d'oublier.

Testez-la au printemps prochain si l'occasion se présente ! Le thé nouveau fait maison a une saveur particulière.

Comment préparer du thé nouveau

1. Cueillez deux feuilles sur chaque bourgeon.

2. Sans les laver, faites-les cuire à la vapeur par petites quantités (entre 30 et 60 secondes).

3. Eteignez le feu quand une bonne odeur s'élève ; étalez les feuilles sur une bannette en bambou et éventez-les.

4. Faites-les revenir à la poêle sans matière grasse (longuement, à petit feu).

静子さんへ
こちらは日に日に風が冷たくなり、そろそろ、お茶の花が咲く
季節となりました。静子さんは、お茶の花をご覧になったことが
ありますか？私は、お茶の花が大好きです。秋になると、
白くて小さい、椿みたいな花が咲くんですよ。
おいしいお茶を作るためには、葉っぱが大事ですから、花は
切ってしまった方がいいんですってね。でも、私はなかなかそれが
できません。かわいくて、つい甘やかしてしまうんです。
イタリアにも、お茶の木はありますか？もし見つけたら、ぜひ
作ってみてください。発酵させる手間はかかりますが、紅茶だって
できますよ。でも私は日本人なので、やっぱり緑茶党ですが。
忘れないうちに、作り方をざっとメモしておきます。

来春、機会があったらぜひ！自家製の新茶の味は格別ですヨ。

《お茶の作り方》

一、一芯二葉をつむ

二、洗わずに、セイロで少量ずつ蒸す。（だいたい30秒から1分の間）

三、いい香りがしたら火を止め、笊に広げてウチワであおぐ

四、フライパンで空煎りする（弱火でじっくりと）

五、ある程度水分が飛んだら、まな板の上に移して、両手でもむ

（火傷に注意！）

六、四と五を交互に繰り返して、完全に水分を飛ばす

七、乾燥させて、できあがり

カシ子

5. Une fois l'eau évaporée, disposez les feuilles sur une planche à découper et brassez-les à la main (attention à ne pas vous brûler !).

6. Répétez les opérations 4 et 5 jusqu'à évaporation totale de l'eau.

7. Laissez sécher ; c'est prêt.

Kashiko

Suivant les instructions de l'Aînée, j'ai fait cuire à la vapeur, rôti et brassé les feuilles de thé. On risquait de se brûler en les malaxant à la main, alors QP m'a regardé faire. Les mains toutes rouges, j'ai pressé et pétri les feuilles en serrant les dents.

QP s'est lassée en cours de route ; elle est partie jouer à la corde à sauter. Quand Madame Barbara l'a entendue, elle est sortie l'inviter et pour l'instant, QP est chez elle. Elles s'entendent bien, toutes les deux.

— Un deux trois et hop, un deux trois !

Elles jouent encore à chanter des comptines, semble-t-il. Avec ma spatule en bois, je mélange les feuilles de thé dans la poêle au rythme de leur chanson. Les jeunes pousses ont déjà bien séché. Une bonne odeur de thé flotte maintenant dans la maison.

Demain, nous irons cueillir de l'armoise ; j'ai promis à QP de préparer ensemble des boulettes à l'armoise. Je vais garder le thé nouveau maison pour cette occasion.

Le lendemain matin, après avoir pris le petit-déjeuner chez Mitsurô, QP et moi sommes parties cueillir de l'armoise. Nul besoin d'aller chercher très loin : il en pousse dans la côte qui mène au sanctuaire Zuisen-ji. Nous nous sommes appliquées à cueillir de préférence de jeunes pousses fraîches, tout juste écloses.

Puis nous sommes allées chez moi préparer des spaghettis *napolitan*. Et dans l'après-midi, nous avons confectionné les boulettes à l'armoise.

Pendant que les haricots *azuki* cuisaient dans une marmite en terre, j'ai blanchi l'armoise sur l'autre feu. L'eau se teintait d'un vert profond à vue d'œil. Un parfum frais enflait, comme un concentré de printemps. J'avais l'impression d'être en forêt.

De temps en temps, une douce brise soufflait par la fenêtre ouverte. Sur la colline derrière la maison, un rossignol lançait ses trilles. Il ne chantait pas encore très bien, mais il serait certainement au point quand l'été arriverait.

Sanglée dans son tablier pour enfant et la tête couverte d'un foulard, QP fredonnait d'un air enjoué depuis tout à l'heure. C'était *Edelweiss*. Quand elle est contente ou qu'elle s'amuse, elle chante toujours cet air. Je crois qu'elle ne s'en rend pas compte, cela doit lui venir inconsciemment. Peut-être que sa mère le lui chantait quand elle était bébé.

Tout en l'écoutant fredonner, j'ai pressé fort l'armoise blanchie disposée dans une bannette en bambou, puis je l'ai hachée grossièrement avant de la verser dans le mortier.

— Tu veux bien m'aider ? ai-je demandé à QP pour qu'elle tienne le mortier.

Elle a répliqué, le pilon entre les mains :

— C'est moi qui le fais.

Ploc, ploc, ploc : comme si elle pilait du riz, le pilon entre ses deux mains, elle écrasait l'armoise au fond du mortier. Elle est à l'âge où l'on a envie de tout faire soi-même. J'ai ajouté de la farine de riz gluant et du tofu soyeux, qu'elle a malaxés à la main.

Une fois les haricots *azuki* cuits, nous avons façonné les boulettes d'armoise en les faisant rouler entre nos paumes. En dernier, il faut les écraser un peu et imprimer un creux au centre avec son pouce. Comme ça, elles cuisent bien à cœur.

On plonge dans l'eau bouillante les boulettes qui remontent petit à petit à la surface.

Là encore, QP voulait tout faire elle-même ; je l'ai donc installée sur son marche-pied et je lui ai donné l'écumoire en lui disant :

— Sors de l'eau les boulettes qui flottent à la surface.

Elle scrutait gravement le contenu de la casserole. Ce qui était drôle, c'est qu'elle arborait la même expression qu'à la fête, l'été dernier, quand elle essayait d'attraper des poissons rouges.

Sans doute les dimanches passés ainsi à tout faire ensemble se feront-ils plus rares, à l'avenir. Elle aura des amies, avec qui elle préférera aller jouer. Un jour, elle finira peut-être par me dire qu'elle ne veut plus préparer de gâteaux avec moi, que je n'ai qu'à le faire toute seule.

J'avais fait pareil. Du coup, j'ai bien l'intention de ne prendre pour acquis aucun de ces moments, de toujours les savourer en remerciant les dieux.

Nous sommes allées sonner chez Madame Barbara mais elle était absente, alors nous avons décidé de goûter toutes les deux.

J'ai mis dans la théière le thé préparé la veille et j'ai versé doucement l'eau chaude dessus. Pendant qu'il infusait, j'ai disposé les boulettes à l'armoise sur de petites assiettes blanches – les coupelles ornées d'un motif de grue distribuées à l'ancien sanctuaire Hachiman.

Lorsque j'ai versé le thé dans les tasses, un parfum indicible s'en est élevé. L'air était comme teinté d'une touche de vert pâle.

— C'est chouette, hein, ai-je murmuré dans un soupir.

— C'est chouette, hein, a répété QP, les yeux plissés de plaisir.

Et nous nous sommes souhaité bon appétit d'un ton pénétré.

Pour commencer, j'ai bu une gorgée de thé.

A mon esprit se sont présentées les petites fleurs de thé que l'Aînée disait aimer. Le thé en avait le goût, une saveur ronde, un peu sucrée.

— C'est bon, ai-je murmuré pour moi-même.

— Les boulettes aussi sont bonnes, a chuchoté QP, les joues gonflées par celle qu'elle avait dans la bouche.

— Mâche bien avant d'avaler.

Mon ton était celui d'une mère. Peut-être QP avait-elle bien fait de pétrir sans fin les boulettes, comme si elle jouait à faire des pâtés de boue. Elles étaient bien élastiques, avec une saveur complexe. C'était incroyable que ce soit si facile à faire. Elles avaient le goût puissant du souffle de la terre. Les ingrédients pour le thé comme pour les boulettes d'armoise étaient à portée de main ; je n'en revenais pas.

En fin d'après-midi, QP a mis une part de boulettes pour Mitsurô dans son sac à dos avant de repartir d'un bon pas sur ses petites jambes.

Demain, une nouvelle semaine commencera. Ce dimanche n'est pas encore terminé que j'attends déjà le suivant avec impatience. Penser durant toute la semaine à ce que nous allons préparer pour le prochain goûter est un plaisir.

Je suis contente d'avoir épousé Mitsurô.

C'est le lendemain matin que j'ai découvert dans la boîte aux lettres une enveloppe sans timbre. Comme d'habitude, j'avais passé le balai devant la boutique et changé l'eau de la stèle épistolaire quand, en jetant un coup d'œil vers la boîte aux lettres, j'ai remarqué quelque chose à l'intérieur. J'avais ma petite idée sur la question, et j'avais vu juste : c'était une lettre de QP.

Nous avions correspondu pendant un temps, mais depuis six mois, nous avions arrêté. Incapable de résister, j'ai décacheté la lettre sur-le-champ. L'autocollant en forme de lapin délicatement détaché a révélé une carte faite à la main.

Poppo
Tu es mon amour

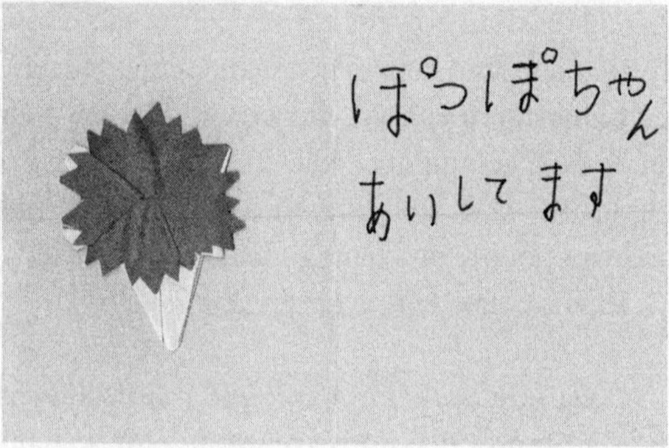

Mon amour ! Où donc était-elle allée pêcher ça ? Sur la partie gauche de la carte était collé un œillet réalisé en pliage.

Je n'ai pu retenir une larme. C'est vrai, hier, c'était la fête des mères. J'étais heureuse qu'elle me considère comme appartenant à la catégorie des mamans.

Ma joie était telle que j'ai installé la carte de QP à côté de l'autel bouddhique, comme pour afficher ma fierté. Elle me donnait des ailes. De la même façon qu'on arrive à manger plein de riz avec seulement quelques bouchées du plat d'accompagnement, elle me suffirait à surmonter tous les obstacles qui pouvaient bien m'attendre. J'en étais convaincue. Cette carte, c'était mon viatique pour la vie.

Mon regard s'est posé sur les hortensias de Madame Barbara : ils commençaient déjà à prendre des couleurs. Ce n'était pas le moment de rêvasser. Il me fallait ouvrir grands les yeux, sous peine de laisser filer les meilleurs moments de l'existence.

GLACE À L'ITALIENNE

Le long des voies de la ligne Yokosuka fleurissent des roses trémières blanches. Quand j'étais enfant, elles étaient bien plus nombreuses. C'est une vieille dame qui les faisait pousser. Mais depuis qu'on ne la voit plus, leur nombre a diminué. Malgré la disparition de leur maîtresse, elles continuent de fleurir sans faute chaque année.

J'ai pris une grande décision : à partir du mois de juin, la papeterie Tsubaki sera fermée un jour de plus par semaine, le lundi. Ce qui signifie que je serai libre du samedi après-midi au lundi soir. Le problème est que je gagnerai moins d'argent, mais comme la maison m'appartient, je devrais arriver à m'en sortir.

Le week-end, j'ai envie d'être avec Mitsurô et QP, et puis, il y a tellement de monde partout à Kamakura qu'il est impossible de faire ses courses.

A la réflexion, le lundi, je n'ai pas tant de clients que ça et pas mal d'autres boutiques sont fermées.

Ce n'est pas parce que je suis en congé que je ne ferai rien. J'ai besoin de temps pour m'occuper de la maison, réfléchir à la papeterie et me concentrer sur mon travail d'écrivain public.

Ces derniers temps, j'ai de plus en plus de nouveaux clients qui viennent me commander un courrier. Ça n'en a pas l'air, comme ça, mais j'ai une tonne de choses à faire.

Bref, ce lundi matin, j'ai pris ma bicyclette, direction la librairie Shimamori dès l'ouverture des portes. Pour acheter un pinceau neuf.

La librairie Shimamori en face de la gare vend bien sûr des livres, mais il y a aussi un coin papeterie. C'est bizarre pour la patronne d'une papeterie d'aller se fournir chez la concurrence, mais à la papeterie Tsubaki, je ne vends plus de pinceaux, seulement des stylos-pinceaux. J'ignore pourquoi, à un moment, l'Aînée a soudain arrêté d'en proposer.

Si je suis tellement pressée d'aller en acheter un, c'est pour une bonne raison : QP commencera la calligraphie aujourd'hui, tout comme j'ai débuté mon apprentissage le 6 juin de l'année de mes six ans.

Elle a annoncé qu'elle voulait écrire au pinceau. A force de me voir faire, cela a éveillé son intérêt, apparemment.

Pour ma part, je n'ai pas spécialement envie qu'elle se mette à la calligraphie.

Au contraire, je préférerais qu'elle fasse de la danse ou de la natation, qu'elle prenne des cours de boulier ou de renforcement en japonais, bref, quelque chose qui lui plaise. Mais c'est elle qui a voulu apprendre à calligraphier. Et c'est aujourd'hui le 6 juin de ses six ans.

Puisque j'étais venue à bicyclette, j'ai poussé jusque chez Yukkohan pour acheter un bento. Avant, la boutique était installée dans une maison individuelle, mais elle occupe maintenant le rez-de-chaussée d'un immeuble.

C'est Madame Barbara qui m'a fait découvrir Yukkohan. La boutique n'est ouverte que les lundis, mardis et mercredis ; c'est une chance de pouvoir y aller aujourd'hui. D'habitude, c'est Madame Barbara qui partage avec moi ce qu'elle y a acheté.

Porc sauté au gingembre, maquereau frit aux algues *nori*, sauté de poulet et de courgettes au ketchup, légumes mijotés… Il y avait même une salade de chou et de tomates au fromage frais.

Devant la nourriture présentée dans de grands plats, mon estomac s'est mis à grogner. Dévorer des yeux de bonnes choses quand on a le ventre vide, c'est une torture. Le choix était tel que je n'arrivais pas à me décider ; j'ai suivi la suggestion de la patronne.

J'ai fait un saut chez Kinokuniya pour acheter un paquet de mon thé *kyô-bancha* favori et j'ai continué en direction du sanctuaire Hachiman. Sur le chemin, j'ai découvert plein de nouvelles boutiques que je ne connaissais pas.

De retour à la maison, j'ai fait réchauffer le thé vert du matin pour accompagner mon bento. En mangeant, j'ai réfléchi à la commande d'écrivain public que je devais terminer dans la journée.

C'était le vendredi précédent, quelques minutes avant la fermeture, que cette femme avait surgi à la papeterie Tsubaki. Le visage de Yôko, comme elle s'était présentée, était si tendu qu'on devinait au premier coup d'œil qu'elle était là pour l'écrivain public. On aurait dit un fantôme *hannya* assoiffé de vengeance et de haine. Sous un masque d'apparente impassibilité dansait au loin la flamme d'une colère froide.

— Je voudrais que vous m'écriviez de la part de mon mari, a-t-elle annoncé sans sourciller.

Son regard était celui de quelqu'un qui scrute désespérément l'immensité d'un noir d'encre de l'univers, sans trouver de point d'ancrage. Son mari était décédé il y a peu, m'a-t-elle appris.

— C'était vraiment un bon à rien. Il ne s'occupait pas de sa famille, il n'en faisait qu'à sa tête. Alors qu'il avait un enfant encore jeune, il a eu une liaison avec une fille qui faisait de l'intérim dans sa boîte, ce qui lui a valu de se faire virer ; après ça, j'ai repris un mi-temps pour faire bouillir la marmite. Et pour couronner le tout, il a fallu qu'il me laisse tomber en se tuant dans un accident de voiture. Il aura été nul jusqu'au bout.

Yôko avait débité tout cela d'un ton égal, en me lançant toutefois des regards implorants.

— Je suis incapable de pleurer. Alors que mon mari est mort. En réalité, je voudrais avoir du chagrin. Mais je suis tellement en colère contre lui que je n'y arrive pas. Si je l'avais sous la main, je lui flanquerais volontiers mon poing dans le visage.

Penser à ce qu'elle devait ressentir me rendait très triste pour elle.

— Quel genre de lettre voudriez-vous recevoir de lui ? ai-je demandé doucement pour ne pas la troubler.

— Je voudrais qu'il s'excuse. Qu'il reconnaisse ses erreurs. Ça me suffirait. C'est bientôt la cérémonie des quarante-neuf jours après son décès. J'ai l'impression que si je ne règle pas le problème d'ici là, je n'y survivrai pas. C'est tellement dur que je n'en ferme plus l'œil de la nuit.

Sa souffrance semblait réelle.

— Auriez-vous une photo de lui ? ai-je demandé.

— J'ai ça, a-t-elle répondu en tirant un passeport d'une enveloppe. Je n'avais pas de photo de lui sous la main ; c'est la même que pour la cérémonie funéraire.

Sans doute avait-il beaucoup voyagé pour son travail. Les pages que je feuilletais étaient remplies de tampons.

La dernière, celle des informations personnelles, comportait son nom, son adresse et son numéro de téléphone, rédigés avec soin – on l'imaginait s'appliquant à écrire, les sourcils froncés. Dessous figurait le nom de Yôko, à prévenir en cas d'accident.

— Me permettez-vous de faire une photocopie de cette page ? ai-je demandé gravement.

— Ce passeport ne sert plus à rien, je vous le laisse, a-t-elle répondu froidement.

— Très bien, dans ce cas, je le garde.

Nous avons un peu parlé de la façon dont ils s'étaient rencontrés. Jusqu'à la fin, elle n'a pas touché à sa tasse de thé.

J'avais l'impression que sa colère était telle qu'elle paralysait son vrai moi, empêtré dedans.

Je devais rédiger cette lettre dans la journée. Pour délivrer Yôko de sa colère le plus tôt possible.

— C'est moi !

QP était de retour ; j'ai arrêté de penser au travail dans l'immédiat.

— Coucou !

J'ai gagné l'entrée : QP, coiffée de son chapeau jaune d'écolière, était plantée dans le vestibule. Son cartable rouge foncé était encore grand pour elle.

— Ta journée s'est bien passée ? ai-je demandé.

— Ce midi, il y avait du *nasi goreng* !

Pour l'instant, ce qu'elle apprécie le plus à l'école, c'est la cantine.

J'ai installé une table longue dans la pièce japonaise et tout mis en place pour la calligraphie. Assises sur nos talons, moi un pas derrière QP, nous avons commencé la leçon par la préparation de l'encre.

A part le pinceau, les ustensiles étaient ceux que j'utilisais autrefois. Tout me rappelait, à mon corps défendant, mes heures de calligraphie avec l'Aînée. La silhouette de QP se confondait avec la mienne à son âge.

— Frotte calmement le bâton d'encre.

Alors que d'habitude, elle prenait tout ce que je disais à la rigolade, aujourd'hui elle se concentrait sur sa tâche en silence. Encore jeune, elle manquait de forces et l'eau ne noircissait guère. Bien que je lui aie proposé plusieurs fois de l'aider, elle n'a pas lâché le bâtonnet, déterminée à y arriver toute seule. Quand l'eau est enfin devenue bien noire, sa main droite était maculée d'encre.

Elle est allée se laver les mains, puis, de nouveau assise sur ses talons devant la table, elle a enfin tenu le pinceau entre ses doigts. Il valait mieux qu'il soit neuf, avais-je pensé, alors j'étais allée en acheter un. A genoux derrière elle, j'ai délicatement posé ma main droite sur la sienne. Ensemble, nous avons tracé un cercle, d'un seul élan.

L'Aînée ne m'avait pas appris comme ça, dans mon souvenir. Pour commencer, j'avais fait des petits cercles. Mais moi, j'aimais bien les grands cercles qui occupent une feuille entière.

C'est agréable et gratifiant. Et puis, le bon côté du cercle, c'est que c'est à la portée de tout le monde.

Il avait suffi que je l'aide une seule fois pour que QP maîtrise parfaitement le geste.

— Tu es douée ! l'ai-je félicitée.

Elle était encore plus motivée. A ses côtés, j'ai décidé de m'entraîner moi aussi ; cela faisait bien longtemps que ça ne m'était pas arrivé.

Pour commencer, j'ai calligraphié mon nom sur une feuille.

Au cours de ma vie, j'aurai sans doute à l'écrire des centaines, des milliers de fois. A chaque occurrence, les contours de *Morikage Hatoko* gagneront en netteté.

守景鳩子

Bien sûr, je nourris certaines inquiétudes. Car ma rencontre avec Mitsurô relève du coup de dés. Nous avons fait connaissance parce que je suis entrée par hasard dans son café. Est-il permis de construire son bonheur avec ce qui nous tombe sous la main ? Mais on ne peut quand même pas rencontrer le monde entier, parler et sortir avec tout le monde pour choisir l'homme ou la femme de sa vie, c'est impossible. Dans mon cas, le hasard a bien fait les choses ; grâce à lui, je suis aujourd'hui en train de faire de la calligraphie avec QP.

J'ai échangé mon pinceau contre un plus fin pour m'entraîner à écrire mon nom en petits caractères.

J'étais concentrée quand soudain, un parfum sucré m'a gentiment tapoté l'épaule. Du jasmin du Cap s'épanouissait dans un jardin voisin, semblait-il.

— Ça sent bon, ai-je dit en me tournant vers QP.

Et là, j'ai eu un choc. Quel bazar sur sa feuille ! Elle s'était amusée à dessiner des yeux et un nez à l'intérieur du cercle et à écrire son nom en dessous.

— Oh là là…

もりかげはるな
もりかげはるな

Heureusement que l'Aînée n'était pas là ! Si elle avait vu ça, elle serait sortie de ses gonds !

— C'est un pain-qui-sourit, a déclaré QP avec un grand sourire.

En effet, le pain sur la feuille et QP souriaient de toutes leurs dents. Sans doute ce dessin exprimait-il précisément ses sentiments.

— Pourquoi pas…

J'aurais pu en dire, des choses : il ne faut pas faire n'importe quoi, un pinceau n'est pas un jouet, et ainsi de suite, mais ces remarques insipides n'auraient fait le bonheur de personne. Plus je le regardais et plus le pain-qui-sourit de QP m'apparaissait plein de vie, pour un peu, on l'aurait entendu rire. Ce dessin-là, c'était elle maintenant. Et puis, le cercle, ou plus précisément l'*ensô* comme on l'appelle, relève de la tradition zen. On dit qu'il représente la plénitude du monde, qu'il symbolise la vérité et l'éveil.

Le pain-qui-sourit de QP m'a donné envie de tracer un cercle à mon tour.

J'ai pris une feuille vierge et bien imbibé mon pinceau d'encre. J'ai fermé les yeux avant de le faire lentement glisser dans le sens des aiguilles d'une montre. Quand j'ai rouvert les yeux, un cercle emplissait toute la feuille.

— Bon, ça suffit pour aujourd'hui.

Quand je me suis relevée, j'avais des fourmis dans les jambes, peut-être parce que je n'avais plus l'habitude. Pour mon travail d'écrivain public, je m'installe en général au bureau de la papeterie ou à la table de la cuisine, sur une chaise. Du coup, j'ai oublié ce que c'est d'être assise sur mes talons sur les tatamis. QP, elle, marchait comme si de rien n'était.

Son pain-qui-sourit, je l'ai affiché dans l'entrée avec des *masking tape*. Ce sera un plaisir d'être accueillie par ce visage souriant chaque fois que je rentrerai à la maison.

De nouveau, des effluves de jasmin du Cap ont flotté dans l'air. C'était un parfum léger et discret, plein de douceur.

Après la leçon de calligraphie, QP et moi avons fait une pause-goûter. Le matin, le bulletin de l'association de quartier était arrivé accompagné de *chikara-mochi* de chez Hase. Comme ces gâteaux de riz pilé se perdent vite, quand on en reçoit beaucoup, on les partage avec les voisins.

QP est retournée chez Mitsurô. Elle a emporté des *mochi* pour lui aussi. C'était un partage du partage, en quelque sorte.

Bien. J'ai débarrassé la table et installé mes instruments d'écriture. J'ai rouvert le passeport laissé par le mari de Yôko à la dernière page. J'ai imaginé, d'après son écriture soignée, quel genre d'homme il pouvait être.

Yôko m'avait expliqué qu'ils s'étaient mariés pendant leurs études. Ils faisaient partie de la même association étudiante ; elle avait un an de plus que lui. Peut-être que, sans s'en rendre compte, il avait pris l'habitude de se faire materner. Et il avait continué, prenant pour approbation le silence de Yôko qui serrait les dents.

Lors de son accident, il était en voiture avec une autre femme, paraît-il. Je n'éprouvais aucune compassion pour lui.

Il s'est défilé en mourant le premier. Vous ne trouvez pas ça terriblement égoïste ?

Chaque fois que les paroles de Yôko me revenaient à l'esprit, j'étais désolée pour elle.

Je devais faire quelque chose. Pour dénouer la colère qui lui encombrait la poitrine, la dissoudre et ouvrir la voie aux larmes de son chagrin.

Parce que si rien ne changeait, son existence serait trop triste. Elle n'était pas née pour vivre en portant un tel fardeau. Et pour leur enfant, avoir une mère perpétuellement en colère serait terrible.

Le soleil était déjà couché depuis longtemps quand, après de multiples brouillons, je me suis enfin attelée à la rédaction de la lettre. Pour écrire, j'ai choisi un Bankers, un stylo autrefois très prisé des banquiers.

Pardon, Yôko. Pardon d'avoir été un mari lamentable.

Je regrette terriblement la façon dont tout cela s'est terminé.

Je sais bien que ma conduite est impardonnable, mais je suis profondément désolé.

Je n'ai été ni un bon mari ni un bon père.

Et j'ai été puni pour ça. Je me trouve tellement nul, tu sais.

Je t'en supplie, remarie-toi un jour, même si ce n'est pas tout de suite.

Et sois heureuse dans ton mariage, cette fois-ci.

Je prie pour que tu rencontres un bon compagnon, quelqu'un qui soit tout mon contraire.

Et pour qu'un jour, avec notre fille, tu puisses dire du mal de moi en riant.

N'hésite pas à me traiter de tous les noms.

Pour finir, j'aimerais te dire merci. Merci pour tout.

Je te remercie du fond du cœur de m'avoir accompagné jusqu'au bout, malgré mes défauts. Pardon de t'avoir fait tellement souffrir.

J'ai reposé mon stylo. Ce stylo, on n'en trouve plus, la production a été arrêtée. C'est comme la vie. Une fois qu'on est mort, on ne peut plus revenir en arrière.

J'ai hésité jusqu'au dernier moment à ajouter *I love you* à la fin de la lettre. Pour finir, j'y ai renoncé. A la place de Yôko, après tout ce qui s'était passé, j'aurais trouvé le mensonge tellement gros que ma colère aurait ressurgi, je crois.

Elle souhaitait avant tout pouvoir pleurer, ressentir du chagrin. Il fallait rester raisonnable, ne pas trop en faire, sinon elle risquait au contraire de ne pas y croire. Je ne pouvais m'empêcher d'espérer que, quand elle lirait cette lettre, Yôko parviendrait à verser une larme, rien qu'une seule.

葉子、悪かった。ふがいない夫で、ごめんな。

こんな結果になって、本当に本当に申し訳ないと思っている。

謝まって許されることではないけど、今、とても後悔している。

夫らしいことも、父親らしいことも、何ひとつしてこなかった。

その罰が当たったんだな。自分でも、本当に情けないよ。

お願いだ、今すぐとはいわないが、いつか、再婚してほしい。

そして、今度こそ、幸せな結婚生活を送ってほしい。

俺とは正反対の、良き伴侶と出会えることを、祈っている。

そしていつか、俺の悪口を、娘と笑顔で語ってほしい。

俺のこと、いっぱいののしってくれ。

最後に、今まで本当にどうもありがとう。

こんな自分を最後まで見捨てずにいてくれたことに、心から

感謝している。苦労ばかりかけて、本当に悪かった。

A Kamakura, cette année encore, les mille-pattes commençaient à faire leur apparition. Il n'y a pas de quoi s'en vanter, mais ils pullulent, ici. J'ignore si c'est vrai ou non, mais on dit que c'est l'endroit du Japon où ils sont les plus nombreux. L'humidité ambiante en fait sans doute un véritable paradis pour ces bestioles.

Mais quand on en trouve un, il ne faut surtout pas l'écraser. Parce qu'alors il envoie une sorte de signal de détresse à ses camarades qui rappliquent en masse. D'ailleurs, en règle générale, les mille-pattes vivent en couple. C'est-à-dire que lorsqu'on en voit un, il y en a forcément un deuxième dans les parages.

Donc, la règle d'or est d'avoir à portée de main une grosse pince à mille-pattes.

L'Aînée les attrapait adroitement avec une paire de baguettes jetables pour les enfermer vivants dans une bouteille d'eau-de-vie : elle faisait ainsi de l'alcool de mille-pattes. Parce que c'est le meilleur remède pour leurs morsures.

La méthode la plus classique pour les tuer est quand même de les ébouillanter avec de l'eau chaude. Suivant les années, il peut y en avoir beaucoup ou très peu, ça dépend, mais en cette saison, le mieux est de se préparer à en rencontrer.

Au moment d'enfiler ses chaussures, il faut vérifier qu'il n'y a pas un mille-pattes à l'intérieur et quand on rentre le linge mis à sécher, on le secoue au cas où, avant de le déposer dans le panier. Mieux vaut prévenir que guérir.

Je l'ai seriné à Mitsurô l'année dernière, et cette année encore. Et pourtant, il a fini par se faire mordre.

C'est son postérieur qui a été pris pour cible. Un matin, il venait d'enfiler son caleçon quand une douleur lui a soudain transpercé la fesse ; ensuite, un mille-pattes a émergé de son sous-vêtement. Rien que d'y penser, c'est horrible. Mais cela aurait été encore pire s'il s'était fait mordre non pas le derrière, mais le devant. Il s'en est bien sorti dans son malheur.

Au téléphone, il geignait de douleur. Je ne pouvais pas le laisser comme ça : j'ai prélevé un peu de l'alcool de mille-pattes de l'Aînée, dont je suis allée lui porter une fiole au pas de course.

Comme l'alcool de mille-pattes n'offre pas un spectacle très ragoûtant, j'avais songé à m'en débarrasser à de multiples reprises, mais vu la situation, je me félicitais de l'avoir gardé. J'étais pleine de reconnaissance pour l'Aînée.

— Je t'avais bien dit de faire attention, ai-je rappelé à Mitsurô tout en badigeonnant la morsure d'alcool.

La plaie était rouge et boursoufflée, cela faisait mal à voir. Heureusement que c'était lui et non QP qui s'était fait piquer, c'était moins grave – il serait peut-être affligé de m'entendre dire ça. QP, elle, était partie en pleine forme manger à la cantine de l'école.

— C'est gênant. Mais j'ai mal, n'arrêtait-il pas de répéter, coincé dans une posture délicate.

Il paraissait vraiment honteux de se montrer sous ce jour à sa nouvelle épouse.

Mais c'est peut-être justement ça, le mariage : dévoiler à l'autre ses aspects les plus honteux. Moi aussi, si je me faisais mordre les fesses par un mille-pattes, il n'y aurait que Mitsurô qui pourrait me soigner. On est dans le même bateau.

Après lui avoir remis la fiole d'alcool, je suis repartie sans attendre. Il était bientôt l'heure d'ouvrir. Heureusement qu'il habite tout près.

Avec le recul, l'incident du mille-pattes n'était qu'un avant-goût de la journée. Car dans l'après-midi, c'est une bestiole autrement plus coriace qui s'est présentée à la papeterie Tsubaki.

Quand cette femme est entrée dans la boutique, j'ai ressenti un profond malaise.

Comme j'étais précisément en train de calculer mon chiffre d'affaires de la veille, j'ai fini de taper sur ma calculette avant de la regarder. Je sentais plus ou moins que quelque chose clochait ; lorsque j'ai relevé le visage, j'ai aperçu derrière les rayonnages la silhouette de dos d'une femme aux cheveux argentés. J'ai tout de suite compris que c'était Lady Baba.

Peut-être a-t-elle senti mon regard car elle s'est retournée.

En effet, elle était radicalement différente vue de face.

De dos, elle avait l'air d'une adolescente, mais de face, c'était loin d'être une jeunesse. On voit parfois dans le train ou ailleurs des femmes d'âge mûr qui tentent de se rajeunir en portant des mini-jupes, mais Lady Baba les surpassait toutes.

Profitant de ma stupeur, elle a avancé dans ma direction en faisant claquer ses talons. Puis, une fois plantée devant moi, elle a soudain lancé :

— Prête-moi de l'argent.

Sur le coup, je n'ai pas compris.

— De l'argent ?

A la voir, rien ne suggérait qu'elle avait égaré son portefeuille. Elle portait d'ailleurs un sac à main Vuitton à l'épaule – était-ce un vrai ? Mon pouls s'est accéléré. Heureusement, il n'y avait personne d'autre dans la boutique.

Elle a fait un geste et son parfum bon marché m'a soulevé le cœur.

— Je peux vous prêter mille yens, si nécessaire.

C'était une cliente, je me suis donc forcée à la traiter comme telle. Si elle était vraiment en panne d'argent, il valait mieux lui donner de quoi acheter un billet de train pour rentrer chez elle.

C'est alors qu'elle s'est écriée :

— Qu'est-ce que tu racontes ! Comme si ça allait suffire, mille yens. Je ne suis pas une enfant qui réclame de l'argent de poche.

Peut-être valait-il mieux appeler la police. Si je m'obstinais à dialoguer et qu'elle m'attaquait avec un couteau, ce serait terrible.

— Un instant, je vous prie. Je vais vous chercher une boisson, ai-je dit.

Je m'apprêtais à me lever quand elle a lancé :

— Tu ne me reconnais pas ?

Lady Baba a approché son visage tout près du mien. A une telle vitesse qu'instinctivement, j'ai détourné la tête. Ses cils couverts de mascara ressemblaient à des algues *hijiki*.

Comme je me taisais, elle a repris :

— Quelle fille cruelle, qui ne reconnaît même pas sa mère !

— Ma mère ? Je ne comprends pas de quoi vous voulez parler. Je n'ai pas de mère.

J'avais mobilisé tout mon sang-froid pour lui répondre. Mais au fond de moi, j'étais bouleversée.

— Puisque je te dis que c'est moi qui t'ai enfantée dans la douleur. Il ne s'agirait pas que tu l'oublies. Donc, ta mère te demande de lui prêter de l'argent.

— Quelle plaisanterie ! Je ne vous prêterai rien du tout. Partez, s'il vous plaît, ai-je dit en me rappelant que j'avais autrefois été une sorte de blouson noir, afin de rassembler tout le courage que je trouvais en moi.

Mais hélas, en matière d'aplomb, je ne lui arrivais pas à la cheville. Ma voix était montée dans les aigus.

— Qu'est-ce que tu as, à jouer les saintes-nitouches ? N'imagine pas pouvoir m'échapper ! Espèce de mauvaise fille !

J'avais envie de lui demander laquelle d'entre nous était la plus mauvaise fille, mais je me suis tue par peur des représailles.

A la sortie, Lady Baba s'est défoulée en flanquant un grand coup de sac Vuitton sur le tronc du camélia. Ça n'a pas suffi, semble-t-il, car elle a encore assené un coup de talon à la stèle épistolaire.

Ni l'un ni l'autre n'ont frémi.

La seule à trembler de peur, c'était moi.

Tout de même, Lady Baba, ma mère… ?

Il n'y avait rien pour le prouver. Elle avait juste inventé ces sornettes pour me soutirer de l'argent. On ne se ressemblait pas spécialement, d'ailleurs.

Mais j'avais remarqué quelque chose, à un moment : sa voix sonnait exactement comme celle de l'Aînée. Je ne voulais pas y croire mais ses paroles n'étaient peut-être pas dénuées de fondement.

Je suis restée un moment immobile, complètement vidée. J'avais beau me torturer les méninges, c'était un problème sans issue. Le choc, comme si j'avais pris un grand coup sur la tête, ne se dissipait pas. Jamais je n'avais envisagé l'existence d'un autre membre de ma famille que l'Aînée.

Pour commencer, j'ignorais jusqu'au prénom de celle qui m'avait donné le jour.

C'est alors que j'ai enfin compris.

L'Aînée m'avait protégée.

Elle m'avait soustraite à l'influence néfaste de cette Lady Baba. Avec ce que je savais désormais, je ne voyais pas d'autre possibilité.

Mais jamais je ne pourrais avouer à quiconque que Lady Baba était peut-être ma mère. Elle était la risée de tout Kamakura. C'était tellement humiliant, il était hors de question de l'admettre.

Elle semblait avoir besoin d'argent. Je me faisais peut-être des films ridicules, mais, et si cela la poussait à kidnapper QP pour réclamer une rançon ? Ce n'était pas complètement impensable.

Mais je ne voulais pas en parler à Mitsurô, plutôt mourir. J'avais honte, comme lui quand il m'avait montré ses fesses pour que je badigeonne sa morsure de mille-pattes, mais à un niveau totalement différent. L'idée effrayante qu'il pourrait me mépriser scellait mes lèvres.

Comparée à l'apparition de Lady Baba, l'affaire du mille-pattes était pleine de légèreté. Revoir Mitsurô en train de gémir sur lit, les fesses à l'air, m'a enfin tiré un sourire.

J'ai ri et pleuré un peu, et après avoir pleuré, j'ai ri encore un peu. On aurait dit que les larmes et le rire jouaient à qui gagnerait.

Une question m'a traversé l'esprit : et Yôko, où en était-elle ? La lecture de la lettre l'avait-elle fait pleurer ? Rendue triste ?

C'était une journée terrible. A classer, dans mon existence, comme un mercredi maudit.

Profitant d'une éclaircie dans la saison des pluies, j'étais en train de mettre des prunes à sécher sous l'auvent quand la clochette de la boutique a retenti. Je me suis précipitée : une véritable bourgeoise de Kamakura attendait à l'intérieur.

— Je veux divorcer de mon mari, a-t-elle annoncé sans détours.

Elle ressemblait à quelqu'un… Mais oui, à Cléopâtre. Enfin, surtout à l'image que je me fais de Cléopâtre.

Elle avait a priori une bonne cinquantaine d'années. Au premier abord, on n'aurait pas dit une Japonaise. Elle avait suffisamment d'allure pour figurer dans les pages d'un magazine féminin haut de gamme. Son nez était merveilleusement bien formé, ses traits bien marqués. Son visage était tout en monts et en vallées.

— Asseyez-vous, je vous en prie.

Quelque chose me disait que la conversation allait s'éterniser. Je suis passée dans l'arrière-boutique préparer des boissons. Il me restait encore un peu de l'*amazake* préparé pour QP. J'y ai ajouté une cuillerée de la confiture d'abricot que j'avais fait cuire la veille.

Quand je suis retournée dans la boutique, la Cléopâtre nippone jouait de l'éventail pour se rafraîchir.

Je n'ai pas eu besoin de l'encourager pour qu'elle me raconte son histoire par bribes. Elle avait beau ressembler à Cléopâtre, quand elle ouvrait la bouche, elle avait un petit accent. Sans doute venait-elle de la région d'Ibaraki. Je ne devrais peut-être pas dire cela, mais ce décalage la rendait encore plus attirante.

La Cléopâtre nippone était mariée depuis trente ans. Elle avait eu deux enfants, un garçon et une fille qui, désormais adultes, avaient quitté le nid familial. Elle n'a pas fourni de détails, mais son mari n'était pas un employé, il dirigeait sa propre affaire. Elle-même avait été mère au foyer quand les enfants étaient petits, avant de se mettre à travailler ; divorcer ne lui causerait pas de difficultés financières.

Si elle voulait quitter son mari, c'était à cause de son alcoolisme.

En temps normal, il était doux et gentil, mais il lui arrivait parfois de se soûler et il avait l'alcool mauvais ; il se mettait alors à lui crier dessus. Il n'avait encore jamais levé la main sur elle, mais il cassait des objets et poussait des hurlements en pleine nuit, impossible de le raisonner.

— A ce rythme-là, je crains pour mon intégrité physique, a-t-elle plaidé en me lançant un regard désespéré. J'ai l'impression que c'est le moment de partir. Nous avons suffisamment consacré de temps l'un à l'autre. Je crois que nous ferions mieux de vivre chacun de notre côté. Je suis épuisée. Si nous voulons refaire notre vie, il est encore temps, mais tout juste, a-t-elle murmuré d'un ton grave, la tête basse.

Bref, elle voulait que j'écrive pour elle une « lettre de répudiation ».

Merci pour tout.

Ces trente années passées ensemble font ma fierté.

Grâce à toi, j'ai goûté à de nombreux bonheurs.

Elever nos enfants a été la grande aventure que j'espérais.

Si je ne t'avais pas rencontré, je n'aurais pas vécu toutes ces choses pour lesquelles je te suis reconnaissante.

Mais je n'en peux plus.

Il m'est impossible de rester plus longtemps à tes côtés.

Je pense que tu sais pourquoi.

Nous avons assez donné l'un à l'autre.

Si tu continues à me faire du mal, vivre me deviendra impossible.

Pardonne-moi de ne pas avoir été une épouse parfaite.

Pour être honnête, après trente années ensemble, je ne suis pas certaine d'arriver à vivre loin de toi.

Mais je le dois. Pour moi, comme pour toi.

Cette annonce te prendra peut-être par surprise, mais cela fait longtemps que j'envisage calmement cette possibilité.

今まで、本当にありがとうございました。
三十年という歳月を、あなたと共に過ごしたことは、
私の人生の誇りです。
あなたのおかげで、私は多くの幸福を味わいました。
子ども達を育てたことは、大きな冒険であり、希望でした。
あなたと出会わなければ、経験できないことばかり。
本当に感謝しています。
けれど、私はもう限界なのです。
これ以上、あなたのそばにいることは、できません。
理由は、わかっていると思います。
私達は、もう十分、お互いのために尽くしました。
これ以上あなたに傷つけられたら、私は生きていけなく
なります。
至らない妻であったこと、どうか許してください。

正直、三十年も一緒にいたので、あなたと離れて生きて
いけるのか、まだ自信がありません。
でも、そうしなくてはいけないのだと思います。自分のためにも、
あなたのためにも。
あなたにとっては、寝耳に水の話かもしれませんが、私は、
この選択肢について、長い間、冷静に考えてきました。
今が、その時です。
私達、これからは別々の道を歩みましょう。
そしていつか、お互いがおじいさんとおばあさんになって、
それぞれに伴侶をえていたら、その時はまた、笑顔で
茶飲み話ができるかもしれません。
離婚届を同封します。
私の方はすでに署名も判も済んでおりますので、
あなたの方を書いて提出してください。
よろしくお願いします。

L'heure est venue.

Suivons désormais chacun notre chemin.

Un jour, quand nous serons vieux tous les deux, si nous avons refait notre vie, peut-être pourrons-nous bavarder avec le sourire autour d'une tasse de thé.

Tu trouveras ci-joint les papiers pour le divorce.

Je les ai remplis et signés ; tu n'as plus qu'à faire de même avant de les déposer à la mairie.

Merci d'avance.

Au fur et à mesure que j'écrivais, je me suis sentie faire corps avec elle et la tristesse m'a envahie, comme si j'allais moi-même divorcer.

Divorcer de Mitsurô ?

Impossible à imaginer alors que nous venons à peine de nous marier, mais comment jurer que cela n'arrivera pas ? C'était sûrement pareil pour la Cléopâtre nippone. Les choses sur lesquelles on passe en riant au début deviennent insupportables au fil des ans et on n'arrive plus à les pardonner. On s'en veut de ne pas y arriver, et on se trouve impardonnable de ne pas pardonner.

Lorsque deux personnes qui sont nées et ont grandi séparément fondent une famille et s'installent sous le même toit, il se passe tout un tas de choses, c'est normal. Moi aussi, si j'étais en permanence avec Mitsurô, je lui trouverais des défauts et peut-être qu'il m'agacerait.

Mais… ai-je songé.

Si on peut quitter le partenaire qu'on a choisi de son plein gré, pourquoi les liens du sang nous interdisent-ils de quitter une famille qu'on n'a pas choisie ?

Admettons que Lady Baba soit réellement ma génitrice ; elle aurait le droit de m'abandonner, mais moi, de toute ma vie, il me serait interdit de couper les ponts avec elle ? Un parent pourrait larguer son enfant en toute impunité alors que seule la mort de l'un ou de l'autre libérerait l'enfant ? N'est-ce pas trop cruel ?

Je pensais à tout cela quand je me suis rappelé que j'avais mis des prunes à sécher.

Pour un peu, je les aurais oubliées.

Comme le temps semblait vouloir se maintenir, je les avais étalées sur la véranda.

Les retourner deux ou trois fois par jour en les malaxant les rend meilleures, paraît-il. Cette année, pour la première fois, je m'essayais comme je le pouvais à préparer ces prunes séchées que Mitsurô aime tant. C'est sa grand-mère âgée de quatre-vingt-dix ans qui m'a appris comment faire. A son âge, elle continue à s'occuper de son potager.

Je n'avais pas encore rencontré la famille de Mitsurô. A vrai dire, nous avions prévu d'aller les voir pour notre mariage. Mais ses parents avaient refusé, ce n'était pas la peine de venir exprès à un moment où nous étions très occupés.

Ils habitent dans une région reculée de Shikoku, à une journée de voyage de Kamakura. Mitsurô dit en riant que c'est plus loin que l'Afrique et en effet, ce n'est pas le genre d'endroit où l'on va en week-end pour seulement une nuit ou deux. Nous avions donc décidé d'attendre l'été et d'y passer plusieurs jours tous les trois ensemble.

Je ne les ai jamais rencontrés mais, de temps en temps, ils nous envoient un colis. Dedans, il y a des légumes de leur potager, du miso, des haricots ou des fruits qu'on trouve dans les coopératives locales. Lorsqu'il reste un peu de place dans le carton, ils y glissent des gelées de konjac achetées au supermarché près de chez eux ou des madeleines et des biscuits faits par la sœur aînée de Mitsurô. Parfois, sa mère ajoute un petit plat qu'elle a cuisiné.

Si tout cela est une évidence pour lui, pour moi ce sont des attentions familiales toutes nouvelles, une véritable découverte. Quelque chose qui n'existait pas dans mon quotidien avec l'Aînée. Mon mariage avec Mitsurô m'a fait découvrir ce que sont des liens familiaux apaisés.

Sa mère joint à chaque colis un petit mot qui en détaille le contenu, de courtes lettres que j'aime beaucoup lire.

A ce propos, la famille de Mitsurô tenait autrefois un bureau de poste. Ce n'est pas pour cette raison que je l'ai épousé, mais cela a pesé dans la balance. L'ancien bâtiment de la poste désaffectée accueille désormais un café tenu par sa sœur. Si lui aussi a ouvert un café, c'est en grande partie sous son influence, m'a-t-il confié.

Quand il était encore petit, pour le jour de l'An, sa grand-mère partait en traîneau distribuer les cartes de vœux. Un ancien bureau de poste, voilà qui est extrêmement attirant à mes yeux. Dans le café sont exposés les panneaux et le matériel qu'on y utilisait autrefois ; je me fais d'avance une joie d'aller dans la famille de Mitsurô.

Heureusement, Lady Baba n'est pas revenue. Au début, après son apparition à la papeterie Tsubaki, j'étais constamment anxieuse ; dans la rue, je me demandais sans cesse si elle ne me suivait pas ou si elle n'allait pas soudain m'arracher mon sac à main, je n'avais pas l'esprit tranquille. Et si elle venait frapper à ma porte en pleine nuit ? Cette idée m'empêchait de dormir sur mes deux oreilles et j'ai souffert d'insomnie pendant un certain temps. Mais une semaine s'est écoulée, puis deux, et petit à petit, le quotidien a repris ses droits.

Pour commencer, alors que je n'avais rien à me reprocher, c'était moi qui vivais dans la peur ; cela n'avait pas de sens. Je me suis rendu compte que j'entrais dans son jeu. Vivre sans rien changer à mes habitudes était la meilleure façon de lui résister.

Et puis, il y avait QP. Après le Carnaval des Livres à la fin du mois précédent, tout un tas d'événements étaient prévus à Kamakura. La fête Mizai-matsuri du sanctuaire Gosho venait d'avoir lieu en juin et, au mois de juillet, ce serait le feu d'artifice tant attendu. Qu'on sorte le week-end ou qu'on fasse de la pâtisserie à la maison, la semaine passait à toute vitesse ; à ce rythme, c'était le mois entier qui filait en un clin d'œil.

En plus, j'avais pas mal de travail. Alors, je n'avais pas une seconde à consacrer à Lady Baba. Je me suis efforcée de l'écarter de mes pensées.

Le lendemain du rite estival de purification au sanctuaire Hachiman, j'étais en train de nettoyer la vitrine de la papeterie Tsubaki quand un homme élégant est arrivé à pied. Il était vêtu d'un complet en lin blanc et coiffé d'un panama, une tenue qu'on ne voit plus guère. Un instant, j'ai cru avoir affaire à une star hollywoodienne. Néanmoins, il semblait bien japonais.

J'étais persuadée qu'il allait passer son chemin quand il s'est arrêté devant la boutique, dont il a scruté l'enseigne calligraphiée par l'Aînée. Puis il a demandé posément :

— Ici, c'est bien un écrivain public ?

Lorsque nos regards se sont croisés, le nom de la star hollywoodienne m'est revenu. Il avait un faux air de Richard Gere. Evidemment, ce n'était pas le vrai. Mais j'ai décidé que pour moi il serait *presque* Richard Gere.

— Oui, en effet, ai-je répondu.

Richard (presque) Gere a sorti de la poche poitrine de sa veste un mouchoir avec lequel il s'est épongé la nuque.

— Je marche depuis ce matin à votre recherche, a-t-il simplement déclaré.

J'ai regardé la pendule : bien que ce ne soit pas encore tout à fait l'heure, j'ai décidé d'ouvrir la boutique.

— Entrez, je vous en prie.

Je l'ai laissé passer ; un léger parfum d'agrumes émanait de lui. Il semblait avoir son élégance à cœur. Sa tenue était parfaite de la tête aux pieds. C'est peut-être ce genre d'homme qu'on appelle communément « les papys qui déchirent ».

Après lui avoir proposé un tabouret, j'ai servi des boissons. La veille, j'avais mis au réfrigérateur des feuilles de thé Oolong à infuser lentement dans de l'eau. J'ai versé le thé dans des tasses en verre à l'aspect rafraîchissant ; quand je les ai apportées dans la boutique, une enveloppe posée sur la table m'a donné un coup au cœur.

J'ai failli laisser échapper un cri, réprimé de justesse. C'était sans doute possible la lettre de répudiation que j'avais rédigée à la demande de la Cléopâtre nippone. Un instant, l'affolement m'a envahie, mais j'ai servi son thé à Richard (presque) Gere sans rien laisser paraître.

— Il fait chaud, n'est-ce pas ?

Pour masquer mon désarroi, j'avais entamé la conversation par une formule toute faite sur la météo.

— A vrai dire, ma femme m'a envoyé cette missive au bureau, a-t-il lancé.

Apparemment, il ignorait que c'était moi qui l'avais écrite. Dans ce cas, l'attitude à adopter était claire.

— Une missive, dites-vous ?

Faire semblant de rien n'était pas facile. J'ai avalé la salive qui s'était accumulée dans ma bouche, en déglutissant plus fort que je ne l'imaginais. Mon cœur n'arrêtait pas de battre la chamade.

— Une missive, oui, on peut dire ça ; c'est surtout une lettre de rupture.

Tout en parlant, Richard (presque) Gere a sorti une feuille de l'enveloppe. Pas du papier à lettres, mais une simple feuille blanche. Cela avait été ma façon de souligner l'absence de torts de l'épouse, de montrer qu'elle était blanche comme neige.

Il me l'a tendue :

— Lisez-la, s'il vous plaît.

Jamais je n'aurais imaginé revoir dans de telles circonstances une lettre que j'avais rédigée en tant qu'écrivain public. Même l'Aînée, malgré sa longue carrière, n'avait sûrement pas vécu une telle expérience !

J'ai relu le texte que j'avais couché sur le papier. Si jamais je trouvais maintenant une erreur, que faire ? me suis-je inquiétée, mais tout semblait en ordre.

Au début, je croyais que Richard (presque) Gere était venu à la papeterie pour faire un esclandre. Je m'étais préparée à ce qu'il sache que j'étais l'auteur de cette lettre et m'insulte en me demandant des comptes. Mais il n'avait toujours pas haussé le ton.

— J'aimerais que vous écriviez une réponse, a-t-il dit quand j'ai eu fini de lire.

Bref, j'avais affaire non pas à une guerre par procuration, mais à une bataille par écrivain public interposé. Visiblement, je m'étais laissé embarquer dans une controverse conjugale très compliquée. Ils auraient quand même pu écrire leurs lettres eux-mêmes, non mais !

— Que souhaitez-vous répondre ? ai-je demandé comme si je prenais tout juste connaissance de la situation, tout en réprimant une folle envie de m'arracher les cheveux.

Au fond de moi, je ne savais plus où j'en étais. C'était ça, jouer un double rôle ? Ecrire une lettre à quelqu'un, puis devoir y répondre soi-même, c'était quand même un peu bizarre.

— Je ne veux pas divorcer. Pourriez-vous la convaincre de changer d'avis ?

Rien de pire que les disputes de couple : mieux vaut ne pas s'en mêler. Et puis, je ne pouvais pas lui dire que si sa femme ne voulait plus de lui, c'était parce qu'il était un alcoolique violent – c'était hors de question.

Richard (presque) Gere a repris :

— Je suis désolé d'avoir à vous parler de cela, mais c'est elle qui a commencé à avoir l'alcool mauvais. Pour notre nuit de noces, vous imaginez ? Au dîner, elle n'a pas arrêté de boire du vin et du champagne, elle était complètement soûle, cela a été terrible. Elle a vomi dans le lit, et puis elle s'est mise soudain à brailler. J'ai passé la nuit à m'occuper d'une poivrote. Je crois même qu'elle m'a frappé. Elle a complètement gâché notre nuit de noces, oui, complètement.

Il n'arrêtait pas de répéter ces mots, « nuit de noces », tant et si bien que c'est moi qui ai fini par rougir. Dans leur jeunesse, ils avaient sans doute formé un couple d'une rare beauté.

— Votre épouse était jeune. N'est-ce pas aujourd'hui un souvenir attendrissant ?

Bien en peine de savoir quoi répondre, j'avais dit ce qui me passait par la tête. Richard (presque) Gere était étrangement désinvolte et son attitude avait déteint sur moi, découvrais-je.

— Absolument pas, a-t-il calmement rétorqué. Cela n'a strictement rien d'attendrissant. Demander le divorce parce que je me laisse aller à boire de temps en temps, c'est exagéré. Vous ne trouvez pas ?

Quel parti prendre, au côté de qui me ranger ? Je n'en savais rien. Pour moi, ils étaient tous les deux des clients.

Mais à les voir ainsi, ils ne paraissaient pas du tout sur la même longueur d'onde. La Cléopâtre nippone était tout ce qu'il y a de plus sérieux, ce que Richard (presque) Gere ne semblait pas saisir.

Peut-être ma lettre de répudiation avait-elle manqué de punch ?

— Mais votre femme l'envisage sérieusement, n'est-ce pas ?

J'avais choisi mes mots avec soin pour éviter de commettre une bourde.

— Vous croyez ? a-t-il demandé négligemment.

— Bien sûr que oui !

J'avais répondu sèchement, sans le faire exprès. Jouer un double rôle, cela dépassait mes compétences, je ne m'en sortais pas.

— Permettez-moi de mettre les choses au clair : vous ne voulez pas divorcer ? Vous aimez votre femme ? Vous regrettez vraiment vos excès de boisson ?

On aurait dit que j'étais de la police. Il a réfléchi, soudain grave.

— C'est sans doute parce que je l'aime que je ne veux pas divorcer. Mais si je regrette vraiment... ? Je ne me souviens de rien.

Une nouvelle fois, il avait botté en touche.

— Justement, n'est-ce pas là le problème, le fait que vous ne vous souvenez de rien ? Je ne crois pas que vous pouvez rester comme ça à ignorer ce que vous avez dit à votre femme, en quoi vous lui avez fait du mal.

Peu à peu, je me rangeais du côté de la Cléopâtre nippone, semblait-il.

— Ce n'est pas parce que vous avez tout oublié que de son côté, elle n'a pas été profondément blessée par vos paroles et vos actes. Et il ne s'agit pas d'une ou deux fois en passant. Elle a subi cela un nombre incalculable de fois, le cœur en miettes à chaque blessure, pansant lentement ses plaies.

Et maintenant qu'elle vous crie que ce n'est plus possible, vous ne l'entendez pas ? Se croire au-dessus de tout reproche parce qu'on ne se souvient de rien, ça vous semble adulte ? Vous ne trouvez pas ça irresponsable ? A ce compte-là, tous les crimes seraient pardonnables.

Tandis que je parlais, la Cléopâtre nippone avait pris possession de moi. J'avais beau me dire qu'il ne fallait pas, j'étais incapable de m'arrêter.

— Je suis désolé, s'est excusé Richard (presque) Gere.

— Ce n'est pas à moi, mais à votre femme que vous devez des excuses.

Parce qu'elle veut vraiment divorcer, ai-je failli ajouter, mais j'ai ravalé ces mots. De peur qu'il découvre que c'était moi qui avais écrit cette lettre de répudiation.

— Peut-être est-ce à votre insu, mais blesser quelqu'un involontairement est encore plus grave que le faire de façon délibérée. C'est trop facile de se dédouaner en disant qu'on ne pensait pas à mal. Votre intention ne change rien au fait que vous l'avez blessée.

Devant son attitude, je n'avais pu m'empêcher de le dire.

Ces mots-là n'avaient pas été mis dans ma bouche par la Cléopâtre nippone, mais plutôt par l'Aînée. Je l'avais souvent entendue les prononcer.

Leur sens, qui m'avait toujours un peu échappé, m'était soudain devenu clair.

Elle trouvait cela très grave, de blesser quelqu'un sans le vouloir.

— Pardon, a-t-il répété, la tête basse.

J'avais haussé le ton, ce qui lui avait peut-être fait prendre conscience de la gravité de la situation. Il était tout penaud, comme un enfant grondé par sa mère.

— Comment faire…

Je ne pouvais que soupirer. J'aurais bien voulu les aider tous les deux, mais il est impossible de contenter des souhaits divergents – elle voulait divorcer, lui non. Dans ce genre de cas, ce n'était sans doute pas à un écrivain public comme moi, mais plutôt à un avocat ou un juge aux affaires familiales qu'il fallait s'adresser pour trouver une solution.

Mais je ne pouvais tout de même pas purement et simplement tourner le dos à quelqu'un dans la détresse ; j'étais bien embêtée. Cela pouvait paraître irresponsable, mais j'aurais préféré qu'ils tirent à pile ou face le sort de leur mariage.

— Je vous en supplie, a lancé Richard (presque) Gere, en s'inclinant tellement bas que le bout de son nez touchait presque la table.

Je lui avais fait la leçon alors qu'il était bien plus âgé que moi. J'étais peut-être allée trop loin ; c'était à mon tour d'avoir des regrets.

— Jusqu'à présent, ma femme et moi avons surmonté bien des hauts et des bas. Je regrette profondément de l'avoir blessée. Alors je vous en prie, aidez-moi à la convaincre de finir notre vie ensemble, a-t-il dit, toujours plié en deux.

Il paraissait sincère.

Quand il a enfin relevé la tête, ses paupières étaient un peu rougies.

Un verre ça va, trois verres bonjour les dégâts !

Je le sais mais cela me fait tellement de bien que je finis par trop boire.

Cependant, comme tu le soulignes souvent, je vais bientôt fêter mes soixante ans. Si, sous l'emprise de l'alcool, je me blessais ou faisais du mal à quelqu'un, je te causerais vraiment du souci.

Je ne suis pas le seul concerné, mais je finis par l'oublier et je me laisse aller.

Tu peux me traiter d'idiot, je n'ai aucune excuse.

A mon âge, laisser l'alcool prendre le dessus, injurier ma femme bien-aimée et la blesser, c'est inexcusable. Je regrette vraiment ce qui s'est passé l'autre jour.

Je te promets de ne plus jamais me comporter ainsi.

Désormais, je ne boirai plus que quelques gouttes d'alcool juste pour le plaisir.

(A ma grande honte, je ne peux pas m'engager à ne plus boire du tout...)

酒は飲んでも、飲まれるな！
わかっちゃいるのに、ついつい楽しくなって、度をこして
飲んでしまうんだ。
でも、君が言うように、俺ももう還暦間近だ。暴れて、
怪我でもしたり、もしくは誰かに怪我をさせたりしたら、
それこそ君に迷惑をかけてしまう。
自分だけの体ではないことを、ついつい忘れて羽目を
外してしまうんだな。
大バカ者だといくら言われようが、俺に弁解の
余地は全くない。
いい年したジジイが、酒に飲まれて、愛する妻に
暴言を吐いて傷つけるなんて、あってはならない話だ。
この間のことは、本当に反省している。

もう二度とあんな真似はしないと、約束する。
今後酒は、ほどほどに、たしなむ程度にする。
（飲まないとは言いきれない自分が情けない限りだが…）
君が再三言うように、俺はもう完全にジジイだ。
若い頃とは違って、モーロウしている。あんなふうに
酒を飲んだら、道端に倒れて頭を打って、悲惨
な人生の終わり方をするかもしれない。
今回のことで君がどんなに傷ついたか、本当によく
わかった。
だから、離婚というのを、考え直してほしい。お願いだ。
お互い、冷静になろう。
あんなことで、今まで築き上げた三十年が無に
なってしまうのは、正直、耐えられない。

世間体とか、子ども達のことを考えてそう言って
いるんじゃない。
俺には、もう一回だけ、チャンスを与えてほしいんだ。

Comme tu me le répètes, je suis presque un vieil homme. Je ne suis plus aussi solide que quand j'étais jeune. A boire ainsi, je risque de me fendre le crâne en m'effondrant en pleine rue, ce serait une bien triste fin.

J'ai compris à quel point je t'avais blessée.

Alors, je voudrais que tu reviennes sur ta décision. Je t'en supplie. Reprenons nos esprits, l'un comme l'autre.

Tirer un trait sur trente années de vie commune pour ça me serait insupportable.

Je ne dis pas ça pour le qu'en-dira-t-on ou pour les enfants.

Je te demande de m'accorder une deuxième chance.

Après avoir mis la lettre à la boîte du bureau de poste de Kamakura, j'ai eu envie de marcher encore un peu.

C'était samedi, la papeterie était fermée pour l'après-midi et QP était partie jouer chez une amie. J'avais un peu de temps devant moi avant d'aller chez Mitsurô en fin d'après-midi.

Pour éviter la foule, j'ai pris à gauche en direction du temple Myôhon-ji. J'avais une envie folle de me retrouver dans un endroit peuplé d'arbres. Je voulais respirer à fond.

C'est durant ma première année de lycée que j'ai découvert le Myôhon-ji.

Un jour où je ne voulais pas rentrer à la maison tout de suite, je marchais au hasard dans le quartier de la gare quand je suis tombée sur ce temple.

Bien que tout proche de la gare, il est vaste, et j'avais beau gravir une marche en pierre après l'autre, j'ai mis un temps fou à atteindre le portail principal.

A l'époque, j'enviais les arbres dont le feuillage poussait en toute liberté. Là-bas, je pouvais respirer un air neuf, jusqu'au plus profond de mes poumons.

Dans l'enceinte du temple, il y avait plein de chats errants à qui j'allais souvent me confier. Les arbres aussi prêtaient l'oreille à mes monologues. Le vent, lui, séchait mes larmes avec douceur.

Au bout d'un moment, la brise chassait les scories qui m'encombraient le cœur et je reprenais le chemin de la maison d'un pas plus léger.

Pour moi, le Myôhon-ji, c'était un lieu unique où j'avais rendez-vous avec moi-même.

J'ai lentement gravi les marches en repensant avec nostalgie, pour la première fois depuis bien longtemps, à ces jours lointains. A l'époque, je n'arrêtais pas de penser à mes relations avec l'Aînée et à mon avenir. Je n'avais nulle part où aller, j'étouffais et je n'aspirais qu'à une chose, quitter le plus vite possible cette ville, Kamakura.

Mais aujourd'hui, c'est ici que je vis.

Alors, j'aurais voulu rassurer mon moi de l'époque : ne t'inquiète pas, tout finira par s'arranger.

Je me suis arrêtée au milieu des escaliers et j'ai pris une grande inspiration, les yeux fermés ; l'esprit du végétal s'est faufilé dans tout mon corps.

La lettre commandée par Richard (presque) Gere n'était pas parfaite, faute d'expérience, mais j'avais fait de mon mieux. Advienne que pourra ! Le destin en décidera.

Je pensais qu'il y aurait du monde au temple, vu que c'était le week-end, mais non.

A cause de la bruine qui tombait par intermittence depuis le matin, c'était calme pour un samedi.

Après m'être recueillie devant le sanctuaire principal, je me suis assise sur les marches pour faire une pause. Le temple était tout luisant de pluie. J'ai toujours aimé le paysage qu'on voit d'ici.

Devant le bâtiment de gauche, consacré au père fondateur, pousse un pommier sauvage. Des fruits commençaient à y poindre, avant que les jeunes feuilles n'apparaissent. Serait-ce ici que le critique littéraire Kobayashi Hideo et le poète Nakahara Chûya se sont réconciliés ? Ils vivaient un triangle amoureux avec la même femme.

Pour moi, Kobayashi Hideo n'a jamais été qu'un vieux monsieur grincheux qui écrivait des choses compliquées. Quand j'étais lycéenne, chaque fois que l'un de ses textes sibyllins était le sujet d'un devoir de littérature contemporaine, j'étais désespérée. Mais dans sa jeunesse, il était paraît-il tombé amoureux de la fiancée de son ami Nakahara Chûya, à qui il l'avait soufflée, et pour finir, il avait même vécu avec elle. Je me souviens d'avoir été vaguement soulagée de découvrir que même un auteur aussi hermétique pouvait perdre la raison pour une femme.

Si mes souvenirs sont bons, presque dix ans après cet épisode, les deux hommes sont venus ensemble admirer les fleurs de ce pommier sauvage. C'est ce que raconte Kobayashi dans ses *Souvenirs de Nakahara Chûya*.

L'Aînée possédait ce livre dans lequel j'avais un jour lu cette scène. J'ai oublié les détails, mais je garde un vague souvenir de la beauté de la description des fleurs du pommier. Le livre est sans doute encore quelque part à la maison. J'essaierai de le retrouver en rentrant, pour relire ce passage.

J'ai fait quelques courses au grand magasin Tôkyû avant de prendre le bus devant la gare ; le deuxième portique du sanctuaire Hachiman était paré de grosses boules ornementales. Bien sûr ! Tous les ans, après le grand rite de purification de l'été, Kamakura se drape des couleurs de Tanabata, la fête des étoiles. A l'entrée de la rue Komachi-dôri et devant la pâtisserie Toshimaya aussi, de superbes décorations sont installées.

Mais le plus extraordinaire est sans conteste le sanctuaire Hachiman. Pour ne rien rater du spectacle, j'ai ouvert grand les yeux derrière la vitre du bus.

Les élégantes boules accrochées au portique laissaient gracieusement flotter leurs rubans.

Le sanctuaire me rappelle toujours le Ryûgyû-jô, le palais sous-marin du dieu dragon, mais ainsi paré de couleurs vives, il était encore plus beau.

Boules et rubans ornaient également la scène dédiée aux danses rituelles et le bâtiment principal. Tout cela était bien réel mais je me sentais comme transportée dans un rêve, c'était étrange. Le spectacle était aussi merveilleux qu'au Nouvel An : à Kamakura, l'année commence l'été, j'en suis convaincue.

J'ai accroché des tiges de bambou à l'entrée de la papeterie Tsubaki. Le Baron me les avait apportées exprès dans la matinée.

Quand je lui ai murmuré « Félicitations » à l'oreille, il a affiché le sourire un peu gêné d'un vieil homme heureux. L'enfant du Baron et de Panty était attendu à l'automne.

Après être repassée par chez moi, j'ai gagné ma résidence secondaire, là où m'attendent Mitsurô et QP. Même si je ne suis pas sûre qu'on puisse parler de résidence secondaire, dans notre cas.

Avec en toile de fond les tiges de bambou dressées à l'entrée de la papeterie Tsubaki, nos vœux pour la fête des étoiles se balancent au vent. Depuis tout à l'heure, seule la feuille de QP tournoie, comme une ballerine exécutant une pirouette. Chez les Morikage, on fait comme au sanctuaire Hachiman : chacun couche son vœu sur du papier coloré découpé en forme de feuille de mûrier de Chine.

Un petit frère ou une petite sœur…

J'y pense, bien entendu. Mitsurô, s'il n'en parle pas, l'espère néanmoins.

Il a vécu une expérience extrêmement douloureuse et triste. Mais qui pourrait lui interdire le droit au bonheur ?

Tant qu'on est en vie, même dans les plus terribles malheurs, notre estomac et notre libido se rappellent à nous.

Dans certaines situations, le rire est le seul recours face au chagrin. Je voudrais que Mitsurô rie encore plus. Je voudrais qu'il rie chaque jour à gorge déployée, qu'il en ait des courbatures aux abdominaux.

Avant notre mariage, j'avais envie de porter son enfant. Je rêvais d'accueillir, dans un avenir proche, un bébé à nous deux.

Mais maintenant que je suis mariée à son père, mon amour pour QP a encore augmenté. Je l'aime plus fort chaque jour.

Je veux un petit frère
ou une petite sœur.
Morikage Haruna QP

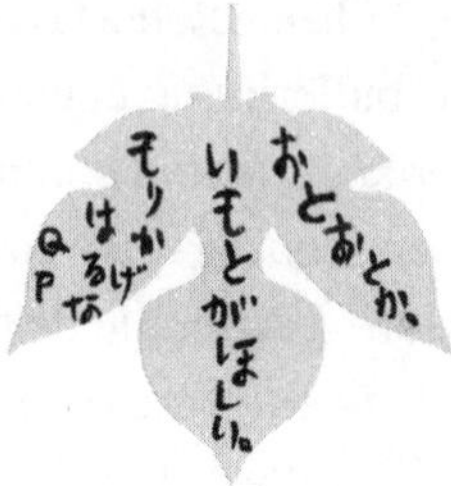

Succès
dans le commerce !
Morikage Mitsurô

Que notre famille soit
toujours en bonne santé,
paisible et gaie.
Hatoko

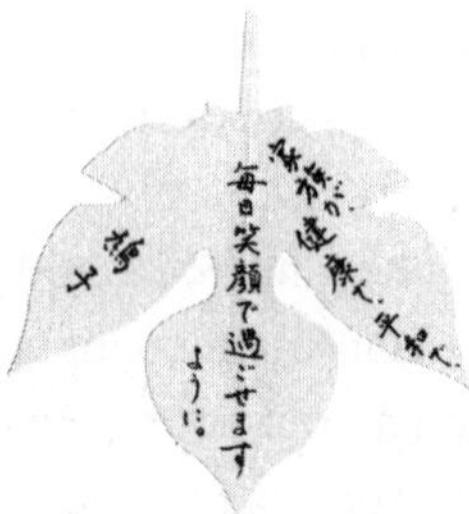

Cela coule en moi comme une source inextinguible, comme une eau qui jaillirait limpide mais légèrement sucrée. C'est peut-être cela que les gens appellent l'instinct maternel. Une source intarissable le fait sourdre dans mon cœur.

C'est difficile à exprimer, mais j'ai l'impression que c'est précisément le fait de ne pas être liées par le sang qui me rend QP encore plus chère. Et si je donnais naissance à un enfant et que je le trouvais plus mignon qu'elle ? Cela m'effraie un peu.

Et voilà qu'elle veut un petit frère ou une petite sœur, juste au moment où je me pose toutes ces questions.

Mes hésitations ont également une autre cause : Lady Baba. Donner naissance à un enfant, c'était lui transmettre ses gènes.

Perdue dans mes réflexions, j'avais laissé mes mains tomber dans l'oisiveté. Je m'étais pourtant attelée à découper du papier en forme de feuille de mûrier pour que les clients et les voisins puissent y calligraphier leurs vœux. Je voulais disposer à l'entrée de la boutique une petite table avec les feuilles et des stylos, pour que chacun puisse écrire tranquillement ; c'était mon projet Tanabata.

J'ai été soulagée d'apprendre que le feu d'artifice aurait bien lieu cette année – peut-être grâce à la petite poupée pour appeler le beau temps que j'avais fabriquée. Depuis quelques jours, je surveillais le ciel en priant pour qu'il fasse beau. Car l'an dernier, le feu d'artifice a été annulé à cause d'une mer déchaînée. Après cette déception, pour QP, c'est un événement hautement attendu. Je lui ai promis depuis longtemps que nous irions ensemble, vêtues de nos *yukata*.

Quand j'en ai parlé à Madame Barbara, elle m'a proposé de nous emmener voir le feu d'artifice depuis un endroit spécial. Un coin secret d'où elle y assiste tous les ans et où elle veut nous inviter, QP et moi. C'est la maison d'une de ses amies à Komachi ; de son toit-terrasse, le spectacle est particulièrement beau.

Chacun devait apporter quelque chose à manger. En fin d'après-midi, je me suis donc mise à préparer des *onigiri* à la viande en conserve. QP apporterait des boulettes de poulet frit cuisinées par Mitsurô. En réalité, j'aurais aimé qu'il se joigne à nous, mais c'était impossible car il devait tenir son café. Pour réaliser son vœu de *Succès dans le commerce !*, il travaillait de toutes ses forces.

J'ai fermé la papeterie un peu plus tôt que d'habitude et je me suis dépêchée d'enfiler mon kimono en coton avant de partir. Comme Madame Barbara avait commandé un rosbif à la boucherie devant la gare, nous devions nous retrouver directement sur place, chez son amie.

A notre arrivée, la fête battait déjà son plein sur le petit toit-terrasse. Au même moment, la première fusée est montée dans un grand bruit.

L'assistance a poussé un cri de joie. Madame Barbara, arrivée avant nous, avait réservé un siège aux premières loges pour QP.

J'ai beau vivre à Kamakura, cela faisait plus de dix ans que je n'avais pas vraiment profité du feu d'artifice. La dernière fois, je crois bien que j'y suis allée avec Tante Sushiko qui nous avait rendu visite par hasard ce jour-là. De toute façon, c'est la première fois que je le vois d'un aussi bon emplacement.

L'amie de Madame Barbara s'est excusée qu'on manque les plus beaux bouquets, ceux tirés sur l'eau, mais cela n'avait aucune importance. On profitait pleinement de chaque fusée qui s'élevait en douceur dans les airs, se déployait d'un coup puis s'évanouissait dans un scintillement.

Admirer le feu d'artifice une bière à la main en grignotant des yakitoris et des graines de soja sans se faire bousculer par la foule, c'est un luxe extraordinaire. Les larges fleurs à peine épanouies dans le ciel sombre s'étiolaient aussitôt, alors j'ouvrais les yeux encore plus grand pour ne pas en rater une miette.

L'image de Takahiko m'a soudain traversé l'esprit. Regardait-il le feu d'artifice, lui aussi ? Il m'avait dit pouvoir faire la différence entre la lumière du soleil et l'obscurité de la nuit. Peut-être arrivait-il à distinguer les fusées du feu d'artifice.

On parle souvent des yeux du cœur, mais Takahiko, lui, possédait des yeux encore plus magnifiques – ceux de l'âme. Peut-être que chaque chose qu'il voyait, par-delà l'obscurité, avait la forme de son âme. J'aurais aimé avoir ce don.

QP ne bougeait pas d'un cil, fascinée par le spectacle déployé dans le ciel nocturne. Ce n'était sûrement pas la première fois qu'elle assistait à un feu d'artifice, mais à la voir, on aurait pu le croire. Tout entière concentrée, comme si son corps n'était plus qu'un œil, elle suivait le sillage des fusées qui grimpaient dans le ciel.

Pour rentrer, nous avons pris l'allée Dankazura avec Madame Barbara. QP était entre nous et nous marchions main dans la main.

— C'était beau, n'est-ce pas ?

— Tes *onigiri* étaient délicieux, Poppo.

— L'an prochain, je veux voir le feu d'artifice de là-bas !

Chacune avait son mot à dire sur la soirée.

Tandis que nous marchions côte à côte, je me suis souvenue de la méthode « Brille, brille » que m'avait enseignée Madame Barbara.

Elle me l'avait apprise l'hiver dernier, alors que nous allions frapper les derniers coups de cloche de l'année.

Il suffit de fermer les yeux et de répéter « Brille, brille » pour voir l'obscurité de son cœur illuminée par des étoiles. Depuis, moi aussi j'applique cette recette magique.

Un jour, je l'apprendrai à QP. Tout ce qu'il me sera possible de lui transmettre, je le ferai avec générosité, sans rien laisser de côté.

QP, désormais en vacances pour l'été, passe presque toutes les nuits chez moi. Elle est ravie d'être en « colonie de vacances », comme elle dit, mais Mitsurô est un peu triste. Pour moi, c'est une joie et un plaisir inavouables. Jour et nuit, elle est avec moi.

Seule, je ne prends pas forcément de petit-déjeuner, ça dépend des jours, mais avec une petite écolière à la maison, c'est différent. Je prépare de bon matin de la soupe de miso, du riz et une omelette épaisse. Avec le reste de riz, je fais comme Mitsurô, je prépare des *onigiri* pour le déjeuner ou le goûter.

QP est très occupée : elle fait ses devoirs de vacances, va jouer chez des amies du voisinage, part collecter des insectes dans la colline derrière la maison ou se rafraîchir à la piscine de l'école. Les jours de grande chaleur, elle reste à la papeterie, à lire ou à faire des dessins et des pliages.

L'an dernier, j'ai investi dans un nouveau climatiseur ; du coup, il fait bon dans la boutique, même au cœur de l'été. Comme je le règle sur une température assez haute, il ne fait pas très frais, mais c'est tout de même mieux que rien.

Depuis peu, QP est capable de rester seule à la papeterie. Au début, j'étais un peu inquiète, alors je lui tenais compagnie, mais le ménage et le travail s'accumulaient ; maintenant qu'elle a l'habitude, j'ai décidé de lui confier la boutique.

Elle m'appelle seulement quand un client arrive ; entre-temps, je prépare le dîner ou je remplis mes commandes d'écrivain public. Je crains parfois que Lady Baba surgisse soudain pour la kidnapper, mais elle n'est jamais revenue, et puis, si elle essayait de l'enlever, QP ne se laisserait pas faire en silence. Et elle n'est plus assez légère pour qu'une femme l'emporte sous son bras.

Je rémunère QP pour son travail, à raison de dix yens par tâche effectuée, dans la limite de cinquante yens par jour. C'est un salaire qui bafoue le Code du travail, sans parler du fait que je fais travailler une enfant mineure. Mais je trouve ça mieux que de lui demander simplement d'aider à la maison. Prendre conscience de ce qu'est le travail dans son enfance lui sera utile à l'avenir, une fois adulte. Comme Mitsurô lui a offert une tirelire Pinocchio, elle s'empresse d'y mettre de côté les pièces ainsi gagnées.

Nous avons pris l'habitude, une fois la boutique fermée, de manger toutes les deux. En l'absence de Mitsurô, on dirait un foyer monoparental. Mais pour moi, c'est une scène familière.

Quand j'ai le temps, je fais cuire du riz complet à l'autocuiseur. Au début, chaque fois que la vapeur commençait à s'échapper en sifflant, je n'en menais pas large, j'avais peur que la cocotte explose. Mais à force, j'ai fini par avoir le coup de main et j'obtiens désormais du riz bien moelleux.

Avec du riz complet, pas besoin d'accompagnements très élaborés. On peut se contenter de petites algues *hijiki*, de graines de soja fermentées ou d'algue *kombu* confite, plus un petit morceau de poisson, c'est suffisant. La poissonnerie Uofuku ayant fermé à la fin de l'an passé, je me ravitaille maintenant chez un marchand de poisson séché du côté de Wakaremichi.

Au bout du compte, je sers les mêmes plats frustes que l'Aînée – je les avais pourtant détestés de tout mon être. Mais je fais attention à une chose : la conversation avec QP. L'Aînée ne tolérait pas le moindre bavardage à table. C'est une fois devenue adulte que j'ai découvert qu'on pouvait manger en discutant agréablement. Alors, je fais attention à parler avec QP pendant les repas.

Tout de même, qu'est-ce qu'il fait chaud, l'été, à Kamakura ! J'espérais que cette année, la fraîcheur persisterait ; grave erreur. La chaleur est arrivée d'un coup. Avec l'humidité qui règne ici, on se croirait dans un sauna plein de vapeur. On transpire sans rien faire.

Du coup, notre petit plaisir ces temps-ci, c'est la promenade digestive. Notre objectif : les glaces à l'italienne de chez La Porta, le long de l'avenue Kanazawa-kaidô.

Une fois la table du dîner débarrassée, QP et moi y allons à pied, main dans la main. A cette heure-là, une petite brise rafraîchit l'air.

En marchant, je réfléchis au parfum que je vais choisir, mais je peine toujours à me décider. Il y en a à la vanille de Madagascar et, plus rare, à l'huile d'olive. Mais aussi aux fruits de saison – mangue, kiwi, ananas – et aux légumes comme le potiron. Hésiter devant les bacs est un régal en soi. Nous préférons toutes les deux les cônes aux pots.

— Parce que le cône, on peut le manger !

C'est notre avis, tandis que Mitsurô, lui, est pour les pots. C'est plus facile à manger, affirme-t-il, mais le pot et la cuillère, ça fait des déchets.

Déguster notre glace sur le banc devant la boutique avant de rentrer est notre nouveau plaisir de l'été. Le trafic sur l'avenue devant nous est dense et le paysage n'a rien de joli, mais lécher ma glace à petits coups de langue, assise à côté de QP, en regardant passer les voitures, me procure un bonheur extraordinaire.

Je suis plus heureuse que le gagnant du gros lot au loto, je pourrais le clamer haut et fort. Cela me donne envie de lever mon cône bien haut dans le ciel, telle la statue de la Liberté à New York, et d'acclamer QP devant le monde entier.

La fête du *jizô* noir a lieu tous les 10 août, de minuit à midi, au temple Kakuon-ji.

QP se faisait une joie d'y aller de nuit quand elle serait grande. J'ai beau habiter tout près, moi non plus, je n'y avais encore jamais mis les pieds.

Je ne pensais pas qu'elle arriverait à se relever à minuit, mais si. Elle avait mis son réveil. Partir se promener tous les trois en pleine nuit était étrange, comme si nous nous étions égarés dans le rêve immense de quelqu'un. Les rues sur notre chemin étaient tellement calmes que j'ai été prise d'un doute, c'était bien aujourd'hui ? Quand j'ai vu qu'il commençait à y avoir du monde à l'approche du temple, cela m'a rassurée.

Ce qui m'a bien fait rire, c'est que QP a montré du doigt le *jizô* noir, exceptionnellement exposé au public, en s'écriant « Panty ! » Et c'est vrai qu'avec ses traits bien marqués, Panty ressemble un peu à un bouddha.

Le *jizô* noir est réputé transmettre les pensées et les vœux des fidèles à leurs chers disparus.

A l'occasion de la fête, il y a quelques stands dans l'enceinte du temple. La boulangerie Paradise Alley, chez qui on trouve les pains-qui-sourient, vend du pain au charbon de bois noir comme la statue du *jizô*. Mitsurô avait faim, il a acheté une portion d'*oden* que nous avons picorée tous les trois.

Par cette chaleur, nous étions comiques à manger notre pot-au-feu de pâtés de poisson, en nage, et j'ai croqué dans un morceau de konjac en riant. Entraînée par notre hilarité à Mitsurô et moi, QP s'est mise à rire aux éclats. Aller rendre visite au *jizô* noir en pleine nuit et piquer un fou rire en mangeant de l'*oden* : je nageais dans le bonheur. J'espérais que ma joie résonnait jusqu'aux oreilles de l'Aînée.

Quelques jours plus tard, c'est déjà les congés d'O-bon. Nous devons aller chez les parents de Mitsurô.

Ce sera ma première rencontre avec eux et j'hésite autant sur la façon de m'habiller que sur le choix du cadeau à leur offrir ; je n'arrive pas à me décider et Mitsurô n'en peut plus.

— Vas-y habillée comme d'habitude. Si tu te mets sur ton trente et un, ça va les rendre nerveux, sois toi-même, sois naturelle.

Mais j'ai du mal à cibler ce « comme d'habitude ». Les vêtements que j'ai préparés ne me semblent plus convenir et je change tout, il m'a fallu plusieurs jours pour faire mes bagages. Nous passerons trois nuits chez ses parents mais nous avons décidé de nous arrêter au retour dans un village thermal, ce qui fait quatre nuits. Les affaires de trois personnes pour quatre nuits, cela représente un certain volume.

A l'aéroport, nous avons loué une voiture pour rejoindre la maison, mais la route était longue. On a gravi des montagnes, traversé des ponts, franchi des tunnels. Et on n'arrivait toujours pas. Comme je n'ai pas le permis, Mitsurô a dû conduire tout du long. J'étais désolée pour lui, alors, depuis le siège voisin, je m'évertuais à le soutenir en lui faisant la conversation, mais en cours de route, j'ai eu comme un gros blanc. Quand j'ai repris mes esprits, il commençait déjà à faire sombre.

Nous avions quitté Kamakura dans la matinée mais à notre arrivée chez les parents de Mitsurô, il faisait nuit. En chemin, j'avais été tellement impressionnée par les paysages que j'en avais oublié que nous étions au Japon. C'était comme se retrouver au fin fond des montagnes dans un pays d'Asie.

Du coup, à notre descente de voiture, quand sa mère m'a dit : « Vous devez être fatiguée, vous allez avoir besoin d'une bonne nuit de repos », je me suis bizarrement demandé par quel miracle elle parlait si bien japonais. C'était loin, ici, mais c'était bien le Japon.

— Enchantée, je suis Hatoko. Ravie de faire votre connaissance.

J'avais l'intention de saluer poliment les parents de Mitsurô, mais sa mère m'a pris mon sac des mains et s'est dépêchée de retourner à l'intérieur en disant :

— Mais oui, mais oui, allez, entrez ou vous allez vous faire piquer par les moustiques.

Parmi les bagages, il y avait un sac en papier contenant des sablés-pigeons, un cadeau pour eux.

J'avais beaucoup hésité entre des gâteaux Kurumikko aux noix et des confiseries de chez Misuzu, mais au bout du compte, je m'étais décidée pour le plus grand des classiques : les sablés-pigeons. Ils sont bons, ils se gardent longtemps et tout le monde aime ça, les plus jeunes comme les plus âgés, il n'y a pas de meilleur cadeau.

Alors que je m'étais préparée intérieurement à dire quelques mots en les offrant, rien ne se passait comme prévu. Mitsurô, parti garer la voiture, ne revenait pas et QP avait déjà disparu. Je n'avais guère le choix ; je suis entrée dans la maison.

J'étais en train d'aligner mes chaussures dans l'entrée lorsque la sœur aînée de Mitsurô et son fils ont émergé de l'intérieur. Elle avait les cheveux teints en châtain.

— Enchantée ! ai-je lancé en me relevant précipitamment.

— Merci de vous occuper de Mitsurô, a-t-elle répondu avec une courbette polie.

Elle a obligé son fils à s'incliner à son tour.

Mitsurô et sa sœur s'entendent bien, ils discutent souvent sur Line. A un moment, elle est partie vivre à Osaka et elle s'est mariée, mais depuis son divorce, elle habite près de chez ses parents. C'est elle qui tient un café dans l'ancien bureau de poste.

Nous avons bavardé un instant et Mitsurô est enfin revenu. Honnêtement, j'étais soulagée. Il m'a conduite dans le salon. Peut-être les néons venaient-ils d'être changés, car malgré l'heure avancée, il faisait grand jour dans la pièce.

— Asseyez-vous, venez.

Le père de Mitsurô me désignait un coussin. Son fils et lui se ressemblaient comme deux gouttes d'eau. Mitsurô m'avait prévenue, mais la ressemblance était encore plus frappante que je ne l'imaginais. Ma stupéfaction était telle que sa mère, qui arrivait avec un plateau chargé de grandes bouteilles de bière, a dit en blaguant :

— Pas touche, celui-là, c'est mon mari ! Sinon, on va se retrouver dans une relation à trois.

— Arrête, maman, ils sont fatigués par le voyage depuis Tokyo.

La sœur de Mitsurô avait volé à mon secours.

Je voulais me présenter comme il faut mais je n'arrivais pas à trouver le bon moment. Nous nous sommes préparés à trinquer et je me tenais prête, pensant que Mitsurô allait s'en charger, mais il s'est contenté de dire :

— Voici ma femme, Hatoko. Faites-lui bon accueil.

Et puis toute la famille a trinqué, comme s'ils n'attendaient que ça.

Son père l'a remercié d'être venu, sa mère l'a félicité et sa sœur s'est réjouie de le revoir. QP et Lion, le fils de ma belle-sœur, buvaient du jus d'orange.

Etait-ce elle qui avait choisi ce prénom composé des kanji tonnerre et bruit, soit *rai-on* prononcé comme *lion* en anglais ? Je l'ignorais. En tout cas, même dans un lieu reculé comme ici, la mode des prénoms fantaisie avait frappé.

Nous avions dîné en cours de route. Les parents de Mitsurô le savaient et ils avaient déjà mangé, eux aussi. Malgré tout, sa mère nous a servi quelques petits plats qui restaient du repas.

C'est difficile à expliquer, mais j'avais un peu l'impression que le temps s'écoulait différemment qu'à Kamakura. Pourtant, à Kamakura, comparé aux grandes villes, tout va plus lentement. Mais ici le temps flirtait avec le point mort, presque immobile, sans tout à fait s'arrêter cependant.

Je n'allais pas boire ma bière sans rien, alors je me suis servie en graines de soja vert. Sur la table de la cuisine voisine était posé un sachet de ces gelées de konjac qu'ils nous envoyaient toujours à Kamakura.

— Et ta grand-mère ? ai-je demandé à un moment, inquiète.

— Elle est déjà couchée, paraît-il, a répondu Mitsurô.

J'avais le cœur battant à l'idée de la rencontrer le lendemain.

QP, nichée au creux des jambes du père de Mitsurô assis en tailleur, rongeait avec ardeur un épi de maïs. Son grand-père, lui, regardait avec tout autant d'ardeur le match de baseball retransmis à la télévision.

Je me sentais comme si j'avais ouvert la boîte de Pandore de la famille.

Qu'autant de personnes se retrouvent sous un même toit me semblait incroyable.

Sur le buffet s'alignaient des rangées de photos. Des fleurs artificielles aux couleurs passées étaient fichées dans un vase. Il y avait un aquarium rond comme on en faisait autrefois, des diplômes encadrés, des trophées, des poupées *kokeshi*, un chat *maneki-neko*. Et aussi un chien-robot Aibo recouvert d'un plastique transparent. Et puis trois calendriers, rien que dans le salon.

Il y avait même, dans un coin, un banc de musculation vertical. Mais personne ne semblait s'en servir car du linge y était mis à sécher. Dans le couloir trônait un énorme fauteuil de massage, a priori flambant neuf.

C'était un autre univers que chez moi. Pour dire la vérité, il y avait tellement d'objets qu'au début j'avais l'impression d'étouffer, mais chacun d'entre eux avait sans doute son histoire.

Peut-être avaient-ils l'habitude de se coucher et de se lever tôt, car la soirée a pris fin au bout de deux bouteilles de bière. Comme la mère de Mitsurô avait préparé le bain, je suis allée me laver en premier.

Quand je suis ressortie de la salle de bains, le salon était vide, télévision et lumière éteintes. J'ai parcouru le couloir à pas de loup, en prenant garde à ne pas me perdre. J'ai réussi à trouver l'escalier qui menait à l'étage, où il y avait de la lumière dans une seule pièce. J'ai jeté un coup d'œil à l'intérieur : Mitsurô était là. QP dormait avec ses grands-parents, apparemment. Un futon était installé par terre, à côté du lit de Mitsurô.

— Ça me fait tout bizarre, ai-je dit en me séchant les cheveux avec ma serviette de bain.

— Quoi ?

Mitsurô était assis en tailleur sur son lit.

— Eh bien, c'est ici que tu as passé ton enfance, n'est-ce pas ? Et voilà que j'y suis, moi aussi.

J'avais du mal à lui faire comprendre ce que je ressentais. A sa tête, on voyait qu'il se demandait pourquoi je prenais la peine d'affirmer une telle évidence. Il connaissait la maison sur le bout des doigts, mais pour moi, c'était comme me retrouver dans un pays inconnu, ce qu'il ne comprenait pas.

— Je vais prendre mon bain, a-t-il annoncé en quittant la pièce.

Quel tournant dans ma vie, ai-je songé, rêveuse. Jamais je n'aurais imaginé me marier avec un homme dont la famille habite au fin fond de Shikoku. La vie vous réserve vraiment des surprises.

Je somnolais, la lumière allumée, quand Mitsurô est revenu en caleçon.

— Ça va mieux ? ai-je demandé.

Il m'a lancé un regard interloqué. J'ai précisé :

— Ta morsure de mille-pattes.

— Ah ! Comme tu es vite venue me soigner, je n'ai plus mal. Merci, a-t-il répondu en tirant sur le cordon du plafonnier pour éteindre la lumière.

L'obscurité n'était pas complète. La lumière du dehors filtrait à travers les rideaux.

— Viens par ici.

Je m'apprêtais à m'endormir pour de bon, sous mon drap éponge, quand Mitsurô m'a invitée. J'ai grimpé dans son lit qui sentait le jeune homme, son odeur à lui y était comme concentrée. J'étais tout intimidée, alors j'ai fermé fort les yeux. J'avais l'impression d'être redevenue une lycéenne.

Le lendemain matin, je me suis réveillée au chant des grenouilles. Vite, je me suis habillée pour descendre ; la mère de Mitsurô était déjà dans la cuisine en train de finir de préparer le petit-déjeuner. J'avais prévu de me lever tôt pour l'aider mais j'avais un train de retard.

Quand je me suis excusée, elle m'a gaiement lancé :

— Tu peux te lever plus tard, Poppo !

Comme QP m'appelait Poppo, les autres avaient décidé d'en faire autant, semblait-il.

Au même moment, la porte des toilettes s'est soudain ouverte et la grand-mère de Mitsurô en a émergé. Aussitôt, ma belle-mère m'a présentée en parlant fort :

— La femme de Mitsurô !

Je l'ai saluée à mon tour, en parlant fort et lentement :

— Enchantée, je m'appelle Hatoko.

— Comment ? a fait la grand-mère.

Mon prénom paraissait difficile à saisir.

— Poppo, elle s'appelle Poppo, est intervenue ma belle-mère.

C'était peut-être plus facile à retenir, car elle s'est inclinée en disant :

— Bienvenue, Poppo.

J'étais contente de la rencontrer.

Après le petit-déjeuner, nous avons tranquillement bu un thé avant de partir nous recueillir sur la tombe des Morikage. Le cimetière était à l'orée du village. La veille, nous étions arrivés tard et il faisait nuit, je ne m'en étais donc pas rendu compte, mais la maison était entourée de rizières en terrasses, à perte de vue. Les épis portaient déjà des grains de riz.

La grand-mère de Mitsurô nous a accompagnés à pied elle aussi, en poussant son petit chariot. La sœur de Mitsurô et son fils Lion nous ont rejoints à un moment. QP courait après les papillons en agitant un filet emprunté à son cousin. Mon beau-père portait un seau et une louche en bois, et ma belle-mère des fleurs du jardin. Mitsurô et moi fermions la marche en nous tenant discrètement par la main.

Le ciel bleu, le gazouillis des oiseaux, les rizières en terrasses, les cosmos, un sanctuaire miniature. Tout était magnifique.

Quand la route goudronnée a pris fin, Mitsurô et sa sœur ont soutenu leur grand-mère, chacun d'un côté, sur le sentier entre les rizières.

Mon beau-père et ma belle-mère, arrivés en premier, avaient arrosé d'eau la pierre tombale et changé les fleurs. Sous un grand arbre se trouvaient en désordre quelques tombes toutes simples. Une chaise pliante reposait contre le tronc de l'arbre ; je m'en suis emparée pour l'installer sur un terrain plat. J'y ai fait asseoir la grand-mère. Les bougies plantées devant la tombe étaient déjà allumées. Ma belle-mère y a enflammé le fagot d'encens.

— Allons-y.

La famille a formé une ligne devant la tombe.

Accroupie à côté de Mitsurô, j'ai fermé les yeux et joint les mains. Chacun a prié en silence.

C'est alors que s'est soudain élevée la voix de ma belle-mère :

— Miyuki, Mitsurô est venu avec sa nouvelle femme. Elle s'appelle Hatoko et son surnom, c'est Poppo. Et puis Haru a bien grandi, sois rassurée.

La sœur de Mitsurô l'a coupée d'un ton sec, « Maman ! », mais elle a continué sans se laisser démonter. Comme je m'en doutais, la première femme de Mitsurô reposait ici.

Il ne souhaitait pas en parler, alors je n'avais pas posé de questions. J'ignorais jusqu'à son prénom. Mais maintenant que nous étions ici, il n'était plus possible de faire comme si de rien n'était.

Ma belle-sœur était sans doute intervenue par égard pour moi. Mais au contraire, les mots de ma belle-mère m'avaient soulagée. Que chacun évite le sujet pour me protéger était plus dur qu'autre chose.

Elle avait ouvert la voie, certes de façon un peu brutale. C'était comme si elle m'avait autorisée à aborder la question frontalement.

La prière terminée, nous avons redescendu la côte tous ensemble. Mitsurô et moi fermions de nouveau la marche.

— Elle s'appelait donc Miyuki, ai-je dit.

Il m'a serré la main et a murmuré :

— Pardon.

— Pourquoi tu t'excuses ? ai-je demandé.

— Eh bien, parce que je crois que ça fait peser un poids supplémentaire sur tes épaules, a-t-il répondu, tête basse. Ce n'est pas trop dur ? m'a-t-il demandé.

Quels mots choisir pour exprimer précisément mes sentiments à cette minute ?

— Ce n'est pas dur, non, ce n'est pas ça. Je suis triste pour Miyuki. Elle avait une si mignonne petite fille. Cela a dû être un grand chagrin et cela me fend le cœur.

Mettre des mots sur ce que je ressentais m'a fait monter les larmes aux yeux.

— Mais... ai-je repris. Sans la douleur et la peine de Miyuki, je ne t'aurais pas rencontré. Ni QP. Mon bonheur actuel...

A cet instant, Mitsurô m'a serrée fort dans ses bras. Mon bonheur actuel était lié au sacrifice de la vie de Miyuki. Sans ce terrible accident, je n'aurais pas épousé Mitsurô.

J'avais beau me répéter de ravaler mes larmes, je sanglotais sans retenue contre sa poitrine. Peut-être pleurait-il, lui aussi.

— Poppo !

QP m'appelait de loin. J'ai écarté le visage de la poitrine de Mitsurô ; son tee-shirt était trempé comme s'il avait fait pipi au lit.

— Pardon, ai-je dit.

— Ce n'est pas grave, ça va sécher, a-t-il répondu en me caressant la tête d'un geste bourru.

Nous sommes repartis vers la maison, main dans la main.

Dans l'après-midi, nous sommes allés prendre un café dans l'établissement de sa sœur. QP, qui préférait rester avec Lion, était partie avec ses grands-parents passer la journée aux sources thermales. Peut-être avaient-ils tout arrangé ainsi pour nous permettre de rester seuls, Mitsurô et moi. Depuis la veille, nous étions en tête-à-tête, comme des amoureux.

Le café dans l'ancien bureau de poste était très élégant, pas du tout dans le genre que j'attendais de la sœur de Mitsurô, si je puis me permettre. On était pris à revers, pour le meilleur. Une boîte aux lettres rouge était postée à l'entrée du petit bâtiment en bois ; de vieux timbres, des cartes postales anciennes illustrées et une bicyclette qui avait servi pour les tournées composaient la décoration intérieure. Des vases de fleurs égayaient l'atmosphère légère. En tendant l'oreille, on entendait du piano en sourdine.

— Ça te plaît ?

Je frôlais l'extase quand Mitsurô m'a regardée sous le nez d'un air ravi.

— Malgré sa dégaine, ma sœur était styliste, avant, tu sais.

Il était très fier d'elle.

— Tu as rencontré une chouette fille, veinard ! lui a-t-elle lancé.

Elle préparait le café avec un filtre en flanelle.

— Je ne te le fais pas dire, a-t-il répondu en souriant.

— Pardon pour maman, tout à l'heure, a-t-elle dit en déposant une tasse de café brûlant devant moi.

J'ai tout de suite compris qu'elle parlait de notre visite au cimetière. J'ai répondu :

— Non, ça va. Au contraire, je suis soulagée.

— Tant mieux. Pour mon frère et moi, tout n'a pas été simple. La vie, ce n'est vraiment pas un long fleuve tranquille.

Elle a poussé un soupir, les yeux sur la fenêtre.

— Son mari la battait, a précisé Mitsurô.

Il a bu une gorgée du café préparé par sa sœur, murmurant son approbation. En effet, il avait un parfum profond et une saveur riche.

— Je n'ai vraiment pas de chance avec les hommes. A chaque fois, je suis attirée par des mecs violents. Heureusement que mon frère a l'œil, lui, a-t-elle dit avec un sourire complice.

— Arrête... a fait Mitsurô, lui coupant la parole alors qu'elle était sur le point d'ajouter quelque chose.

Elle m'a murmuré à l'oreille, très bas :

— Les filles au teint pâle et aux seins ronds l'ont toujours fait craquer.

Son souffle me chatouillait, j'ai éclaté de rire malgré moi.

— Ne raconte pas n'importe quoi à ma femme.

Mitsurô faisait la moue. Miyuki et moi, nous nous ressemblions, peut-être ?

beau

— Comment ça s'écrit, Miyuki ?

Ça me tracassait.

— Avec les kanji beau et neige, a répondu sa sœur avec l'air de contempler un beau paysage enneigé au loin.

Mitsurô gardait le silence.

neige

— Je vois que vous vous entendez bien, tous les deux, ai-je remarqué pour détendre l'atmosphère.

— Tu crois ?

— On n'arrêtait pas de se disputer autrefois, il m'a souvent fait pleurer.

Ils n'étaient pas de mon avis.

Mais de mon point de vue de fille unique, pouvoir parler librement de cette façon entre frère et sœur, cela faisait envie. Avoir une famille, ça a du bon.

Je me faisais cette réflexion quand sa sœur a soudain mis les pieds dans le plat :

— Faites vite un enfant, tous les deux. Je sais bien que ça ne me regarde pas, mais Haruna doit se sentir seule, non ? Depuis hier, elle ne quitte pas Lion d'une semelle.

— C'est vrai. D'ailleurs, c'était son vœu pour Tanabata : un petit frère ou une petite sœur, ai-je avoué.

— J'en étais sûre. Je ne regrette pas mon mari violent, mais je me dis que j'aurais dû le quitter après avoir fait un deuxième enfant.

Elle a croisé les bras.

— Qu'en dis-tu, petit frère ?

— J'aimerais bien, a répondu Mitsurô, mais je dois penser à Hatoko…

Il s'est tu.

— Ah bon, tu n'en veux pas, Poppo ?

Elle n'y allait pas par quatre chemins.

— Non, ce n'est pas ça. Mais pour l'instant, j'ai envie d'être seulement la maman de QP, si on peut dire. Je ne sais pas si j'arriverais à élever deux enfants, et puis, financièrement, je ne suis pas sûre que ce soit une bonne idée.

Je m'empêtrais.

— Et puis un beau jour, il est trop tard, comme pour moi ! a-t-elle rétorqué en riant.

C'était en effet une question à prendre en compte. Mais comme un enfant qui remet ses devoirs au lendemain, je trouvais toujours une bonne raison pour éviter de prendre le problème à bras-le-corps.

— Quelle vie ! ai-je blagué.

— Eh oui, c'est ça la vie. Ça ne va jamais comme on voudrait, a-t-elle répondu en vidant sa tasse de café.

Le soir, nous sommes allés manger des sushis au restaurant et le lendemain, Mitsurô m'a fait visiter Kôchi en voiture. En réalité, j'aurais voulu rester pour aider sa mère, mais elle m'avait mise dehors encore une fois avec des « mais oui, mais oui ».

QP ne semblait pas vouloir quitter Lion, elle n'est pas venue avec nous, comme la veille. Elle est restée avec sa tante, qui s'occuperait des deux enfants.

— On est les seuls à prendre du bon temps, ça me gêne, ai-je remarqué en montant dans la voiture de location.

— Ne t'en fais pas, eux aussi ils font ce qui leur plaît. Bon, où va-t-on aujourd'hui ?

Mitsurô pianotait sur le système de navigation.

— J'irais bien voir une rivière.

Pour moi, le département de Kôchi, ce sont les rivières. A Kamakura, il y a la mer et la montagne, mais en fait de rivière, on n'a que la Nameri-gawa.

Mais la mer et les montagnes de Kôchi étaient d'une autre ampleur que celles que je connaissais. Elles s'imposaient à vous avec franchise, sans la moindre retenue. Comme les gens. Tous vous accueillaient à bras ouverts, à la bonne franquette, et vous fêtaient jusqu'à vous donner le tournis. Les gens, les paysages… à Kôchi, tout était plus grand que nature et c'était formidable.

C'est la Niyodo-gawa que Mitsurô m'a emmenée voir à l'issue d'une belle promenade en voiture. Après nous être garés, nous avons marché un peu, jusqu'à entendre le grondement d'une chute d'eau. L'atmosphère était gorgée d'humidité.

Quand j'ai aperçu le bassin au pied de la cascade, je me suis crue arrivée au paradis tellement c'était beau. L'eau limpide, d'un bleu parfait, laissait apparaître le fond. C'était la première fois de ma vie que je voyais cette couleur.

— On appelle ça le bleu Niyodo, il paraît, m'a expliqué Mitsurô.

— On est bien ici.

Des petits poissons nageaient dans l'eau.

— On aurait dû apporter nos maillots de bain, a-t-il regretté.

Moi, me tremper les pieds me suffisait.

J'ai ôté mes baskets et j'ai posé le talon au fond de l'eau, avec délicatesse. Je me suis relevée sans me presser, la main dans celle de Mitsurô, en sentant les cailloux ronds sous la plante de mes pieds.

L'eau était très fraîche. Mais c'était agréable, comme si elle me serrait fort contre elle. Au bout d'une dizaine de secondes, le froid m'a mordu les orteils.

Je suis montée sur un rocher pour me réchauffer les pieds au soleil. Quand j'ai fermé les yeux, mes paupières se sont marbrées de rouge. Ici, même les oiseaux chantent plus fort.

Je rêvassais, à demi allongée, quand Mitsurô a sorti quelque chose de son sac à dos en me disant « Tiens ». Il m'a tendu un petit écrin bleu.

— Ma mère m'a donné ça pour toi. Je lui ai dit de te le donner elle-même, mais elle m'a envoyé promener, comme quoi ça ferait belle-mère envahissante ou je ne sais quoi. Bref, si elle ne te plaît pas, tu n'as qu'à le dire, paraît-il.

J'ai lentement soulevé le couvercle : une bague reposait dans l'écrin.

— Une émeraude ? ai-je demandé à Mitsurô.

— Un cadeau de mon père dans leur jeunesse, m'a-t-elle dit. Elle lui plaisait, mais elle ne lui va plus, ses doigts ont trop forci. Je me souviens vaguement qu'elle la portait pour les cérémonies à l'école.

Je l'ai passée au majeur de ma main gauche, elle m'allait parfaitement.

— Je peux l'accepter ?

— Si elle te plaît.

Cette bague renfermait l'histoire de la famille Morikage. Honnêtement, elle m'arrivait peut-être un peu trop tôt. Mais j'espérais bien en être digne un jour.

Nous sommes retournés à la voiture pour aller déjeuner dans un restaurant de pot-au-feu de ramen chaudement recommandé par le père de Mitsurô, après quoi nous sommes allés contempler la rivière depuis un autre point de vue.

L'eau, c'est comme le feu, on ne se lasse pas de l'admirer. C'était délicieux d'écouter, les yeux sur le courant, Mitsurô me parler de son enfance. La prochaine fois, ce serait super de venir camper avec QP. On pourrait faire du canoë, nager, pêcher… près d'une rivière, on ne manque pas d'occasions de s'amuser.

Au retour, nous nous sommes arrêtés dans une aire de repos qui vendait des spécialités locales.

Puis, en fin d'après-midi, nous sommes rentrés chez les parents de Mitsurô.

A notre arrivée, à l'instant où nous avons mis un pied dans le salon, une série de crackers a explosé dans un grand bruit. Je n'étais pas encore remise de ma surprise quand, sur un signal, un chorus s'est élevé :

— Poppo et Mitsurô, félicitations pour votre mariage !

J'étais plantée là, sidérée, quand on m'a fait asseoir à la place d'honneur. Dans le salon, il y avait des invités en plus de la famille et la table était recouverte d'une multitude de plats serrés les uns contre les autres.

Ils avaient passé toute la journée à nous préparer cette surprise.

Nous avons trinqué et un *okyaku* enjoué a débuté. A Kôchi, c'est comme ça qu'on appelle les repas de fête.

Les grands plats alignés sur la table débordaient de *sawachi-ryôri*, un assortiment de mets traditionnels de la région dont j'avais déjà entendu parler mais que je voyais pour la première fois.

— Sers-toi, n'hésite pas !

Ma belle-mère avait beau insister, le choix était tel que je ne savais par où commencer.

— Mitsurô, explique donc les plats à Hatoko, a lancé mon beau-père, déjà tout rouge.

Alors que les autres n'hésitaient pas à m'appeler Poppo, il s'en tenait à Hatoko, ce qui n'était pas sans rappeler Mitsurô.

— Ça, c'est de la bonite crue saisie et coupée en tranches, et ça, du sashimi de béryx. De l'autre côté, il y a du crabe *tsugani* et dans l'assiette de devant, des bouchées de murène frite, m'a expliqué Mitsurô, poussé par son père.

— Du crabe *tsugani* ? ai-je relevé.

Mon beau-père, qui nous écoutait, m'a répondu d'un air ravi :

— Le *tsugani*, vois-tu, Hatoko…

Mais alors, ses explications n'en finissaient pas. Mitsurô s'est mis à discuter avec une tante assise en face de lui. Bref, ce que mon beau-père tenait tant à dire, c'est que le crabe *tsugani* était meilleur que le crabe poilu de Shanghai.

Les plats de *sawachi-ryôri* étaient déjà impressionnants, mais la mère et la sœur de Mitsurô ne cessaient d'en apporter de nouveaux.

— Voilà du *kokera-zushi*.

— Le sushi de maquereau, c'est ma tante là-bas qui l'a préparé.

Les uns et les autres n'arrêtaient pas de me servir de l'alcool. Et ma coupe était percée exprès, pour m'obliger à boire cul sec. Mitsurô, assis à côté de moi, m'a appris que cela s'appelait un *bekuhai*. J'étais déjà trop ivre pour arriver à imaginer avec quels kanji ce mot s'écrivait.

J'ai regardé la pendule : il n'était pas encore vingt et une heures. Et pourtant, tout le monde avait déjà beaucoup bu. Je savais que les gens d'ici aimaient bien lever le coude, mais je n'imaginais pas que c'était à ce point.

Tous les plats avaient sans doute été servis car la mère et la sœur de Mitsurô étaient attablées, un verre d'alcool à la main. Certains invités étaient complètement beurrés ; il y en avait même un affalé dans le fauteuil massant.

C'est alors que des cris se sont soudain élevés. Je me suis inquiétée, c'était peut-être une dispute, mais je me trompais.

— C'est parti !

Des appels vigoureux résonnaient tandis que deux hommes se faisaient face, la main tendue.

— Tu sais bien, ils jouent à *hashiken*, je t'en ai déjà parlé, non ?

Mitsurô m'a expliqué les règles en quelques mots. *Hashiken*, c'est une sorte de pierre-papier-ciseaux mais qui se joue avec des baguettes, un jeu paraît-il très populaire à Kôchi. Le perdant a un gage : boire un verre d'alcool.

Mitsurô et sa sœur y ont joué aussi. Alors qu'il est toujours calme et doux devant QP et moi, Mitsurô a changé du tout au tout. Lui qui ne dit jamais un mot plus haut que l'autre hurlait à pleins poumons, électrisé. Le sang de la région de Tosa coulait dans ses veines, ai-je songé, et pour tout avouer, j'ai eu un nouveau coup de foudre pour lui.

Son père, assis à côté de moi, disait et redisait : « Hatoko, prenez soin de Mitsurô, s'il vous plaît » en s'inclinant. Peut-être l'alcool lui était-il monté à la tête. Il n'arrêtait pas de répéter la même chose.

Chacun buvait et s'amusait et, à un moment, je me suis levée pour aller m'asseoir près de la grand-mère de Mitsurô. Nous n'avions pas besoin de parler ; à ses côtés, je me sentais apaisée. Peut-être que l'Aînée aurait aimé devenir une grand-mère normale comme elle, qui sait.

Alors qu'un convive, puis encore un, cédait au sommeil, ivre mort, la fête s'est acheminée vers sa fin. Moi aussi, après avoir aidé un peu à débarrasser, j'ai attendu le bon moment pour remonter dans notre chambre avec Mitsurô. Les draps auxquels j'avais trouvé une odeur étrangère au début m'étaient devenus presque familiers.

Mitsurô et moi n'avons pas dormi tout de suite.

— La prochaine fois, venez manger des alevins de sardine !

Je suis montée dans la voiture et j'ai ouvert en grand la vitre côté passager. QP, penchée par la fenêtre presque à en tomber, faisait de grands signes de la main. Emue, j'ai failli me mettre à pleurer. Mitsurô avait démarré mais toute la famille restait devant la maison à nous dire au revoir.

— C'était super ! Merci !

Vaincue, j'ai fini par laisser couler mes larmes. Quitter la famille de Mitsurô était un crève-cœur.

Juste avant le départ, sa mère et sa sœur m'avaient chacune à leur tour demandé de prendre soin de lui. Son père aussi, la veille au soir, me l'avait répété tant et plus. De même que sa grand-mère. Même s'ils ne le montraient pas, tous avaient à cœur de le voir heureux. C'était une évidence pour moi.

Avant de partir, j'avais regardé les photos exposées dans le salon. Jusqu'à ce moment, je les avais plutôt évitées, avec un petit pincement au cœur. Mais en réalité, elles n'avaient pas arrêté d'occuper mes pensées.

Parmi les photographies de Mitsurô enfant et de sa sœur lors de la cérémonie de passage à l'âge adulte, figurait un cliché de Miyuki avec, dans ses bras, QP encore bébé. Il y avait également une photo de groupe, toute la famille réunie devant la maison.

Notre séjour chez les parents de Mitsurô a peut-être aussi été, en un sens, une passation de pouvoir entre Miyuki et moi. J'ai la nette impression qu'elle m'a remis le bâton d'un relais à la valeur inestimable. J'ai reçu d'elle les trésors que sont Mitsurô et QP: pendant tout notre séjour, je n'ai cessé de penser à ce que cela signifiait.

En épousant Mitsurô, j'ai reçu QP en bonus, et c'est une grande joie. Mais ce n'est pas tout. J'y ai gagné une famille: la grand-mère de Mitsurô, ses parents, sa sœur. Les branches de l'arbre familial s'étendent sans limites. Et puis, ce n'est peut-être pas convenable à dire, mais pour moi, Miyuki aussi est un bonus qui me remplit de joie.

— La tendresse d'une famille, je m'étais toujours demandé ce que c'était, mais je crois que venir à Kôchi m'a permis de le comprendre un peu, ai-je dit à Mitsurô en regardant droit devant moi.

La voiture filait dans un tunnel de verdure. Avec les fenêtres ouvertes, peut-être ne m'avait-il pas entendue. C'était ce que je croyais, mais mes paroles semblaient bien avoir trouvé ses oreilles.

— Tant mieux.

Il a affiché un sourire paisible.

— Ce que je sais du monde, c'est si peu... Je me fais cette réflexion chaque fois que je reviens ici, a-t-il repris.

— C'est vrai, ici, on sent que le monde est vaste. C'est comme si on ouvrait d'un coup une porte à deux battants. Ils ont tous l'esprit si large.

Au bout d'un moment, Mitsurô a lâché :

— Hato, je voudrais te demander quelque chose.

— Quoi ?

Peut-être voulait-il que je lui mette un chewing-gum dans la bouche, mais non.

— Promets-moi que tu vivras plus longtemps que moi.

A son expression, j'ai compris que cela faisait longtemps qu'il cherchait à me le dire. Ce séjour dans sa famille lui avait enfin permis de trouver les mots ; j'ai ressenti un pincement au cœur. C'était impossible car il conduisait, mais j'avais envie de le serrer fort dans mes bras.

— Je vais faire de mon mieux, ai-je dit, toujours en regardant droit devant moi. Je ne peux rien te promettre, mais je vais faire tout mon possible pour y arriver.

Faisant mine de contempler les paysages magnifiques, j'ai gardé la tête tournée vers l'extérieur pendant un moment, laissant les larmes couler sur mes joues. Mitsurô pleurait lui aussi, je crois. A la radio dont nous avions monté le son, le présentateur annonçait la météo du lendemain.

RIZ AU *MUKAGO*

L'été s'achevait ; le parfum de l'olivier odorant se faisait plus fort chaque jour.

Le bras de fer entre la Cléopâtre nippone et Richard (presque) Gere se poursuivait. J'avais envie de les envoyer balader, mais puisque je me targuais d'être un écrivain public professionnel, c'était impossible.

Bon, quel angle d'attaque adopter cette fois-ci ? J'y réfléchissais quand le Baron est arrivé.

— Salut !

Il portait un grand sac en papier à la main.

Panty, en congé maternité, était repartie dans sa famille pour l'accouchement. Le Baron la rejoindrait immédiatement après la naissance, m'avait-elle expliqué.

— Tu n'as pas l'air très inspirée, dis-moi, a-t-il entonné aussitôt.

— Je n'ai jamais eu l'air inspirée, figurez-vous.

Je m'apprêtais à me lever pour lui servir quelque chose à boire quand il m'a retenue.

— Non, c'est bon. Je n'ai pas le temps, je suis en train de faire du rangement, a-t-il dit à toute vitesse.

Il a extrait de son sac une espèce d'appareil, en a essuyé la poussière avec sa manche de kimono et l'a posé sur mon bureau : c'était une machine à écrire.

— Mais, qu'est-ce que… ? C'est une Olivetti, n'est-ce pas ?

— Tu en sais, des choses.

— Et une Lettera 22, en plus !

Je n'aurais jamais imaginé voir surgir de son sac en papier une telle trouvaille. Olivetti est le plus grand fabricant italien d'articles de bureau, une maison ancienne appréciée des connaisseurs. La machine à écrire Lettera 22 a été son produit phare.

— Elle est vraiment belle, tout en courbes, ai-je dit dans un soupir en effleurant les touches du doigt.

C'était la première fois que j'en voyais une en vrai. L'ancêtre de la machine à traitement de texte, puis de l'ordinateur.

— Elle te plaît ?

J'ai vivement hoché la tête en réponse à la question du Baron, qui m'a lancé d'une voix bourrue :

— Prends-la. Parce que je vais me faire remonter les bretelles si je ne range pas la maison avant la naissance du bébé.

— Vous voulez dire qu'elle fonctionne encore ?

Je l'imaginais purement décorative.

— Evidemment. Je l'ai fait réparer, elle est en parfait état de marche. Dis-moi plutôt, sais-tu t'en servir ? a-t-il demandé avec brusquerie.

— J'aimerais que vous m'appreniez.

Je m'étais inclinée quand il a soudain aboyé :

— Va chercher une feuille !

Il ne s'agissait pas de traîner, alors j'ai attrapé la première feuille qui me tombait sous la main, du papier pelure. Le Baron a soulevé un levier et glissé d'un geste fluide la fine feuille de papier à lettres bleu clair dans la machine. Puis il a tourné une mollette sur le côté pour la positionner.

— Que veux-tu que j'écrive ? a-t-il demandé.

J'ai paniqué, si je ne répondais pas assez vite, je m'attirerais ses foudres ; sans réfléchir, j'ai dit : « I love you. » Face au Baron impatient, je perds toujours mes moyens.

J'étais persuadée qu'il allait se moquer de moi, mais sans faire de réflexion, il s'est lancé dans des explications d'un ton calme : appuie sur cette touche pour les majuscules, fais comme ci pour taper en rouge. Je me demandais pourquoi il possédait cette machine, mais je savais bien que si je l'interrogeais, il me rétorquerait que ce n'étaient pas mes oignons, alors je me suis tue.

— Elle a un beau son, ai-je remarqué en l'écoutant taper sur les touches.

On aurait dit la pluie tombant en gouttes éparses du ciel. Sur la feuille s'alignaient tout un tas de *I love you* mêlant capitales et minuscules.

— Ça dépend de la force avec laquelle on appuie sur les touches. Honnêtement, c'est beaucoup plus pratique d'utiliser le traitement de texte d'un ordinateur. C'est moins fatigant pour les doigts et quand on se trompe, on peut corriger.

Allez, à toi maintenant, a-t-il dit, et nous avons échangé nos places. Apercevoir la surface du bureau entre les touches était une expérience nouvelle. Pour commencer, j'ai répété les premiers gestes du Baron en soulevant le levier pour insérer une feuille.

Sur une machine à écrire, chaque touche est reliée à une lettre, un peu comme sur un piano. Le piano joue une mélodie, tandis que la machine à écrire aligne des mots.

Je ne savais pas avec quelle force appuyer, alors j'ai timidement enfoncé les touches : les lettres étaient toutes pâles.

— Appuie plus fort, sinon... m'a encouragée le Baron.

J'ai vigoureusement tapé sur une touche.

Cette fois-ci, un m minuscule bien net est apparu.

— Je peux vraiment la garder ? ai-je demandé timidement.

— Ce serait du gâchis qu'elle reste chez moi. Et puis, si je ne fais pas le vide, Panty va râler. C'est elle qui porte la culotte, maintenant, a-t-il commenté d'un air maussade.

— Pour quand la naissance est-elle prévue ?

A ma question, il a répondu, les yeux plissés :

— C'est top secret.

Il a quitté la boutique en faisant un signe de la main qui signifiait « à la prochaine ». Son dos exprimait toute sa joie de devenir père. Si je tombais enceinte, Mitsurô et QP se réjouiraient sans doute autant.

Après le départ du Baron, je me suis réinstallée devant l'Olivetti que j'ai caressée. Le dos bien droit, j'ai inséré une feuille et, comme une dactylo, j'ai appuyé sur les touches à toute vitesse.

Tac tac ta-tac ta-ta-tac.

On aurait cru que je m'entraînais à faire des claquettes.

J'allais réaménager l'endroit où trônait avant la mappemonde et l'exposer là.

L'automne est arrivé avec, cette année encore, son lot de commandes à l'écrivain public. Le temps fraîchissait, peut-être que cela rapprochait les gens et leur donnait envie d'écrire.

C'est par une belle journée d'automne, une vraie journée d'été indien, qu'elle est entrée dans la papeterie. La clientèle de l'écrivain public vient souvent en fin d'après-midi, mais elle est arrivée un peu après midi.

Je lui ai servi le sirop d'olivier odorant préparé avec QP pendant le week-end, dilué dans de l'eau chaude. Il était difficile de deviner son âge en la voyant.

— Voilà bien longtemps que je n'étais pas sortie de chez moi, a murmuré Madame Bernard-l'ermite, son chapeau bien enfoncé sur la tête.

C'est elle qui m'avait demandé de l'appeler ainsi, parce qu'elle vivait presque recluse. Chaque mot prenait un temps fou à sortir de sa bouche.

Puisque la papeterie n'est pas le genre de boutique où les clients se pressent sans interruption, j'attendais patiemment. Elle s'exprimait comme le ferait un petit oiseau.

Mais en réalité, peut-être extirpait-elle de son corps une pelote de paroles emmêlées, qu'elle régurgitait mot à mot, dans la souffrance, en se fourrant un doigt dans la gorge.

J'aurais aimé lui frotter le dos pour la réconforter, mais cela l'aurait peut-être au contraire effarouchée, alors je me suis contentée de la regarder livrer sa lutte silencieuse.

— J'aime quelqu'un.

Quand elle a prononcé ces mots, il s'était écoulé un bon quart d'heure depuis son arrivée.

— Ah bon, ai-je répondu doucement. Quel genre de personne est-ce ?

J'avais posé la question avec délicatesse, comme on renverrait une balle de ping-pong au ralenti, afin de ne pas repousser Madame Bernard-l'ermite tout au fond de sa coquille.

— Quelqu'un de gentil, a-t-elle répondu fermement, même si elle gardait la tête basse.

— Comment sa gentillesse se manifeste-t-elle ?

Je continuais à lui renvoyer la balle, toujours au ralenti, en prenant garde à ne pas me montrer trop inquisitrice. Elle a contemplé un moment le bouquet de grandes pimprenelles sur le bureau. Puis elle a répondu, en alignant chaque syllabe :

— Quand je ne trouve pas les mots, il reste à mes côtés sans rien dire. Quand je pleure, il me tend un mouchoir. Et quand j'ai envie de rire, il rit avec moi.

— C'est un merveilleux petit ami, ai-je dit.

— Ce n'est pas mon petit ami. Je pense que lui aussi m'aime, mais… Vu notre caractère à tous les deux, si l'un de nous ne se jette pas à l'eau, il ne se passera jamais rien.

Madame Bernard-l'ermite s'est tue. Je l'ai imitée.

Le silence se prolongeait quand soudain, elle a repris la parole pour dire d'une voix résolue, comme si elle prenait son courage à deux mains :

— Donc, je voudrais que vous écriviez une lettre d'amour.

Pour finir, elle était au bord des larmes.

Après son départ, il faisait tellement beau que j'ai décidé de nettoyer mes stylos à plume. Pour Kamakura, où l'humidité règne tout au long de l'année, l'air était étonnamment sec sous ce grand soleil. Une belle journée comme ça, on en a une par an au maximum. C'était un temps idéal pour nettoyer de fond en comble mes stylos-plume.

J'en possède cinq en tout. Deux à cartouches et trois à pompe. Parmi ces derniers, l'un est le Sailor que l'Aînée utilisait à la fin de sa vie ; sa pointe effilée et crochue, pareille à un sabre *naginata*, est particulière.

Le deuxième est un Waterman Man 100 qu'elle m'a offert pour mon entrée au lycée et le dernier, le Montblanc avec lequel j'ai rédigé la lettre de refus commandée par le Baron pour se débarrasser d'un profiteur.

Je les garde toujours à portée de main, pour pouvoir les utiliser régulièrement, mais malgré tout, au bout d'un moment, l'encre se fige et la plume accroche. Dans ces cas-là, il faut la laver à l'eau, qu'il s'agisse d'un stylo à cartouches ou à pompe.

Dès que j'avais commencé à écouter Madame Bernard-l'ermite, j'avais pressenti que le Sailor préféré de l'Aînée serait le bon choix. Avec sa pointe effilée, sa souplesse d'écriture était propre, me semblait-il, à faire jaillir de sa bouche les mots qui ne coulaient pas de source, c'était le moins qu'on puisse dire.

Et puis, c'était une femme hypersensible. Pour mettre en mots les nuances infimes de ses sentiments, ce stylo à plume enraciné au Japon était tout désigné.

Les stylos-plume fabriqués à l'étranger ont la pointe arrondie pour écrire les lettres de l'alphabet, tandis que celui-ci, avec sa plume un peu large, permet de tracer, selon l'inclinaison qu'on lui donne, aussi bien des lignes très fines que très épaisses. On peut calligraphier les traits les plus délicats comme avec un pinceau – arrêtés net, en rebond ou en fondu.

Mais pour moi, ce stylo-plume pèse lourd. Pas au pied de la lettre. C'est que ce Sailor est pour moi l'incarnation de l'Aînée. Difficile à utiliser, trop impressionnant, je finis par m'en détourner à mon insu. Le prendre en main me demande un courage extraordinaire. Du coup, je ne m'en sers que lorsque je n'ai plus le choix.

J'ai commencé par vider le réservoir dans le flacon d'encre.

Puis j'ai essuyé la plume avec un mouchoir en papier, sans insister, avant de la dévisser du corps pour la plonger dans un verre rempli d'eau. J'ai changé l'eau à plusieurs reprises, car elle noircissait aussitôt. En dernier, j'ai fait couler un filet d'eau dans l'embout, vers la plume, pour bien nettoyer l'intérieur. Après avoir essuyé les gouttes accrochées à la pointe avec un chiffon doux, je l'ai laissée sécher à l'air libre.

Du vivant de l'Aînée, le nettoyage des stylos-plume était mon travail. Elle ne gardait presque jamais d'encre dans un stylo à plume ; quand l'un d'eux n'avait pas servi pendant un petit moment, elle me le faisait aussitôt laver. Par rapport à elle, je suis très négligente. Je les abandonne au fond d'un tiroir, gorgés d'encre.

Quelques jours plus tard, j'ai rempli le Sailor tout propre.

En priant pour que Madame Bernard-l'ermite soit entendue, j'ai trempé la plume dans l'encrier et actionné le convertisseur : l'encre est montée, comme aspirée par une paille. J'ai toujours aimé cette sensation. Elle me ravit, comme si je buvais le meilleur jus de fruits qui soit.

J'avais choisi une encre verte. Dans mon travail habituel, je n'ai pas vraiment l'occasion d'utiliser cette couleur. Pour ainsi dire jamais. Mais quand j'avais écouté Madame Bernard-l'ermite parler, ses mots m'étaient apparus dans des tons verts.

Le vert, c'est une couleur fréquente dans la nature. Et ses sentiments à elle étaient naturels. L'amour né dans son cœur était pur comme les plantes qui poussent. La nature ne ment pas, ni à elle-même ni à autrui. Elle vit et meurt avec sincérité. C'est pareil pour Madame Bernard-l'ermite, j'ai l'impression.

En plus, c'est une couleur apaisante pour son destinataire. J'espérais qu'elle exprimerait en douceur la sensibilité profonde de Madame Bernard-l'ermite.

Une missive formelle se rédige à la verticale, c'est la règle, mais j'allais écrire horizontalement pour mettre en valeur la pureté de ses sentiments. Pour le papier, j'ai opté pour du papier d'Amalfi. Quand on pense à du papier artisanal, le papier japonais s'impose souvent à l'esprit, mais on en trouve en Europe aussi, en particulier à Amalfi, dans le Sud de l'Italie, où l'on en produisait autrefois beaucoup. Aujourd'hui encore, les fibres de coton écrasées à la meule grâce à une roue à aubes puis coulées dans un cadre, à l'ancienne, donnent un papier d'excellente qualité.

Le papier cent pour cent coton d'Amalfi est doux au toucher, telle la peau nue tout juste aspergée de lotion. La feuille aux bords irréguliers, ornée de caractères en filigrane, dégage une grande douceur. Le soleil éblouissant, le bleu de la mer, la brise fraîche, les somptueuses gorges d'Amalfi : tout cela habitait ce papier désormais chargé de transmettre les sentiments de Madame Bernard-l'ermite.

Jusqu'à présent, elle avait sillonné la forêt seule. Elle avait avancé, solitaire, parfois contrainte de se frayer un chemin à travers les ronces.

Imaginer la longue route qu'elle avait parcourue me donnait envie de l'accompagner.

Installée devant la feuille de papier, j'ai délicatement noué un ruban soyeux autour de nos deux chevilles, à Madame Bernard-l'ermite et moi. Puis, mon bras autour de son épaule, nous nous sommes enfoncées dans la forêt sur nos trois jambes.

Il y a quelques jours, j'ai découvert sur le bord de la route des grandes pimprenelles en fleur.

C'est toi qui, un jour, m'as appris leur nom.

En me renseignant, j'ai découvert qu'on les appelait aussi « pimprenelle officinale » ou « sanguisorbe », mais le nom qui leur convient le mieux est, à mon avis, celui que tu m'as appris : « grande pimprenelle ».

Ce jour-là, tu as écrit sur un morceau de papier ce poème de Takahama Kyoshi : « Moi aussi rouge je suis en toute discrétion. »

T'en souviens-tu ?

Je l'ai précieusement gardé jusqu'à aujourd'hui.

Nous portons l'un comme l'autre une carapace sur notre dos et dans notre ciel, le temps n'est pas toujours au beau fixe. Mais ta gentillesse m'a sauvée plus d'une fois.

Alors que je ne suis ni très bavarde ni très amusante, tu es resté à mes côtés, à contempler le même paysage que moi.

Cela suffit à me rassurer : je ne suis pas la seule en ce bas monde à porter ma solitude à bout de bras. Tout ce que j'espère, c'est être moi aussi, pour toi, un canapé confortable.

Ce n'est que récemment que j'ai enfin compris, je crois, la signification profonde de ce poème de Takahama Kyoshi.

Moi aussi, je suis comme cette grande pimprenelle.

Moi aussi, les sentiments que j'éprouve pour toi font rougir mon cœur.

Sais-tu ce que signifie la grande pimprenelle, en langage des fleurs ?

C'est ce message que j'ai très envie de t'envoyer aujourd'hui.

Quel bonheur ce serait de pouvoir, un jour, parcourir la forêt main dans la main avec toi !

Pendant que j'écrivais cette lettre, j'ai levé ma plume à plusieurs reprises pour contempler le ciel

先日、道ばたに咲く吾亦紅を見つけました。
吾亦紅は、いつだったか、あなたが教えてくれた花ですね。
調べると、「吾木香」とか「割木瓜」などと書いたりもする
ようですが、私はやっぱり、あなたが教えてくれた「吾亦紅」
が合っているように思います。
あの時、あなたはとっさに、「吾もまた 紅なりと ひそやかに」
という高浜虚子の句を紙に書いて教えてくれました。
覚えてますか?
あの時のメモを、私はずっと今も大切にしています。
私たちは、お互い背中に殻を背負っている者同士だから、
いつも空が気持ちよく晴れているとは限りません。それでも、
私はこれまで、あなたの優しさに、幾度も幾度も
救われました。
決して饒舌でも、面白い話ができるわけでもない
けれど、ただあなたは私のそばにいて、同じ景色を
見てくれました。

それだけで、私はこの世界で孤独を抱えているのが
自分だけではないのだと、安心できるのです。そして
願わくば自分も、あなたにとっての、居心地のいい
ソファでありたいと思うのです。
最近になって、私はようやく、高浜虚子の詠んだ
句の意味を、深いところで理解できるようになった
気がしています。
私も、吾亦紅といっしょです。
人並みに、あなたへの想いで、この胸をあかく
染めているのです。
あなたは、吾亦紅の花言葉を知っていますか？
今の私は、あなたのもとへ、吾亦紅の花言葉を
届けたい気持ちでいっぱいです。
いつか、あなたと、手をつないで森を歩けたら、
どんなに幸せでしょう。

à travers la cime des arbres. Je buvais sa limpidité éblouissante.

Après avoir délicatement défait le ruban qui liait nos chevilles, j'ai reposé le Sailor. C'est impossible, mais il m'avait semblé que le stylo-plume écrivait de lui-même les mots, comme s'il m'approuvait.

La silhouette de la grande pimprenelle qui s'épanouissait, solitaire et pure sous la brise, s'est superposée dans mon esprit à celle de Madame Bernard-l'ermite et de l'homme qu'elle aimait – bien que je ne l'aie jamais rencontré. C'était elle qui m'avait raconté cet épisode de la fleur, juste avant de partir.

Tout de même, c'était la première fois que j'expérimentais une telle communion avec le Sailor. Je n'avais ressenti aucun poids pendant que j'écrivais. C'était comme si l'encre sortait tout droit du bout de mes doigts pour épouser tendrement la surface de la feuille, dans un doux confort d'écriture.

Le lendemain matin, après m'être relue une dernière fois, j'ai cacheté l'enveloppe. J'en ai profité pour glisser dedans une carte parfumée. Ainsi, quand le destinataire l'ouvrirait, une senteur subtile s'en élèverait. Le parfum correspondait parfaitement à Madame Bernard-l'ermite. Je ne pouvais m'empêcher d'espérer que ses sentiments, portés par une légère brise fragrante, atteindraient le cœur de son ami.

Cela faisait quelques jours qu'était affiché un avis signalant un pas-de-porte à louer, à deux pas du sanctuaire Kamakura-gû. Je n'arrivais pas à me rappeler s'il y avait avant un bouquiniste ou une brocante.

J'ai regardé à travers la devanture : l'intérieur était déjà presque vide. Sur le mur extérieur, près de l'entrée, une plante grimpante faisait joliment foisonner ses feuilles.

J'étais tellement excitée, j'aurais voulu en parler à Mitsurô dans la minute, mais j'ai pris le temps de digérer l'information une soirée entière. Le bail de son appartement arrivait bientôt à échéance.

Bien sûr, c'était pratique pour lui de vivre et travailler au même endroit. Mais du point de vue de la clientèle, l'emplacement était loin d'être idéal. Mitsurô aurait beau se démener, les clients ne viendraient pas à lui.

— C’est un lieu génial, lui ai-je annoncé au téléphone le lendemain, une fois ma décision prise.

En réalité, le mieux aurait été de lui en parler de vive voix, puisque c’était important, mais en semaine, ce n’était pas facile. J’ai téléphoné à une heure où je savais le trouver chez lui.

— Mais le loyer sera plus cher. Ici, je m’en sors tant bien que mal parce que je paie trois fois rien pour le café et l’appartement en même temps.

Bien entendu, il hésitait.

— Et si vous vous installiez chez moi ? Comme ça, tu n’aurais plus que le loyer du café à payer. C’est tout près de la maison. Et puis tu n’aurais pas à t’inquiéter pour QP, elle serait avec moi.

C’est la conclusion à laquelle j’étais arrivée au terme d’une soirée de réflexion. L’heure était peut-être venue d’arrêter d’être ensemble-mais-voisins. J’avais cerné Mitsurô au cours de ces premiers mois de mariage. J’étais certaine de ne pas avoir de regrets.

— La maison est vieille et pas super confortable, mais… ai-je dit.

Après un silence, sa voix paisible s’est élevée :

— Tu es sûre ?

— Si je te le propose. A vrai dire, j'y pense depuis cet été. Une famille, c'est quand même mieux sous le même toit, non ? Notre séjour chez tes parents a joué. Moi aussi, j'ai envie de vous voir davantage, QP et toi, ai-je insisté.

Parce que je le pensais vraiment. Jusqu'à présent, comme rien ne nous y poussait, nous n'avions pas bougé. Mais la veille, devant l'annonce du local à louer, j'avais eu une illumination. Ici, Mitsurô arriverait à créer un lieu à son image, m'avait-il semblé. Si ses multiples efforts ne portaient pas leurs fruits, il devait bien y avoir une raison ; à mon avis, il fallait tenter le tout pour le tout.

— Dans ce cas, j'irai voir le local un de ces quatre.

Mitsurô tergiversait et je n'ai pu m'empêcher de m'écrier :

— Mais non ! Si tu ne t'agites pas un peu, tu vas te le faire souffler par quelqu'un d'autre. Ça ne rigole pas, à Kamakura ; on y va maintenant, tous les deux ! Là, tout de suite, je peux m'absenter un instant de la boutique.

J'étais tellement remontée que si je l'avais eu devant moi, je lui aurais mis une claque dans le dos pour le faire avancer.

Un quart d'heure plus tard, nous scrutions ensemble l'intérieur du local vide.

— C'est la bonne taille, non ?

— C'est vrai qu'avec un comptoir et quelques tables, ça serait juste comme il faut.

— Et puis, QP n'aurait pas besoin de changer d'école.

Mitsurô portait son tablier ; nous devions avoir l'air plutôt bizarre, tous les deux. Mais il n'était pas question de lâcher l'affaire.

— Je me dis qu'ici, avec l'arrêt de bus tout proche, les clients pourront s'arrêter sur le chemin du retour. Tu sais que dans le quartier, pas mal de personnes prennent la ligne Yokosuka pour aller travailler à Tokyo. Près de la gare de Kamakura, il y a plein de restaurants, mais les gens préfèrent prendre un verre ou leur repas près de chez eux. Et ton café actuel, ce n'est pas le genre d'endroit où l'on peut faire un saut avant de rentrer chez soi, n'est-ce pas ? Sauf si on habite en haut de la colline, mais sinon, même pour le voisinage, il faut grimper la côte exprès. C'est trop pour des gens fatigués par leur journée de travail. Ils arrivent épuisés par le trajet dans un train bondé. Mais ici, c'est juste à la descente du bus. Tu pourrais décider de te concentrer sur la clientèle du quartier, ce serait bien, non ? Et puis, tes clients réguliers n'hésiteraient pas à continuer de venir, le déménagement ne les gênerait pas.

J'avais débité ma tirade d'un trait, ça m'avait donné soif. Mais j'avais réussi à dire tout ce que je pensais, je crois.

— Bref, réfléchis bien. Parce que je suis convaincue que c'est une chance exceptionnelle, ai-je dit avant de repartir en direction de la boutique à petites foulées.

Sur l'affichette collée à la porte, j'avais écrit que je revenais dans cinq minutes.

L'affaire a été réglée en trois coups de cuillère à pot.

C'est ce que nous étions en train de dire, Mitsurô et moi, quand QP, qui écoutait notre conversation d'une oreille, a mal compris : elle s'est mise à frapper trois fois sur un pot avec une cuillère.

— On va bientôt s'installer tous les trois ensemble, lui ai-je annoncé.

Elle a pris un air stupéfait. Puis, en me dévisageant, elle a demandé :

— Pour toujours ?

— Oui, pour toujours, ai-je répondu.

— Youpi ! s'est-elle écriée en faisant des bonds.

Pour toujours, jusqu'à ce que tu tombes amoureuse, que tu te maries et que tu quittes la maison, ai-je songé.

Pour réduire les dépenses, nous avons décidé de faire le déménagement nous-mêmes, petit à petit. Voir Mitsurô, soir après soir, transporter des affaires dans une charrette à bras après la fermeture du café avait quelque chose de comique – si on peut dire : on aurait cru qu'il déménageait à la cloche de bois. Mais pour la famille Morikage, c'était un tendre premier pas vers la vie commune.

Le local n'était bien entendu pas utilisable en l'état ; Mitsurô ferait lui-même les travaux qu'il pourrait, avec pour objectif d'ouvrir en début d'année. Tout semblait avancer comme sur des roulettes.

C'est un samedi soir que j'ai trouvé les carnets. Ils gisaient en désordre dans un coin du garage de chez Mitsurô, entre des sacs-poubelles pleins. J'ai tout d'abord poursuivi mon chemin, pensant qu'ils étaient bons pour la benne, avant de me raviser, quelque chose me titillait.

J'en ai tiré un du sac en papier où ils étaient entassés pour le feuilleter. J'ai aussitôt compris qu'il avait appartenu à Miyuki. Cette pile de carnets, c'était son journal de bord. Chaque double page couvrait deux semaines ; elle y avait consigné non seulement ses rendez-vous du jour mais aussi ses achats, pour tenir ses comptes.

A partir d'un moment, des visites médicales apparaissaient et Miyuki s'était mise à noter en détail ce qu'elle mangeait, comment elle se sentait. Puis, dix jours après la date prévue du terme notée en rouge, figuraient les mots : *Accouchement. Elle est enfin née !* C'était le premier jour de sa vie de mère.

Les carnets étaient principalement rédigés au crayon à papier. L'écriture était fine et nette, mais chaleureuse. Mitsurô ne m'avait presque jamais parlé d'elle. Mais lorsque mes yeux se sont posés sur ces lignes, j'ai eu l'impression de deviner quel genre de femme elle avait été. Et je l'ai aussitôt aimée.

C'est difficile à exprimer, mais ce que je ressentais était extrêmement proche d'un sentiment amoureux. Tomber amoureuse de l'écriture de la première femme de mon mari était étrange, même à mes yeux. Mais je ne pouvais qu'aimer sans conditions la propriétaire d'une telle écriture. Sa silhouette m'apparaissait plus nettement que n'auraient pu la dessiner une foule de photos et d'images.

Il n'était pas question de lire debout des documents aussi précieux. J'ai emporté le sac en papier à l'étage, où je l'ai discrètement mis à l'abri des yeux de Mitsurô.

Après le dîner, j'ai pris mon bain avec QP. Mais tant au cours du repas que pendant que je me lavais, les carnets de Miyuki n'ont pas quitté mon esprit un seul instant.

A mes yeux, Mitsurô était impardonnable d'avoir abandonné un tel trésor. Rien que d'y penser, les larmes me montaient aux yeux de dépit.

Pendant qu'il prenait son bain après nous, j'ai mis QP au lit. Après m'être assurée qu'elle s'était endormie, j'ai sorti le sac en papier de sa cachette. J'ai repris la lecture des carnets, installée à la table de la pièce voisine.

L'annonce du prénom au septième jour, la première visite au sanctuaire au bout d'un mois, le premier repas solide au centième jour de vie...

La joie de la naissance de QP irradiait chaque caractère. Jour après jour, les petits faits du quotidien étaient rapportés.

Haru refuse obstinément de téter.
Comment faire ?

Cette nuit, Haru n'a pas pleuré.
Micchan et moi avons dormi d'une traite.

J'ai envie de choux à la crème et de crème caramel, mais il faudra patienter jusqu'à ce que Haru arrête de téter !

Bref, c'était une mine d'informations sur Miyuki.

Mais à une certaine date, son écriture disparaissait des carnets. J'avais beau tourner les pages, sa voix ne s'en élevait plus.

Le dernier jour, c'est-à-dire la veille du drame, elle avait écrit ceci :

Demain, c'est jour de paie, alors je vais mettre les petits plats dans les grands : shabu-shabu au menu ! Il faudra que j'achète de la sauce au sésame avec la viande (du porc, pas du bœuf !).

はるちゃんが、全然おっぱいを飲んでくれない。
どうしたらいいの？

ゆうべははるちゃんが夜泣きをしなかったので、
私もみっちゃんも朝までぐっすり

シュークリームとプリンが食べたいけど、はるちゃんが
卒乳するまで、我慢、我慢！

明日は、みっちゃんのお給料日なので、フンパツして
しゃぶしゃぶにしよう！ お肉（でも牛じゃなくて
ブタさん）と一緒にゴマだれを買ってこなくっちゃ

Miyuki… Je me suis adressée à elle en mon for intérieur. Mais je n'ai pas trouvé les mots pour lui parler. Ce que j'aurais voulu, c'était la serrer fort entre mes bras.

Mitsurô est sorti de la salle de bains ; je lui ai lancé :

— Je voudrais te parler, tu as une minute ?

J'avais l'impression que garder le silence risquait de créer, plus tard, une fracture plus profonde, qui abîmerait notre relation. Alors, même si c'était dur pour l'un comme pour l'autre, il fallait affronter le sujet.

Mitsurô a répondu « D'accord » avant de quitter la pièce. Il est revenu, un gilet par-dessus son pyjama. Nous n'étions encore qu'en octobre mais il régnait un froid mordant qui vous donnait envie d'allumer le chauffage. Il s'est assis en face de moi.

— Peux-tu m'expliquer ce que tu avais l'intention d'en faire ? ai-je demandé tout de go en alignant les carnets de Miyuki sous ses yeux.

Il y en avait cinq en tout. Mitsurô gardait le silence.

— Je les ai feuilletés tout à l'heure. Ce sont des documents très précieux, je crois. Autant pour toi que pour QP. J'ai peine à y croire, mais tu t'apprêtais à les jeter ? J'aimerais que tu me donnes une explication convaincante.

Au bout d'un moment, il a murmuré, la voix rauque :

— Pardon. J'ai beaucoup hésité, mais je ne me voyais pas les apporter chez toi.

— Ne dis pas ça. Ils sont les témoins de l'existence de Miyuki.

— Je me disais qu'il faudrait bien que je m'en sépare un jour. Il m'a semblé que c'était le bon moment.

— Tu ne peux pas faire comme si c'était un tee-shirt ou une paire de chaussettes dont on ne voudrait plus.

Avec QP endormie dans la pièce voisine, je ne pouvais pas hausser le ton. Je m'efforçais de chuchoter, mais ma voix était acerbe.

— Mais toi, si je m'accrochais aux carnets de ma première femme, ça te déplairait, non ?

— Là n'est pas la question. C'est toi, le problème, ai-je dit.

Je n'en pouvais plus ; les larmes ont coulé sur mes joues.

— Comment ça, c'est moi le problème ? Il faudrait que je reste le mari d'une victime jusqu'à la fin de mes jours ? Alors que j'ai réussi à me remarier, à trouver quelqu'un avec qui refaire ma vie, je ne pourrais jamais échapper au passé ? J'ai assez souffert, j'en ai assez bavé comme ça.

Et puis, ce n'est pas parce que je jette ces carnets que mes souvenirs vont disparaître. Miyuki est vivante en moi et en ma fille. Et elle le restera. De toute façon, ces carnets, je les ai tellement lus que je les connais par cœur. On aurait mieux fait de ne pas faire de folies parce que c'était mon jour de paie. Si j'avais dit qu'on pouvait se contenter de ce qu'il y avait au réfrigérateur, elle ne serait pas morte comme ça. La veille, quand elle m'a demandé ce que je voulais manger le lendemain, c'est moi qui ai proposé du *shabu-shabu*. Je n'ai pas arrêté de me le reprocher. Mais j'aurai beau m'en vouloir, ça ne la fera pas revenir. La voilà, la vérité. On ne peut pas retourner en arrière. Tout ce qu'on peut faire, c'est aller de l'avant !

Mitsurô pleurait, lui aussi. Ses larmes tombaient sur la table dans un petit bruit d'éclaboussures. Face à cette douleur qu'il me dévoilait pour la première fois, je ne savais comment réagir.

— Mais ce n'est pas une raison pour les jeter. Tu l'as peut-être fait par égard pour moi, mais en réalité cela me blesse. J'aime Miyuki. Je l'aime beaucoup. Ça peut paraître bizarre puisqu'on ne se connaît pas, mais je crois que si on avait eu l'occasion de se rencontrer, on serait devenues amies. J'ai de l'amitié pour elle. Et je veux qu'on vive en bons termes. Alors, je ne veux pas que tu l'évacues de ta vie.

— Je n'en ai pas l'intention.

— Mais chaque fois que je viens chez toi, tu fermes les portes de l'autel bouddhique, n'est-ce pas ? Ce n'est pas bien. Vis-à-vis d'elle et vis-à-vis de moi. Cela me pèse que tu fasses attention à toutes ces petites choses. Je préfère largement la façon de faire de ta mère qui, au cimetière, s'est adressée à Miyuki à voix haute, c'est plus simple. Tu ne comprends pas du tout ce que je ressens. Ce n'est pas parce que je suis plus jeune que toi qu'il faut me traiter comme une gamine.

Peut-être notre relation avait-elle été trop harmonieuse jusqu'à présent. A force de parler, je ne savais plus si j'avais raison ou tort. Mais je n'avais pas envie de m'avouer vaincue.

— Ce soir, je vais dormir chez moi, ai-je dit calmement en me levant.

Etre avec Mitsurô me pesait terriblement.

En prenant garde à ne pas réveiller QP, je me suis changée dans le cabinet de toilette.

Au moment de partir, mon regard s'est posé sur les boulettes de riz au *mukago* dans la cuisine. Je l'ignorais avant de lire le petit mot envoyé par la mère de Mitsurô, mais le *mukago*, ce sont des bulbilles d'igname, des bébés ignames qu'on mange à l'automne.

Quand j'avais dit à Mitsurô que je n'en avais jamais mangé, il s'était mis en quatre pour m'en préparer. Avec un peu de sel, leur saveur ressortait encore mieux, c'était délicieux. Nous devions manger le reste de riz au *mukago* le lendemain matin ; un peu plus tôt, Mitsurô en avait fait des *onigiri*.

Les voir m'a de nouveau fait monter les larmes aux yeux. Dans quoi m'étais-je embarquée ? Je n'en savais rien moi-même.

— Bonne nuit, ai-je dit en refermant doucement la porte d'entrée.

J'ai marché seule dans les rues obscures. Peut-être qu'il va essayer de me rattraper, ai-je songé, mais non. Ma respiration formait des nuages tout blancs. A cause du froid, j'avançais à grandes enjambées.

L'impression soudaine d'entendre une voix m'a fait lever la tête : un ciel incroyablement étoilé s'étendait. Il brillait vraiment de mille feux. J'aurais aimé le contempler avec Mitsurô. Et QP, aussi.

Cette pensée a ouvert comme un grand vide en moi.

Le dimanche, je suis allée au cinéma à Chigasaki et le lundi, chez Sakai pour déjeuner. C'est, près de l'arrêt de bus Sugimoto-kannon sur le trajet du temple Jômyô-ji, un restaurant où l'on sert du congre sur un lit de riz.

A la réflexion, cela faisait des mois que je n'étais pas sortie déjeuner en solo. Jamais je n'aurais imaginé qu'un jour viendrait où j'aurais envie de me retrouver seule. Mais c'était le cas. Je ne voulais voir personne pénétrer dans mon cœur.

J'ai commandé un menu *anago*, du congre servi avec une soupe et de l'omelette épaisse. C'est l'Aînée qui m'a fait connaître ce restaurant. Je tiens l'adresse d'elle – indirectement. Le congre sur un lit de riz de chez Sakai revenait à plusieurs reprises dans ses lettres à Shizuko. C'était toujours ici qu'elle venait quand elle voulait s'offrir un bon repas, écrivait-elle.

Pour les repas de fête, de l'anguille de chez Tsuruya, et pour les bons repas des jours ordinaires, du congre de chez Sakai. C'était clair : elle aimait les poissons longs, fins et sinueux.

Les yeux sur le prunier planté dans le jardin du restaurant, j'ai goûté à mon menu *anago*. Chaque plat avait la saveur de la nostalgie. Pulpe de soja sautée, concombre au sel, soupe de miso, haricots écarlates mijotés au miel et confit d'algue *kombu*... J'avais vraiment l'impression de déguster un déjeuner préparé par l'Aînée. Mais le plus étonnant était l'omelette épaisse. Sucrée et bien moelleuse, c'était la copie conforme de celle que préparait l'Aînée, une recette que je n'étais jamais arrivée à imiter.

Bien entendu, le congre était lui aussi délicieux. Sa chair tendre et parfumée était grasse juste comme il faut.

Mais j'avais beau manger de si bonnes choses, j'étais désespérée de n'avoir personne à qui dire : « C'est bon, hein ? » J'étais esseulée, vide et triste. L'époque où j'appréciais ma solitude était-elle désormais révolue ?

Mitsurô n'avait pas tort.

Il me l'avait dit, le fameux jour où il m'avait portée sur son dos : *Plutôt que de rechercher ce qu'on a perdu, mieux vaut prendre soin de ce qui nous reste.*

Ces mots m'ont beaucoup aidée. C'est grâce à eux que j'ai réussi à voir sous un angle positif ma relation avec l'Aînée.

Mes arguments et ceux de Mitsurô sont peut-être les mêmes, au fond. Mais ils s'expriment par des actes contraires – se débarrasser des carnets de Miyuki, ou les garder.

Que préférerait Miyuki ? Et moi, si j'étais à sa place ?

D'autres clients attendaient à la porte, alors je ne me suis pas attardée au restaurant. Mais comme je n'étais pas prête à rentrer tout de suite, j'ai fait un crochet par le Kôkoku-ji. C'est un temple réputé pour ses bambous. Le dimanche matin, des séances de méditation y sont organisées, auxquelles j'ai participé plusieurs fois. Une subite envie de voir sa bambouseraie m'a envahie.

J'ai payé mon billet d'entrée et un ticket pour du thé matcha que j'ai bu à l'intérieur, devant le jardin de bambous.

Ces plantes ont une assurance extraordinaire. Elles poussent vers le ciel de toutes leurs forces, et je les envie pour ça. Mais quand on lève la tête, on constate que malgré leur apparence solitaire, elles se soutiennent mutuellement, leurs feuilles entremêlées. Et toutes sont reliées par leurs racines, exactement comme une famille, ai-je songé.

J'ai fermé les yeux : le murmure de l'eau et le gazouillis des oiseaux dominaient. Derrière mes paupières, des rayons de soleil dansaient. Sois toi-même, semblaient me souffler les bambous. Une agréable brise a soufflé dans ma direction.

J'ai lentement relevé les paupières ; une feuille, son existence achevée, est tombée en virevoltant avec grâce. Contempler le jardin avait un peu allégé mon cœur brouillé par les remous.

Etait-ce moi qui m'accrochais au passé ?

Les yeux sur les bambous, j'ai continué à réfléchir en me mettant à la place de Miyuki. Je voudrais que ceux que j'aime vivent avec le sourire. S'ils devaient m'oublier au fil de ces jours heureux, alors tant pis. Sans doute souhaiterais-je qu'ils se tournent vers l'avenir, plutôt que de rester prisonniers du passé.

Pour rentrer, j'ai suivi le sentier Dengaku-zushi qui débouche près de La Porta. Prise d'une brusque inspiration, j'ai jeté un coup d'œil dans la vitrine de Bergfeld : il y avait des gâteaux-hérissons. Attendrie par leur regard timide, comme s'ils m'avaient attendue, je me suis laissée aller à acheter les trois derniers. Je pouvais me le permettre, maintenant que j'étais adulte.

De retour chez moi, j'ai préparé un thé avec lequel j'ai mangé les deux premiers gâteaux, puis j'ai fait une courte sieste ; pour le dîner, après un léger bol de riz au thé vert, j'ai avalé le dernier hérisson, pour le dessert.

Comme j'avais trop mangé, j'ai nettoyé l'autel bouddhique, histoire de faire un peu d'exercice. Pas mal de poussière s'était accumulée à l'intérieur. J'ai bien frotté le cadre des photos de l'Aînée et de Tante Sushiko. Ensuite, j'ai rangé les petits objets qui entouraient l'autel, afin de ménager une place à côté.

On y installerait celui de Miyuki. Deux autels côte à côte, c'était sans doute rare, mais il me semblait que c'était la bonne solution. Conserver le souvenir était aussi important qu'oublier. Notre dispute, à Mitsurô et moi, n'avait ni gagnant ni perdant, nous n'avions ni raison ni tort. Cette journée passée seule me l'avait fait comprendre.

Maintenant que je le savais, je brûlais d'envie de lui écrire. Je n'avais pas le temps de choisir du papier et un crayon ; j'ai attrapé un stylo Uni qui traînait pour vite livrer mes sentiments au papier. Si j'avais fait un brouillon, l'essence de ma pensée se serait évaporée, il me fallait écrire d'un jet. Je voulais mettre des mots sur mes sentiments à nu pour les transmettre à Mitsurô.

Cher Mitsurô

Pardon de t'avoir fait des reproches sans t'écouter, l'autre jour.

Après, j'ai regretté d'avoir quitté la maison. J'ai gâché notre dimanche matin, alors qu'on aurait dû le passer en famille.

QP se faisait une joie de manger au petit-déjeuner les onigiri grillés préparés avec le riz au mukago ; je n'aurais pas dû faire cela. Je regrette d'avoir agi aussi égoïstement.

Mais cet incident m'a ouvert les yeux sur un point.

Nous devons vivre ensemble, c'est certain.

J'ai bien compris comme c'est triste d'être toute seule.

Seul, on ne sait pas si on a froid ou chaud. Mais quand on est peau à peau avec quelqu'un d'autre, on ressent la chaleur de ses propres mains ou le froid de ses propres orteils.

Fonder une famille avec QP et toi m'a ouvert des horizons nouveaux, inattendus. C'est comme si je voyageais sur un tapis volant. Merci, vraiment, de me faire découvrir un monde insoupçonné.

Maintenant, j'ai envie d'aller partout, d'explorer des lieux inconnus.

A la réflexion, c'est la première fois que je prends le temps de t'écrire.

De la même manière qu'un chef ne cuisine pas chez lui, moi qui ai, de par mon métier, de nombreuses occasions de rédiger des lettres, je néglige de le faire dans ma vie personnelle. Pardon.

Mais en réalité, la personne à qui je devrais le plus écrire, ou plutôt, à qui j'ai le plus envie d'écrire, c'est toi, je l'ai compris au fil de cette lettre.

Je t'aime, tu sais.

Au fait, à propos des carnets de Miyuki, je te propose de prendre le relais. Qu'en penses-tu ?

Ainsi, tu pourras t'en débarrasser, et moi, je pourrai les garder.

C'est une solution simple mais il m'a fallu du temps pour la trouver.

Cela va peut-être te sembler étrange mais, à mon avis, la famille Morikage compte quatre personnes. Toi, QP, moi et Miyuki. Nous vivons tous les quatre ensemble.

Quel rêve pour toi, un vrai harem !

Tout à l'heure, j'ai préparé une place pour l'autel de Miyuki, à côté de celui de ma grand-mère.

Parce que ni toi, ni moi, ni QP ne sommes nés de nulle part.

Cela me préoccupait depuis notre voyage à Kôchi.

Plus tard, j'espère pouvoir écrire à Miyuki, de la même façon. Je n'en suis pas encore capable, mais ce jour arrivera.

Je serai heureuse de te retrouver ce week-end. Mais d'ici là, si tu as le temps d'apporter des affaires, viens quand tu veux.

J'ai envie de vite voir ma mignonne petite fille !

Hatoko

ミツローさんへ

この間は、一方的にミツローさんを責める形になってしまい、ごめんなさい。

あの後、家を出てしまったことを、後悔しました。せっかく家族三人で過ごせるはずだった日曜日の朝を、台無しにしてしまいましたね。

QPちゃんも、朝起きて、みんなでむかごご飯の焼きおにぎりを食べるのを楽しみにしていたのに、本当に悪いことをしてしまいました。あんな身勝手な行動をとった自分を、反省しています。

でも、今回のことで気づいたこともあります。

やっぱり、私たち、一緒に暮らさなくちゃダメです。

ひとりぼっちがこんなに味気ないものだということを、思い知りました。

ひとりでいても、自分の体温はわかりません。でも、自分以外の他の誰かと肌をくっつければ、自分の手があったかいとか、足先が冷たくなっているとか、感じることができます。

ミツローさんとQPちゃんと家族になれたことが、私の人生を思わぬ方向に押し広げてくれました。私は今、魔法のじゅうたんに乗っている気分です。知らなかった世界を見せてくれて、本当にありがとう。
こうなったら、どこまでも行って、まだ見ぬ世界を見てみようと思うのです。
よく考えると、こんなふうに落ち着いてミツローさんに手紙を書くのは、初めてですね。
プロのシェフが、家で料理しないのと一緒で、私も日ごろ仕事で手紙を書くことが多いので、プライベートでは、逆に筆不精になっていました。ごめんなさいね。
でも、本当は私がもっとも手紙を書かなきゃ、いえ、書きたい相手はミツローさんなんだって、今、手紙を書きながら気づきました。
私、ミツローさんが大好きだよ。
そうそう、美雪さんのダイアリーに関しては、私がミツローさんから引き継ごうと思います。それで、どうですか？
そうすれば、ミツローさんは手放せるし、私は手元に残すことができます。
簡単なことなのに、そこにたどり着くまで時間がかかってしまいました。
ミツローさんにはちょっと不思議にきこえるかもしれない

けれど、私は、モリカゲ家は、四人家族なんじゃないかと
思うのです。ミツローさんとQPちゃんと私と美雪さん、
四人で暮らしているのです。
ミツローさんにとっては、夢のハーレム状態！
さっき、祖母の仏壇の脇に、美雪さんの仏壇を置く
場所を作りました。
私もミツローさんもQPちゃんも、木の股からある日
とつぜん生まれたわけではないもんね。
そのことを、高知に行ってから、ぼんやり考えるように
なりました。
いつか、こんなふうに、美雪さんにもちゃんと手紙を
書きたい。今はまだ書けないけど、いつか、きっと、
と思っています。
週末、会えるのを楽しみにしています。でもその前に、
引っ越しの荷物を運べそうだったら、いつでも持って
きてください。
早く、かわいいムスメにも会いたいなあ。

Après avoir écrit Hatoko en hiragana, j'ai reposé mon stylo. Peut-être parce que je cherchais avant tout à communiquer mes sentiments, je ne m'étais pas préoccupée de mon écriture, qui était loin d'être belle. Je me suis contentée de recouvrir de blanc correcteur les fautes évidentes et de les corriger.

Dans mon travail d'écrivain public, il était hors de question d'utiliser du correcteur, mais cette lettre était destinée à un proche, et puis, l'élan était important ; ça irait pour cette fois-ci.

Ce n'était pas non plus le moment de laisser reposer la missive une nuit près de l'autel bouddhique avant de la relire le lendemain matin. Pour un courrier personnel, cette étape était inutile.

J'ai écrit l'adresse et, sans attendre, j'ai plié la feuille pour la glisser dans l'enveloppe. Le papier à lettres et l'enveloppe étaient des fournitures dépareillées qui me restaient. Pour me racheter, j'ai collé un timbre que j'aimais bien. Un timbre avec un lapin, mis en vente récemment. Je suis allée poster ma lettre dans la boîte la plus proche.

Dehors régnait le même calme qu'au cœur de la nuit. Mitsurô m'avait demandé d'éviter de me promener seule le soir, mais j'aime bien goûter parfois à ce silence. On se sent seul au monde, comme s'il ne restait plus que soi.

Je savais que j'aurais plus vite fait d'aller déposer l'enveloppe dans sa boîte aux lettres, mais c'était plus amusant de ne pas savoir quand elle serait distribuée.

La réconciliation a été facile. Clairement, dans ces cas-là, le mieux est de se parler ou d'écrire avec franchise. Mitsurô et moi avons de nouveau uni nos forces en vue de son emménagement imminent.

Pour lui, décider quoi faire des affaires de Miyuki représentait le plus gros problème et c'est parce qu'il avait tenté de le résoudre seul que cela avait été dur ; mais à nous trois, ce qui lui était apparu comme une montagne infranchissable se réduisait à quelques cailloux.

On ne pouvait ni tout garder ni tout jeter. Or la personne la plus à même d'en juger avec précision n'était ni Mitsurô ni moi, mais QP.

Par exemple, nous hésitions sur le sort à réserver à un manteau chic que Miyuki aimait porter. Mitsurô avait plusieurs fois été tenté de le jeter sans y parvenir, reculant devant le gâchis.

— Les choses pleines de souvenirs que tu as envie de garder, mieux vaut les emporter. Si tu t'en débarrasses maintenant, tu le regretteras plus tard, ai-je dit.

— Plus qu'un souvenir, c'est surtout qu'elle l'avait acheté parce qu'il lui plaisait beaucoup. Il avait coûté assez cher, paraît-il, a murmuré Mitsurô.

QP, qui nous écoutait, a lancé :

— Si personne ne le porte, c'est triste !

— Mais tu le voudras peut-être quand tu seras grande, ai-je souligné.

— Non.

Elle avait répondu très sérieusement. Avant d'ajouter :

— On n'a qu'à le donner à des réfugiés.

On leur avait parlé des réfugiés à l'école, semble-t-il. En effet, plutôt que de simplement les jeter, si les affaires de Miyuki pouvaient servir à quelqu'un, ce serait mieux. Ainsi, ce manteau ne serait pas perdu.

— Miyuki faisait souvent des dons, c'est vrai.

J'ai abondé dans le sens de Mitsurô :

— Oui, dans son journal, elle dit souvent qu'elle a donné cent yens, alors pourquoi pas ?

Il a donc été décidé, pour les vêtements encore mettables, de les donner à une association caritative après les avoir lavés. C'était une excellente idée.

Les photos de Miyuki, elles, sont toutes revenues à QP. Parce que même si elle ne se souvenait pas de sa mère, c'était celle qui l'avait mise au monde.

— Tu me les montreras de temps en temps, d'accord ? ai-je demandé à QP qui a accepté avec le sourire.

En revanche, nous avons jeté sans hésitation sa carte de chez le dentiste et ses cartes de fidélité pour des cosmétiques et autres.

Les lits superposés seraient démontés pour être remontés dans la chambre de QP. Elle s'installerait dans mon ancienne chambre à coucher.

Nous avions envisagé de n'en garder qu'un et de donner l'autre, mais QP aurait peut-être un petit frère ou une petite sœur à l'avenir ; mieux valait ne rien changer. Si quelqu'un venait dormir chez nous, cela nous ferait un lit d'ami.

Pour ce qui était du réfrigérateur et de la machine à laver, j'avais déjà les miens et ceux de Mitsurô étaient assez vieux ; une entreprise de recyclage viendrait les récupérer. Je n'avais pas de four à micro-ondes : nous utiliserions le sien. On le transporterait dans la charrette à bras.

Nous avions pour projet d'achever le déménagement avant la fin novembre.

Les séances de calligraphie avec QP continuaient, au rythme d'environ une fois tous les quinze jours. C'était le samedi après-midi, en général.

Les écoliers de première année apprennent un certain nombre de kanji, comme ciel et fleur, or et herbe, par exemple.

空	花	金	草
ciel	*fleur*	*or*	*herbe*

Entre tous, les kanji pour les chiffres un, deux et trois sont particulièrement difficiles. Les caractères les plus simples à première vue sont en réalité les plus compliqués à bien tracer.

un *deux* *trois*

Je n'ai encore jamais réussi à calligraphier un *un* satisfaisant. Pour le coup, celui de QP était magnifique. Ferme et hardi, son *un* respirait l'assurance. C'est sans doute parce qu'elle ne pensait pas à bien écrire qu'elle y arrivait.

Le sujet du jour était le caractère qui désigne le vivant.

Pour commencer, j'ai tracé un exemple en style régulier que QP a recopié à plusieurs reprises, ma main soutenant la sienne, avant de s'entraîner à l'écrire seule.

A ses côtés, je tenais moi aussi un pinceau. Je devais calligraphier une nouvelle plaque avec notre nom avant l'emménagement de Mitsurô et QP. J'avais beau le savoir, je n'avais cessé de repousser et il était maintenant plus que grand temps de s'y mettre. L'ancienne plaque *Amemiya* serait remplacée par une nouvelle portant le nom de *Morikage*.

J'arrivais désormais à tracer le premier caractère avec en tête l'image d'une famille de trois personnes serrées sous le même toit, mais le deuxième me donnait du fil à retordre. Quand on s'y prend mal, les deux kanji qui composent *kage*, le soleil en haut et la capitale en bas, perdent toute unité. Je savais bien que je n'arriverais jamais à la cheville de l'*Amemiya* calligraphié par l'Aînée, mais je ne voulais pas non plus avoir à rougir de cette plaque, la carte de visite de notre maison.

Mais plus je m'efforçais de bien écrire, plus je m'éloignais de la calligraphie idéale que j'avais en tête. Je voulais des caractères ni trop dynamiques ni trop mous, lisibles par tous sans être trop complaisants, et pleins de dignité ; bref, cela n'avait rien d'évident.

— Maîtresse, j'ai fini.

QP avait élevé la voix après s'être longuement entraînée en silence. Pendant les séances de calligraphie, nous avions décidé qu'elle m'appellerait maîtresse, ce qu'elle faisait sans faute.

— Tu as bien réussi.

J'ai regardé sa feuille : elle avait calligraphié 生 d'un trait puissant.

Le kanji du vivant est un caractère pictographique qui représente la végétation surgissant de terre et dont l'étymologie puiserait son origine dans l'expression de la vie. C'est de là que viennent ses significations variées et ses multiples prononciations : *shô* ou *sei* (vie), *ikasu* (garder en vie), *ikiru* (vivre), *ikeru* (arranger des fleurs), *umareru* (naître), *umu* (donner la vie), *o.u* (pousser), *ki* (brut), *nama* (cru), *haeru* (pousser), *hayasu* (faire pousser), entre autres.

A l'encre rouge, j'ai entouré d'un cercle les parties abouties et souligné d'un trait celles à améliorer. Je trouvais qu'elle avait plutôt bien réussi, mais lui donner tout de suite un bon point n'aurait pas eu de sens. Bien entendu, je ne cherchais pas pour autant la petite bête.

Pendant que QP se remettait à calligraphier son kanji, je me suis concentrée une nouvelle fois sur les caractères du nom *Morikage*.

Je transmettais à mon pinceau l'image d'une belle sérénité et d'une lumière vive qui envelopperaient notre maison.

Mais en calligraphie, le temps passé à s'exercer ne garantit pas le résultat.

C'est peut-être vrai pour tout, mais on a beau progresser au début, à partir d'un certain point, la concentration s'effrite.

Quand on est préoccupé, l'écriture s'en ressent. Savoir discerner son point de concentration maximale est la clé de la réussite. On est le seul à savoir que le moment d'écrire au propre est arrivé.

Comme j'ai entendu une voix me souffler que c'était maintenant, j'ai soigneusement préparé de l'encre.

Puis j'ai disposé la plaque en bois sur le sous-main.

Après avoir bien imprégné mon pinceau d'encre, j'ai ôté le surplus en l'égouttant sur le bord de la pierre à encre et, sans hésiter, j'ai tracé les caractères d'un seul jet, en faisant le vide dans mon esprit.

Cela faisait longtemps que je ne m'étais pas mise dans un tel état pour deux simples caractères. Ils n'étaient pas parfaits ; disons qu'ils méritaient environ quatre-vingt-cinq points sur cent. L'Aînée m'aurait sans doute accordé un « ce n'est pas mal ». Dès le mois prochain, ils représenteraient notre famille.

守
景

Après notre séance de calligraphie, nous avons fait une pause goûter puis j'ai confié QP à notre voisine, Madame Barbara, pour filer à bicyclette chez le marchand de tofu. Pour le dîner, j'avais prévu une marmite de tofu.

A Kamakura, il n'y a pas beaucoup de marchands de tofu au regard de la population, l'Aînée s'en plaignait toujours. Je suis de son avis. On en trouve bien rue Komachi-dôri, mais dans des boutiques à touristes, pas le genre d'endroit où les habitants de Kamakura vont faire leurs courses en passant. Les emballages chics, on s'en moque, ce qu'on veut, c'est trouver du tofu chez un petit marchand de quartier.

Je me faisais cette réflexion lorsque, l'autre jour, j'en ai enfin trouvé un. A Imakôji, au carrefour de la mairie, dans la rue qui mène au temple Jufuku-ji.

Mais lorsque je suis passée devant, il était fermé. La boutique n'ouvre que deux jours par semaine, dirait-on. C'est un marchand à l'ancienne, où l'on peut apporter son propre récipient.

Pour éviter la foule, j'ai pris un raccourci secret.

Il n'y a presque que les gens du coin qui le connaissent. Cette ruelle qui serpente entre Wakamiya-ôji et Komachi-ôji est toujours calme, banale et paisible. Chaque fois que je la prends, je me sens plus légère. Comme les voitures ne peuvent pas y passer, les enfants et les personnes âgées y marchent en toute sécurité.

Je suis descendue de mon vélo pour avancer en le poussant.

La haie de camélias d'automne d'une maison était fleurie et un chat se dorait au soleil, étalé comme un *mochi*.

Cela faisait un petit détour, mais j'ai tourné au coin de l'église Yukinoshita pour traverser d'abord l'allée Dankazura puis la rue Komachi-dôri avant de prendre la ruelle suivante en direction du nord. En obliquant à gauche au coin de l'église Saint-Michael pour traverser la voie ferrée, j'arriverais chez le marchand de tofu d'Imakôji sans me retrouver dans la cohue, ou presque. Si on ne prend pas les chemins de traverse, on ne peut pas mettre un pied devant l'autre le week-end à Kamakura. Il y a tellement de monde partout qu'il est impossible de faire un saut à la boutique du coin. Au fond d'eux-mêmes, les habitants sont bien contents que la ville n'ait pas été classée au patrimoine mondial.

J'ai acheté un pavé de tofu soyeux et un autre de tofu ferme. Pour moi, le tofu, c'est forcément du tofu soyeux, mais Mitsurô soutient que le nec plus ultra, c'est le tofu ferme. Ce serait stupide de se disputer pour si peu, alors j'ai pris des deux ; je mettrais la moitié de chaque dans le plat. J'ai aussi acheté du tofu frit *ganmodoki* et de la crème dessert au tofu.

Sur le chemin du retour, j'ai fait un détour par le temple Jufuku-ji, sur un coup de tête.

J'ai garé mon vélo à l'entrée pour gravir les escaliers qui mènent au portail, les mains vides. C'est un endroit que l'Aînée aimait et c'est aussi là que Mitsurô m'a portée sur son dos, j'y ai des souvenirs.

On peut dire, sans exagérer, que tout a commencé ici. Les arbres près du portail attendaient l'automne avec impatience, prêts à se parer de couleurs.

Tout en m'inquiétant un peu pour le tofu que j'avais laissé dans le panier de ma bicyclette, j'ai poussé jusqu'à la tombe de Masako. Ce n'est pas très loin mais on a l'impression d'être parti en excursion. L'une des tombes creusées dans d'énormes pierres est la sienne ; elle est toujours fleurie.

QP et Madame Barbara s'étaient amusées à faire des coloriages. J'ai donné à Madame Barbara une crème dessert au tofu.

— A partir du mois prochain, nous vivrons tous ensemble chez moi, lui ai-je annoncé. Merci d'avance pour votre bienveillance.

— Merci d'avance à vous aussi, a-t-elle répondu à son tour en s'inclinant. Il va y avoir de l'animation, c'est une bonne chose.

— Mais on risque de faire du bruit. N'hésitez pas à nous le signaler.

Jusqu'à présent, chacune de nous vivait seule ; quand nous entendions du bruit, cela nous semblait plutôt convivial. Mais à trois, nous serons plus bruyants au quotidien et nos conversations pourraient devenir une gêne. Je m'en inquiétais – certes un peu tard. Il ne faudrait pas que notre vie commune rende Madame Barbara malade.

— N'aie donc pas l'air si sombre, Poppo. Brille, brille, d'accord ?

J'ai relevé la tête ; Madame Barbara souriait.

— Oui, c'est vrai. Brille, brille.

Elle était la seule à qui j'avais expliqué comment la première femme de Mitsurô avait trouvé la mort. Sa remarque me touchait d'autant plus. Elle avait raison : j'avais cette formule magique pour m'accompagner.

De retour chez moi, j'ai enroulé une écharpe autour de mon cou avant de ressortir, le tofu à la main. Les étoiles étaient déjà visibles. Sur le camélia du Japon qui donne son nom à la papeterie, les bourgeons commençaient à enfler.

Le parfum si insistant de l'olivier odorant, lui, s'était évaporé.

A la place régnait une autre odeur. Quelqu'un avait apparemment brûlé des feuilles mortes : l'air froid recelait de légers effluves de fumée.

— Rentrons ! ai-je dit à QP en la prenant par la main.

Sa main, tiède et douce sans être molle, me rend heureuse chaque fois que je la serre entre mes doigts.

Dans une semaine, nous habiterons ensemble.

C'en sera fini de se mettre en route, le samedi en fin d'après-midi, pour aller chez Mitsurô ; cette idée m'a un tout petit peu attristée. La vie à deux le week-end avait aussi du bon.

La veille du premier jour de notre vie commune, j'étais à l'étage en train de m'occuper de la literie étendue au soleil quand une voix aiguë s'est élevée depuis la boutique :

— Il y a quelqu'un ?

— Oui, un instant, je vous prie.

Si je ne rentrais pas les couettes maintenant, l'humidité du soir les alourdirait ; je me suis dépêchée.

J'ai tout laissé en plan à l'intérieur pour vite descendre à la papeterie, où m'attendait Madame Calpis.

— Dites donc, il fait plus froid ici qu'à Hayama, s'est-elle exclamée en frissonnant de tout son corps.

J'ai aussitôt allumé le poêle.

— Je vais vous servir une boisson chaude, ai-je dit en me relevant.

— Je voulais vous demander d'écrire une lettre à ma place, a-t-elle lancé dans mon dos.

Aujourd'hui encore, elle est vêtue d'imprimés à pois de la tête aux pieds.

Dans la cuisine, j'ai préparé une limonade chaude. J'avais mis à macérer dans du miel du citron, du gingembre, de la cannelle, des clous de girofle et de la cardamome ; dans les semaines à venir, je pourrais faire du vin chaud avec cette préparation, en ajoutant du vin rouge.

Quand je suis revenue avec la limonade sur un plateau, Madame Calpis testait un stylo-bille avec ardeur.

— Le confort d'écriture est excellent, n'est-ce pas ? ai-je demandé.

Elle avait en main le stylo que je recommandais le plus chaudement.

Comme je venais juste d'allumer le poêle, une odeur de fioul régnait encore dans la boutique.

Tout en m'en excusant intérieurement auprès de Madame Calpis, je l'ai invitée à boire sa limonade. Elle avait pris d'elle-même un tabouret, sur lequel elle s'était installée.

C'est un été, il y a deux ans je crois, que Madame Calpis a fait sa première apparition à la papeterie Tsubaki. Elle venait pour une lettre de condoléances.

Peu après, sa petite-fille, Mademoiselle Kokeshi, a suivi ses traces. A l'époque, c'était une écolière et elle m'a demandé une lettre d'amour pour son instituteur, que je n'ai en fin de compte pas écrite.

Plus tard, j'ai appris que la missive qui avait consacré la relation entre Madame Calpis et son mari était de la main de l'Aînée. Depuis ce temps-là, au moment où je ne pense plus à elle, Madame Calpis fait une apparition inopinée pour acheter des articles de papeterie. Mais elle ne m'a pas commandé de courrier depuis sa première visite.

— De quel genre de lettre s'agit-il, cette fois-ci ?

J'avais fini par lui poser la question car elle restait muette.

Lorsque j'ai déjà travaillé pour quelqu'un, je me sens plus à l'aise. Cela ne dure certes qu'un instant, mais quand je rédige une lettre, je deviens la personne pour qui j'écris. J'entraperçois sa vie à travers son œil intérieur et nous ne sommes plus tout à fait de parfaits étrangers.

— Je ne sais pas quoi faire, je suis bien embêtée… a soupiré Madame Calpis.

Elle ne ressemblait en rien à celle qu'elle était d'habitude, toujours franche et vive.

— Mizuho est tombée malade.

En entendant ce prénom, Mizuho, un instant, je me suis raidie – cette fois encore, ce n'était peut-être pas un être humain. La lettre de condoléances qu'elle m'avait demandé d'écrire, c'était pour un singe élevé par des amis à elle.

Mais cette fois-ci, il ne s'agissait pas d'un animal, semblait-il. Madame Calpis a repris d'un ton grave :

— Je lui ai prêté de l'argent. Enfin, prêté, disons plutôt avancé. C'était il y a longtemps, lorsque nous sommes allées ensemble à Nara. A l'époque, j'ai payé les billets de train pour nous deux et quand j'ai donné le sien à Mizuho, elle l'a accepté sans rien dire. Elle ne m'a pas remboursée tout de suite et c'en est resté là.

La pièce commençait enfin à se réchauffer. Dehors, le soleil déclinait déjà.

Mon soliflore accueillait une branche de théier. Comme l'Aînée l'avait écrit, les fleurs ressemblent à de minuscules fleurs de camélia qui vous réchauffent le cœur.

— Ça arrive, ce genre de choses, ai-je répondu en buvant ma limonade maintenant à la bonne température.

— Elle a sans doute oublié. Je sais bien qu'elle ne pensait pas à mal. Mais moi, ça n'a pas cessé de me préoccuper. Un aller-retour en Shinkansen, ça ne coûte pas une fortune, mais, comment dire, c'était comme une épine plantée dans mon cœur. Les années ont passé et j'avais presque oublié cette affaire. Et voilà qu'elle m'annonce qu'elle est malade. C'est peut-être indélicat, mais si elle mourait maintenant, j'ai l'impression que jamais je ne pourrais oublier cet argent qu'elle me doit, même après son décès. Comment dire, c'est comme si cela allait m'empêcher de pleurer sincèrement sa mort. En même temps, je me déteste de faire toute une histoire pour quelques dizaines de milliers de yens, c'est lamentable. Quand j'y pense, ça me déprime totalement.

Me parler l'avait peut-être un peu soulagée. Son ton était plus léger qu'à son arrivée.

Cela pouvait avoir son importance, alors j'ai posé la question :

— C'est une maladie grave ?

— Je n'en sais rien car elle m'a juste dit qu'elle allait être hospitalisée, mais c'est possible. Elle est divorcée, sans enfant. On dirait qu'elle n'a personne pour s'occuper d'elle, j'aimerais bien l'aider comme je peux. Mais cette histoire d'argent me turlupine. Et puis, une hospitalisation, ça coûte cher… Je ne peux tout de même pas lui demander de but en blanc de me rembourser. J'étais bien embêtée… C'est alors que j'ai eu un coup de génie : vous demander de lui écrire à ma place.

Un coup de génie… c'était tout Madame Calpis, ça. Mais si elle, qui avait bien plus d'expérience que moi, ne savait pas quoi faire, ce serait loin d'être simple pour moi. Le métier d'écrivain public est une course d'obstacles, mais cette fois-ci, la difficulté me semblait plus grande que d'habitude.

— Vous voulez bien vous en occuper ?

Elle me regardait d'un air désespéré.

Je ne pouvais pas refuser. L'Aînée aurait accepté sans hésiter. Mais étais-je en mesure d'écrire une lettre suffisamment convaincante pour résoudre ce problème ? Honnêtement, je n'en étais pas sûre. Je risquais même de dégrader la relation entre Madame Calpis et Mizuho.

— Vous voulez bien m'accorder un petit temps de réflexion ?

Je voulais éviter de m'engager sans être à la hauteur. C'est tout. Au bout du compte, cela revenait à protéger Madame Calpis, à mon avis.

— Bien sûr, j'attendrai jusqu'à ce que vous vous sentiez prête. Pour aujourd'hui, je vais acheter le stylo-bille de tout à l'heure.

Elle s'est levée de son tabouret, le dos bien droit. Je suis allée chercher le stylo qu'elle avait choisi ; je l'ai glissé dans un sachet et elle l'a payé.

Quand elle a quitté la boutique, il faisait tout noir dehors.

La plaque à notre nom avait été fixée et l'autel bouddhique de Miyuki avait trouvé sa place. La chambre de QP était prête. Comme je souhaitais réserver un bon accueil à Mitsurô et QP, j'avais nettoyé les vitres et bien récuré les toilettes. A l'idée qu'ils allaient vivre avec moi dans la maison où j'étais née et avais grandi, je souriais toute seule. C'était pourtant bien réel.

Incapable d'attendre plus longtemps, je suis partie à leur rencontre. Ils étaient justement en train de franchir le pont qui enjambe la Nikaidô-gawa. Mitsurô traînait une valise derrière lui et QP avait son cartable sur le dos.

— Bienvenue ! ai-je crié depuis le bout du pont.

— Merci de nous accueillir, a murmuré Mitsurô.

— C'est toi le chef de la maisonnée, fais preuve de davantage d'assurance, ai-je répondu en pensant à la nouvelle plaque portant notre nom.

Voilà comment la famille Morikage a commencé sa vie sous le même toit.

Mais il faut vivre ensemble pour s'apercevoir de certaines choses.

Il y a plus de linge à laver et la quantité de vaisselle n'a rien à voir avec l'époque où je vivais seule. Si le réfrigérateur n'est pas rempli, je m'inquiète et il suffit de négliger un peu le ménage pour que la maison se salisse en un clin d'œil.

Mitsurô se démène pour ouvrir un restaurant dans son nouveau local dès l'an prochain, mais pendant ce temps, il ne gagne pas d'argent ; c'est à moi de faire bouillir la marmite. Subvenir aux besoins d'autrui m'a enfin fait comprendre ce qu'avait vécu l'Aînée. Elle aussi avait travaillé de toutes ses forces pour me nourrir.

Avant l'emménagement, je me faisais une joie de prendre le petit-déjeuner en famille tous les jours, mais cela n'a rien de simple en réalité. Tous mes efforts convergent vers un seul but : envoyer QP à l'école à l'heure, et je cours dans tous les sens dès le matin.

Comme je veux me garder le plaisir de boire une tasse de thé vert en solo, je mets mon réveil à sonner plus tôt. Du coup, je me lève avant le soleil pour être prête à temps.

Etendre la lessive, ranger la cuisine après le repas et nettoyer la salle de bains, tout cela, c'est Mitsurô qui s'en charge. Il est parfois plus au point que moi dans les arts ménagers.

Mais je dois prendre garde à un point : bien séparer le travail et la maison. Je veux éviter, sous prétexte que je vis maintenant en famille, de laisser déborder mon intimité sur la boutique. Cela fera trois ans l'année prochaine que j'ai repris la papeterie Tsubaki. Durant tout ce temps, j'ai peu à peu imprimé ma marque et discrètement fait évoluer les produits proposés. Je commence enfin à avoir davantage de clients de mon âge ou plus âgés que moi.

Une fois QP partie à l'école et Mitsurô au travail, je m'attelle comme d'habitude aux préparatifs d'ouverture de la papeterie : balayer les ruelles de devant et de derrière, changer l'eau de la stèle épistolaire et frotter les vitres de la porte d'entrée.

Je fais systématiquement le ménage après la fermeture, mais je vérifie tout de même rapidement avant d'ouvrir qu'il ne reste pas de poussière ou de cheveux par terre, qu'aucun objet n'est abîmé et qu'il y a bien des feuilles pour tester les stylos. J'en profite aussi pour changer l'eau du soliflore. En dernier, je retourne chez moi pour passer aux toilettes et, après un coup d'œil au miroir, j'ouvre la boutique.

Vers la mi-novembre, alors que je m'étais enfin habituée à notre vie à trois, un couple est venu à la papeterie. J'étais persuadée qu'ils ne faisaient que passer au fil de leur visite de Kamakura, mais non.

Avec l'eau chaude de la bouilloire posée sur le poêle, j'ai préparé une infusion de yuzu. Un peu plus tôt, la famille de Mitsurô nous en avait envoyé une tonne ; j'y ai ajouté du sucre de canne.

— Nous voudrions vous commander des cartes de vœux funéraires, a annoncé le mari.

Aujourd'hui, on peut facilement en faire imprimer à la supérette. Il arrive qu'on me confie la calligraphie des adresses des cartes de vœux, mais dans mon souvenir, jamais personne ne m'avait commandé de cartes funéraires – celles qui servent à annoncer qu'en raison d'un deuil dans la famille, on n'échangera pas de vœux pour la nouvelle année. Pour commencer, venir à deux chez un écrivain public est plutôt rare. L'homme et la femme portaient la même alliance à l'annulaire.

J'ai eu comme un mauvais pressentiment, tout en priant pour me tromper. Mais j'avais vu juste. Ils avaient perdu leur enfant récemment. La femme gardait la tête basse, sans jamais la relever. Le mari la soutenait discrètement d'une main dans le dos, elle semblait sur le point de s'effondrer.

— C’est arrivé le matin du huitième jour. Il a cessé de respirer.

Je sais pertinemment qu’il vaut mieux éviter de ressentir trop d’empathie. Mais c’était impossible. Des larmes ont fini par rouler sur mes joues.

— Nous avions enfin réussi à avoir un enfant. Avant cela, il y avait eu une fausse couche. C’est un cas de mort subite du nourrisson, nous a-t-on dit, mais la cause reste inexpliquée.

— Je voudrais laisser une trace de la naissance de mon fils… a murmuré la femme en se faisant violence.

— Comment s’appelait-il ? ai-je demandé.

vérité

vie

— Mao, avec les caractères vérité et vie…

Le mari suffoquait, incapable de finir sa phrase.

— Mao, d’accord. Je vais faire de mon mieux pour lui.

J’avais désormais une fille ; le chagrin de ce couple ne m’était en rien étranger.

J’en ai un peu honte, mais je n’avais jamais considéré les cartes de vœux funéraires autrement que comme une formalité, sans réfléchir à la terrible tristesse qu'elles cachent. La rencontre avec les parents de Mao m'a fait changer de point de vue.

Le mari m'a montré l'empreinte des mains de Mao, prises pour fêter sa naissance. Elles dataient de la veille de son décès.

— Elles sont si petites, ai-je murmuré.

— Mais on voit jusqu'aux empreintes digitales, et même les lignes de la main, a-t-il remarqué avec un sourire.

— Ses ongles aussi étaient mignons, a ajouté sa femme en se tamponnant le coin des yeux avec son mouchoir.

La voir m'a une nouvelle fois fait monter les larmes aux yeux.

— Pardon de pleurer sans cesse, s'est-elle excusée.

Je n'ai pas su quoi lui répondre. Malgré son terrible chagrin, elle arrivait encore à se préoccuper de moi.

— Les funérailles ont eu lieu dans l'intimité et nous n'avons prévenu presque personne. Mais c'est dur de recevoir des félicitations pour la naissance ; nous avons donc décidé d'envoyer des cartes de vœux funéraires. Cela nous aidera peut-être à accepter la mort de notre fils.

L'homme devant moi s'exprimait avec calme ; il avait dû beaucoup lutter pour en arriver là. Lui et sa femme se faisaient sûrement beaucoup de reproches, comme Mitsurô après la mort de sa première femme.

— Etre en vie, c'est un miracle, n'est-ce pas ? ai-je dit à Mitsurô le soir dans le lit, les yeux tournés vers le plafond.

Pour des raisons de confidentialité, il m'était impossible de lui en dire plus, mais je ne pouvais pas m'empêcher d'aborder la question.

— Vivre seulement huit jours, quand même… ai-je tristement murmuré.

Il m'a répondu, comme une évidence :

— Tu parles des cigales ?

— Mais non ! Arrête de me faire rire alors que je te parle sérieusement.

— Pardon ! De toute façon, les cigales qui meurent huit jours après être sorties de terre, c'est des histoires. En réalité, elles vivent un peu plus longtemps.

On voyait bien qu'il avait grandi en pleine nature.

— Mais pour un être humain, huit jours, c'est court. Tu crois qu'on a le temps d'être heureux ?

Cette question ne cessait de me préoccuper.

— Bien sûr que oui. Parce que la vie, ce n'est pas une question de longueur, mais de qualité. Il ne s'agit pas de comparer avec le voisin pour savoir si on est heureux ou malheureux, mais d'avoir conscience de son propre bonheur.

Même en huit petits jours, si un enfant a reçu plein d'amour de ses parents, emmailloté dans ce cocon de bonheur, il a été heureux, à mon avis.

— C'est vrai. De ce point de vue, sa vie a été heureuse, c'est certain, ai-je répondu en repensant aux parents de Mao venus ensemble dans la journée. Lui a peut-être connu le bonheur, mais ses proches ? Normalement, on a envie d'être plus longtemps en compagnie de ceux qu'on aime, à plus forte raison quand c'est son enfant.

— Le chagrin est un puits sans fond.

Si jamais il arrivait quelque chose à QP, je sombrerais peut-être dans la folie.

— Tu aimerais revoir Miyuki ?

La question, abrupte, m'a surprise moi-même. Elle m'avait échappé, profitant d'un moment d'inattention de ma part.

— Oui, bien sûr.

— Evidemment.

J'ai eu honte d'avoir demandé ça. Bien sûr que Mitsurô ne risquait pas de répondre par la négative.

— Désolée pour cette question bizarre, me suis-je excusée. Moi aussi, ces derniers temps, j'ai très envie de revoir l'Aînée. Je me dis que j'aurais dû apprendre davantage d'elle. Mais jamais je ne la reverrai. Je n'arrive pas à y croire.

J'ai souhaité bonne nuit à Mitsurô.

Il m'a répondu « Bonne nuit » et il a fermé les yeux.

Les paupières closes, j'ai continué à penser au petit Mao.

J'ai décidé de penser que son heure était venue, m'avait confié son père. Si c'était le cas, alors cet enfant avait dû souhaiter de toutes ses forces rencontrer ses parents. Les voir lui avait peut-être suffi.

Le lendemain matin, il faisait encore sombre quand j'ai préparé de l'encre pour rédiger la carte de vœux funéraire commandée par ses parents.

J'ai ouvert en grand mon cœur, prête à laisser une trace de la vie de Mao.

喪中につき、年末年始のご挨拶を失礼させていただきます
十月二十日、息子真生(まお)が永眠しました
たった八日ほどの生涯でしたが、真生は人生を全うし、
天国へと旅立ちました
真生の誕生を祝福してくださった多くの方々に感謝
を申し上げます
今はまだ、真生との別れを惜しんで悲しみに暮れる
日々が続いておりますが、いつかまた、笑顔で皆様と
再会できる日が来ることを願ってやみません
それまでの間、どうか私たち夫婦を、温かい目で
見守っていただけますと幸いです

Suite à un deuil, nous ne fêterons pas la nouvelle année.

Le 20 octobre, notre fils Mao s'est éteint.

Sa courte vie n'aura duré que huit jours, mais Mao est parti au paradis après une existence bien remplie.

Nous exprimons notre gratitude aux nombreuses personnes qui ont fêté sa naissance.

Nos jours s'écoulent encore dans le chagrin d'avoir perdu Mao, mais nous espérons être en mesure de vous accueillir à l'avenir, notre sourire retrouvé.

D'ici là, nous vous prions de bien vouloir veiller sur nous de loin.

J'ai posé mon pinceau et, un instant, j'ai prié en silence, les yeux clos.

Mao reviendrait, et il les choisirait de nouveau pour parents. C'est certain.

Mais cette fois-ci, pas de bref passage sur terre, il faudra rester plus longtemps, ai-je dit en m'adressant à lui au paradis.

Pendant que je nettoyais la pierre à encre dans l'évier, de ravissants pépiements de moineaux se sont fait entendre ; peu après, le jour s'est levé. Les deux femmes qui passent chaque jour devant la maison, chacune avec un chien en laisse, se sont éloignées ce matin encore en bavardant gaiement.

Après avoir disparu un moment, Mémé revient désormais montrer sa frimousse à intervalles rapprochés. Comme Miyuki et moi, peut-être est-elle tombée amoureuse de Mitsurô, elle aussi.

J'irai porter le texte chez l'imprimeur puis, une fois les cartes imprimées, je calligraphierai les adresses avant de coller les timbres et de les envoyer.

Tant que de nombreuses personnes se souviendront de la naissance et de l'existence de Mao, il continuera à vivre dans leur cœur. J'espère sincèrement que cette carte remplira son but.

Cette année, j'ai décidé de limiter les commandes de cartes de vœux à mes clients fidèles, sans en accepter de nouveaux. Malgré tout, cela fait un sacré paquet de cartes à calligraphier dans le courant du mois de décembre. Mais avant de pouvoir m'y mettre, j'ai un autre travail à terminer.

C'est la fameuse lettre demandée par Madame Calpis, dont je n'ai cessé de remettre la rédaction au lendemain.

Bientôt, je n'aurai plus le choix. Elle m'a dit vouloir régler l'affaire avant la fin de l'année.

J'ai tourné la question dans tous les sens en mangeant des mandarines, installée à la table basse chauffante.

Depuis que nous vivons tous les trois, j'ai ressorti d'un placard celle que nous utilisions du temps de l'Aînée. Je n'étais pas sûre qu'elle fonctionne encore, mais quand je l'ai branchée, elle s'est mise en marche sans problème. La couverture qui sert à retenir la chaleur avait souffert de l'humidité de Kamakura. Comme elle sentait le moisi, j'en ai acheté une neuve. Dans les vieilles maisons japonaises, le sol est particulièrement froid et c'est bien agréable d'avoir une table basse chauffante.

Le seul problème, c'est qu'une fois qu'on s'y est installé, on n'a plus envie de bouger. Mitsurô et QP y restent blottis. Toute la famille se réunit autour.

J'avais déjà choisi mes ustensiles d'écriture. Ce genre de lettre, qui risquait d'être pénible pour la destinataire, se devait d'être courte. Pour que leur amitié y survive, un message centré sur la question cruciale me paraissait approprié.

Maintenant, on trouve un large choix de bloc-notes avec toutes sortes de motifs. Mon idée était de rédiger le message au stylo-pinceau sur des feuilles de bloc-notes. Un stylo-pinceau, Madame Calpis en avait déjà acheté un à la papeterie Tsubaki, et c'était à la fois moins cérémonieux que le pinceau et moins désinvolte que le stylo-bille. Une calligraphie pas trop soignée, au stylo-pinceau sur un bloc-notes, exprimerait mieux sa pensée, me semblait-il. Somme toute, elle ne cherchait pas à blesser son amie.

Les jambes au chaud sous la table basse, j'ai rédigé le message d'une traite, au propre.

Le temps passe vite. C'était il y a combien d'années, notre voyage à Nara ? On s'était bien amusées.

A cette occasion, j'avais payé les billets de train aller-retour pour nous deux et tu ne m'as jamais remboursée. Tu m'avais dit que tu irais à la banque retirer de l'argent, mais c'en est resté là.

J'aurais dû te le faire remarquer, mais je ne sais pas pourquoi, ça me gênait. Je ne voulais pas que tu penses que j'étais près de mes sous ; du coup, je me suis tue, remettant les choses à plus tard.

T'en reparler maintenant, alors que j'ai appris ta maladie, ce n'est pas le bon moment, je le sais bien, mais je voudrais que nous continuions à être amies comme avant ; c'est pour cela que j'ai décidé de soulever la question.

Parce que les bons comptes font les bons amis, comme on dit, je pense que c'est mieux pour nous deux de régler cette question une bonne fois pour toutes.

Je prie de tout mon cœur pour ta guérison.

Si je peux t'être utile, n'hésite pas à me le dire. Quand tu iras mieux, que dirais-tu d'aller aux sources thermales ensemble ?

Lorsque, le lendemain, j'ai annoncé à Madame Calpis que j'avais réussi à écrire sa lettre, elle était ravie. Dans un cas comme celui-là, le mieux est d'exprimer tels quels ses sentiments sur le papier. C'était peut-être moi qui avais inutilement compliqué les choses. J'avais sans doute bien fait

月日の経つのは早いものですね。みずほさんと
奈良に旅行したのは、もう何年前になる
かしら？。楽しかったわね。
ところで、あの時、私が二人分の往復の新幹線の
チケットをまとめて買ったのですが、その分のお代
を実はまだいただいていないのです。みずほさん、

あとで銀行に行っておろすわね、っておっしゃって、
そのままになってしまったの。
私がきちんとお伝えすればよかったのですが、
なんだか、妙に遠慮しちゃって。ケチくさい人間
だって思われるのが嫌で、黙ったまま先延ばし
にしてしまいました。

あなたがご病気だっていうのを知りながら、
こんなタイミングで申し出るのは本当に失礼だ
と思うのですが、でも私、これからもきちんと
みずほさんとお付合いを続けていきたいので、
思い切って伝えることにします。
お金のことでうじうじするのは、私も嫌ですし、

あなただって、知らないところでそんなふうに
私に思われるのは、本意ではないと思うので。
病気が治ることを、切に祈っています。
そして、私にできることがあったら、遠慮なく
言ってください。元気になったら、またふたりで
どこか温泉にでも行きませんか？

de rédiger ce message installée à la table basse, avec ma sensibilité de tous les jours.

Les arbres arboraient désormais leur feuillage d'automne. Des narcisses fleurissaient au bord des chemins et le matin, il gelait. Le camélia de la papeterie Tsubaki était presque entièrement en fleur. Pour moi, l'année avait été bien remplie.

Prise d'une envie folle d'aller admirer les feuilles mordorées des arbres, le dimanche matin, j'ai emmené Mitsurô et QP à Shishimai. Shishimai, c'est un coin de Kamakura peu connu mais magnifique pour admirer les feuillages d'automne. J'en avais parlé à Mitsurô, qui n'y était jamais allé ; nous avions donc décidé que je lui ferais découvrir l'endroit. C'était une première pour QP aussi.

Après avoir traversé un petit pont et progressé sur le sentier, une tour en treillis métallique est apparue. Dans le champ à ses pieds, d'énormes choux chinois émergeaient de terre.

Un écureuil se tenait à l'entrée du chemin menant dans la colline. Nous avons continué en montant le long de la Nikaidô-gawa. Comme le sentier était glissant, je tenais fermement QP par la main. Il y avait peu de monde, peut-être parce qu'il était encore tôt. Les toiles d'araignées entre les branches brillaient, pareilles à du cristal. Même le murmure de la rivière était froid.

Au bout d'une vingtaine de minutes de marche, une forêt aux couleurs automnales est apparue.

— Shishimai, c'est là-bas.

A peine avais-je parlé que QP a lâché ma main pour s'élancer.

Devant nous s'étendait une forêt intacte, tout en nuances mordorées. Le feuillage jaune et rouge des arbres bien alignés qu'on voit dans les temples possède une élégance raffinée, mais une forêt sauvage, ça vous en met plein les yeux.

Côte à côte sur un tapis de feuilles aux couleurs vives, nous avons rêvassé, les yeux levés vers le ciel. Le jaune des ginkgos était éblouissant. Le spectacle était tellement magnifique qu'il m'a tiré un soupir. Les feuilles rouges, orange, jaunes et vertes emplissaient tout mon champ de vision. Elles ne cessent de changer de couleur, même si c'est invisible à l'œil nu. Chacune d'entre elles est comme une lettre envoyée par la Terre.

QP, tout excitée, s'amusait à soulever exprès de grandes gerbes de feuilles mortes avec ses pieds ou à en lancer de pleines brassées vers le ciel.

L'odeur d'humus, porteuse d'une énergie vitale cachée, me donnait le tournis.

— C'est bientôt la fin de l'année, a dit Mitsurô.

— Elle est passée à une telle vitesse ! Je n'arrive pas à croire que nous nous sommes mariés cette année.

Sa large main a tendrement enveloppé la mienne. Il a de grandes mains par rapport à sa taille. La bise a soufflé, soulevant des feuilles mortes. Les dernières feuilles encore accrochées aux branches sont tombées en virevoltant comme des gouttes de pluie.

— Il fait froid, a dit Mitsurô en rentrant le cou dans les épaules.

Il est très frileux.

— On rentre ! ai-je lancé à QP au bout d'un moment.

Je ne voulais pas que Mitsurô prenne froid. QP est revenue, le souffle court.

Quand ça va mal, je vais à Momiji-dani pour hurler un bon coup.

Voilà ce qu'avait écrit l'Aînée dans l'une de ses lettres à Shizuko. Momiji-dani, c'était l'autre nom de Shishimai. Quels mots l'Aînée criait-elle ?

En redescendant de la colline, j'ai eu à mon tour envie de crier à pleins poumons.

Le vent a soufflé, secouant fougères et feuilles de bambou nain, comme les instruments d'un orchestre qui jouent à l'unisson.

Tandis que nous avancions tranquillement à trois de front sur le même chemin qu'à l'aller, Mitsurô a levé les yeux vers le ciel. Tout autour de nous se déployait un paysage serein, comme figé dans le temps, tel qu'il était au début du vingtième siècle.

— Hato, tu connais l'homme aux ballons ? m'a-t-il soudain demandé alors que nous nous promenions dans les ruines du temple Yôfuku-ji par lequel nous avions fait un détour.

— L'homme aux ballons ? Ça me dit vaguement quelque chose…

— Je t'explique en gros : c'est un homme qui s'est envolé attaché à des ballons de baudruche et qui n'est jamais revenu.

— On peut voler avec des ballons ?

QP, qui nous avait écoutés en silence, avait soudain des étoiles dans les yeux.

— Tu ne dois surtout pas essayer de faire pareil, ai-je dit.

Elle est partie à fond de train en criant :

— L'homme aux ballooooons !

Mitsurô a repris, les yeux sur elle.

— Par les jours de grand beau temps comme aujourd'hui, je repense souvent à lui. Il est sûrement mort depuis longtemps, mais je l'imagine toujours en train de flotter dans un coin de ce beau ciel bleu et ça me rend joyeux.

— Je vois un peu ce que tu veux dire, ai-je répondu. Parce que notre monde n'est pas fait uniquement de ce qu'on peut voir. Moi, je sens parfaitement la présence de l'Aînée et de Miyuki autour de moi. Le matin, quand je me réveille, je leur dis bonjour, et quand je contemple un paysage comme tout à l'heure, je m'adresse à elles, je leur dis que c'est beau. Tant que je suis en vie, les disparus continuent eux aussi à vivre en moi, je le ressens profondément depuis quelque temps. Ce ne sont pas que des paroles, j'ai vraiment la sensation de leur présence concrète.

C'était rageant de ne pas arriver à bien l'exprimer à travers les mots. Mais ce que je disais était vrai. L'Aînée et Miyuki sont là, à cet instant, avec nous. Elles nous protègent, nous et nos hésitations, en silence mais avec tendresse, dans une sorte de grand voile souple et transparent. Je le ressentais physiquement.

Nous marchions en direction du Kamakura-gû quand nous avons croisé Madame Barbara qui arrivait en sens inverse. Elle était toute pomponnée, avec sur la tête un chapeau qui rappelait un gâteau au chocolat.

— Vous avez rendez-vous avec votre amoureux ?

Elle a pouffé en réponse à ma question. Mémé, quant à elle, était étendue de tout son long devant chez nous, l'air blasé.

Notre dernier repas de l'année a été un ragoût à la crème. J'aurais bien mangé quelque chose de plus festif, mais QP avait insisté.

J'ai préparé un roux blanc en faisant revenir de la farine dans du beurre, avant d'allonger petit à petit le mélange avec du lait. Dedans, j'ai fait cuire des pommes de terre, des carottes, des oignons et des champignons des bois avec du poulet de chez Toriichi. Comme l'Aînée, j'ai ajouté un peu de miso blanc pour relever les saveurs.

Un simple ragoût, c'était un peu triste, alors j'ai fait des huîtres panées pour Mitsurô. Nous les avons grignotées ensemble, accompagnées d'un verre de saké chaud.

Moi, je préfère de loin la sauce soja, mais Mitsurô, lui, déguste ses huîtres panées avec de la sauce Worcestershire. Je n'avais jamais eu cette idée.

— Les huîtres panées, ça ne se mange pas plutôt avec de la sauce soja ? lui ai-je fait remarquer, mais il a continué à les arroser de Worcestershire.

Sa famille nous avait envoyé une nouvelle cargaison de yuzus ; j'en ai pressé un par-dessus ma sauce soja.

Il faisait tellement froid que nous nous sommes installés à la table basse chauffante.

— Boire un verre de saké chaud autour de la table chauffante, ça fait vraiment couple marié, hein ? ai-je dit pour rire.

Mais j'avais beau attendre, Mitsurô ne répondait pas. Je l'ai regardé, que lui arrivait-il donc ? Du dos de la main, il se frottait frénétiquement les yeux.

— Tu pleures ?

Les mots m'avaient échappé tellement j'étais surprise. Il avait le visage rouge. Il ne tenait pas bien l'alcool. Peut-être avait-il la larme facile quand il était un peu soûl.

— C'est que… a-t-il dit en s'essuyant fermement le coin des yeux.

Malgré tout, les larmes ne cessaient d'affluer.

— C'est que je n'imaginais pas qu'un jour, je vivrais à nouveau ça…

Sur ces mots, il s'est écroulé face contre la table.

— Ça va, papa ? a demandé QP, inquiète.

— Papa pleure de joie, lui ai-je répondu, les larmes aux yeux.

Des nuages de vapeur s'élevaient du riz blanc et du ragoût à la crème. Cette vue suffisait à me faire chavirer. C'était une accumulation de tels moments qui ferait de nous, peu à peu, une famille.

— Allez, Monsieur Morikage, il reste des huîtres panées ! Mangez-les donc tant qu'elles sont chaudes ! ai-je lancé en blaguant à Mitsurô toujours abattu.

Il a enfin relevé la tête et, les yeux gonflés de larmes, a dit : « Vous aussi, Madame, vous reprendrez bien un verre » en remplissant ma coupe. Il l'a tellement remplie qu'elle débordait presque.

J'ai regardé la pendule : il n'était pas encore vingt heures. C'était si sombre et calme dehors que j'avais l'impression d'être au cœur de la nuit.

— S'il fait beau demain, nous irons faire la première prière de l'année au sanctuaire Yuiwakamiya, d'accord ? Et sur le chemin du retour, nous irons puiser la première eau de l'année.

— D'accord ! se sont exclamés Mitsurô et QP en chœur.

Le flacon de saké était vide ; je me suis levée pour aller en mettre un autre à chauffer. J'ai versé le Suigei – du saké de Kôchi envoyé par le père de Mitsurô – dans une carafe en étain que j'ai fait réchauffer au bain-marie dans l'eau mise à bouillir dans la bouilloire.

Moi aussi, j'étais peut-être un peu pompette.

Quand je fermais les yeux, je voyais une multitude d'étoiles.

MISO DE PÉTASITE

Dès le premier jour de la nouvelle année, on a sonné à notre porte.

Je me suis précipitée dans l'entrée.

— Bonne année ! ai-je lancé poliment en ouvrant sans savoir à qui j'avais affaire, mais c'était de toute façon un visiteur.

A l'occasion du grand ménage de fin d'année, Mitsurô avait graissé le rail de la porte coulissante ; elle glissait avec une facilité incroyable.

Le spectacle qui s'est offert à mes yeux m'a laissée sans voix.

— Qu'est-ce que tu fais ici… ai-je enfin réussi à articuler au bout de quelques secondes.

La femme devant moi portait une fois encore un gros collier clinquant en sautoir comme les ascètes d'autrefois, avait les cheveux teints en fluo et, juchée sur des talons aiguilles, était vêtue d'une minijupe voyante. Ses jambes étaient gainées de bas résille.

Lady Baba a dit :

— Je rentre chez moi. Où est le problème ?

Je me suis approchée d'elle ; elle empestait le parfum vulgaire.

— Tu rentres chez toi ? Alors que tu m'as abandonnée ? Laisse-moi rire. Va-t'en. Ici, ce n'est pas chez toi.

— Il paraît que tu t'es mariée ? a-t-elle dit en désignant du menton la nouvelle plaque portant le nom de *Morikage*.

Elle a fouillé dans son sac. Elle s'apprêtait à allumer avec un briquet la cigarette qu'elle en avait enfin extirpée quand j'ai annoncé :

— Stop ! C'est non-fumeur ici.

— Qu'est-ce que tu peux être pénible ! a-t-elle murmuré en tirant une bouffée sur sa cigarette.

Elle l'a jetée par terre puis l'a écrasée du bout de son escarpin.

— Qu'es-tu venue faire ? Repars immédiatement, ai-je dit.

— Mes étrennes, a-t-elle répondu en tendant la main. S'il te plaît.

— Pardon ? A ton âge, des étrennes ? Comme si j'allais t'en donner ! Pour commencer, a-t-on déjà vu une mère venir réclamer des étrennes à sa fille ? Arrête ça. Allez, va-t'en. Ne remets plus les pieds ici. Si jamais tu touches à ma famille, tu ne t'en tireras pas comme ça.

J'avais pris mon ancien ton de dure à cuire. Un bras de fer entre Lady Baba et une ex *ganguro*, c'était à la fois risible et effrayant.

C'est alors que, du fond de la maison, une voix m'a appelée : « Hatoko ! » J'ai repris mes esprits.

— Ça va ?

Mitsurô me regardait, inquiet.

— Je crois que j'ai fait un cauchemar, ai-je dit.

J'avais encore le cœur qui battait à toute vitesse. Je ne lui avais pas parlé de Lady Baba. Du coup, je n'ai pas pu lui raconter mon rêve.

— Je peux venir dormir avec toi ? ai-je demandé.

Il a soulevé sa couette sans un mot.

Je me suis vite faufilée dessous. Nous nous sommes serrés l'un contre l'autre, comme des fèves dans leur cosse. Nos trois premières calligraphies de l'année s'alignaient sur le linteau.

Amitié *Bonheur familial* *Rire*

Les caractères tracés par chacun d'entre nous étaient pleins de vie. Cette année, j'avais eu envie de calligraphier un caractère en grand, sur toute la feuille ; j'avais choisi *Rire*. *Bonheur familial*, en quatre kanji, était le chef-d'œuvre de Mitsurô.

Sa chaleur corporelle me rassurait sans doute car quand j'ai fermé les yeux, l'image de Lady Baba n'a pas ressurgi. Mais l'idée que c'était ça, mon premier rêve de l'année, me déprimait. Peut-être avais-je un peu baissé la garde, vu que cela faisait longtemps qu'elle ne s'était pas manifestée.

D'un côté, je préférais l'avoir vue en rêve, mais d'un autre côté, constater ainsi à quel point sa présence était profondément enracinée en moi avait quelque chose d'effrayant. Qu'elle apparaisse dans mes songes prouvait qu'elle occupait mon inconscient. L'imaginer débarquer ainsi un jour à la maison sans crier gare m'a soulevé le cœur.

Je m'étais réfugiée sous la couette de Mitsurô parce que mon cauchemar m'avait effrayée. Mais il semblait avoir extrapolé, il a cru que j'avais envie de lui.

Ses caresses me chatouillaient et un rire a failli m'échapper. Avec Mitsurô, j'ai toujours l'impression qu'on joue au docteur.

Mais lui était tout ce qu'il y a de sérieux dans ses préliminaires. Son assurance a fini par me persuader. Dans ces moments-là, je craignais souvent que QP, dans la chambre d'à côté, ou notre voisine Madame Barbara nous entende.

J'étais un peu gênée de m'abandonner aux caresses aventureuses de Mitsurô, mais il était le seul au monde avec qui je pouvais le faire.

Alors que l'année venait à peine de commencer, il s'était déjà produit un tas d'événements.

L'après-midi du 6 janvier, le Baron, parti comme tous les ans cueillir des herbes fraîches, m'en a apporté.

Céleri d'eau, bourse-à-pasteur, gnaphale, stellaire, lamier, navet et radis daikon qui avaient encore, pour certains, de la terre accrochée à leurs racines.

Le Baron était devenu un vieux monsieur à l'air réjoui. A la fin de l'année dernière, Panty avait donné naissance à un garçon. Il y avait de fortes chances qu'on le prenne pour son petit-fils mais il ne s'en souciait pas, loin de là, et on le voyait parfois promener son fils en poussette. Quand Panty reprendrait le travail, serait-ce lui qui s'occuperait de l'enfant ?

Comme il est toujours pressé, je pensais que ce jour-là aussi il filerait sans tarder, mais il ne se décidait pas à partir.

— Je vous sers un thé ? ai-je demandé timidement.

Il a grommelé une réponse au hasard, l'air surpris, comme s'il venait de remarquer ma présence. Cette année, je servais non pas de l'*amazake*, mais du thé à l'algue *kombu* et à la prune qu'on m'avait offert pour les fêtes.

Pendant que je préparais les boissons, il a passé en revue les articles de la papeterie.

— On peut vraiment manger ça sans danger ? m'a-t-il demandé en tripotant un crayon gras tandis que je remplissais les tasses d'eau chaude avec la bouilloire posée sur le poêle.

— Ils sont principalement en cire d'abeille, alors oui, on peut les porter à la bouche. J'en ai grignoté un pour voir et je n'ai pas eu de problème.

Quand j'ai prononcé les mots « cire d'abeille » – *mitsurô* –, le visage de mon mari s'est imposé à mon esprit. Hier, QP et lui m'avaient aidée à la boutique.

— Tenez, du thé à l'algue *kombu* et à la prune.

Comme c'était le début de l'année, je lui ai présenté la tasse posée sur une soucoupe en laque. Des paillettes d'or flottaient à la surface du thé.

Les tasses, petites, étaient vides en deux ou trois gorgées. Mais le Baron ne se décidait toujours pas à partir. Il jetait des coups d'œil çà et là, le regard fuyant.

Cela ne lui ressemblait pas, mais peut-être la naissance de son fils l'avait-elle adouci, ai-je conclu hâtivement. Mais je faisais fausse route.

— Je vous ressers ? ai-je proposé.

Il s'est soudain mis à parler comme si nous ne nous connaissions pas :

— A vrai dire, j'ai une requête à vous soumettre. Je souhaite vous commander une autre lettre.

— Asseyez-vous, je vous en prie.

Je lui ai tiré un tabouret, sur lequel il s'est installé. Alors que je m'apprêtais à lui resservir une tasse de thé, il m'a arrêtée d'un geste : il préférait de l'eau chaude. J'ai également rempli ma tasse d'eau chaude. Je ne peux pas me plaindre car c'est un cadeau, mais le thé à l'algue *kombu* et à la prune, ça donne soif. Même si cela demande un peu de travail, l'an prochain, je ferais sans doute mieux de servir de l'*amazake*.

Voilà à quoi je pensais quand le Baron a dit :

— C'est un cancer.

— Qui ça ?

Cette question idiote m'avait échappé.

— Moi, qu'est-ce que tu t'imagines ?

— Panty, enfin, votre femme est au courant ?

C'était évidemment triste que le Baron souffre d'un cancer, mais penser à Panty qui venait tout juste de mettre un enfant au monde me fendait le cœur.

— Comme si je pouvais le lui dire !

Une joue sur son poing fermé, le Baron avait le regard lointain, comme quand on contemple la mer depuis un promontoire.

— A part le toubib, toi et moi sommes les seuls à le savoir.

C'était une balle très lourde qu'il m'avait lancée là.

— Vous avez l'intention de continuer à garder le secret ? lui ai-je demandé au bout d'un moment.

Le Baron avait bonne mine et il n'avait ni maigri, ni grossi. Du coup, il n'avait pas l'air malade. Peut-être me faisait-il une farce ? J'ai essayé de m'en convaincre, mais ça ne fonctionnait pas.

— Je ne sais pas si j'y arriverai, à la fin, mais je vais faire de mon mieux. Le médecin est une vieille connaissance, il m'épaulera. Si tu te tais, tout se passera comme sur des roulettes.

— Comme sur des roulettes, dites-vous...

Mais je le comprenais, quelque part. Il pensait à Panty et à leur enfant.

— Je termine mon existence sur une belle surprise, avec un remariage et un enfant adorable ; que demander de plus ? Mais pour eux, la vie ne fait que commencer.

Il s'est interrompu, les yeux humides pour la première fois.

— A ma mort, je voudrais que tu lui remettes une lettre, a-t-il dit en s'inclinant.

Mais je ne pouvais pas accéder à sa demande.

— Une lettre aussi importante, c'est à vous de l'écrire !

J'avais haussé le ton à mon insu.

— J'en suis incapable.

Il a tendu la main vers moi, paume en l'air. Elle tremblait par petits à-coups.

— Qu'est-ce qu'il vous arrive ?

— J'ai la main ankylosée, je ne sens plus rien. Jusqu'à présent, j'ai fait semblant de rien, mais je ne peux plus. C'est ma punition, a-t-il lâché d'un air absent. Parce que dans ma jeunesse, j'ai enquiquiné un tas de monde et j'ai fait des malheureux.

Il a essayé de saisir un crayon posé sur la table ; il n'arrivait pas à le tenir correctement. Son état s'était-il dégradé ? Il y a deux ans, quand nous avions mangé ensemble chez Tsuruya, il m'avait paru manier ses baguettes sans difficulté. Ou peut-être que je n'avais rien remarqué. En tout cas, cette fois-ci, je ne pourrais pas être rémunérée au mérite. Car lorsque je remettrais cette lettre à Panty, le Baron ne serait plus de ce monde.

— Ne t'avise surtout pas d'écrire un truc larmoyant, tu m'entends ?

Il avait retrouvé son ton habituel.

— Autre chose : et si on terminait ?

— Terminer quoi ?

— Eh bien, notre tournée des sept divinités du bonheur. C'est grâce à ça qu'on a convolé, alors j'aimerais bien aller jusqu'au bout. Je n'aime pas faire les choses à moitié.

Entendre le mot *convoler* dans sa bouche a failli me faire rougir. Mais les hommes comme lui étaient plutôt romantiques, au contraire.

— Vous avez raison, on va reprendre la tournée.

Ce jour-là, partis de la gare de Kita-Kamakura, nous avions visité Hotei, la divinité de l'abondance, au temple Jôchi-ji, puis le dieu guerrier Bishamonten au temple Hôkai-ji et la divinité des arts Benzaiten au sanctuaire Tsurugaoka Hachiman-gû, après quoi notre tournée avait abruptement pris fin : la météo avait eu tout faux et il s'était mis à pleuvoir.

Le Baron et Panty s'étaient alors rendus ensemble aux sources thermales d'Inamuragasaki et c'est là qu'ils étaient tombés amoureux, m'avait-elle raconté.

— J'ai un bel âge, ne t'en fais pas ; je trouve même que j'ai tenu longtemps.

Il n'avait pas tort.

— Mais eux deux, ils ont toute la vie devant eux.

Le Baron ne donnait pas dans le tragique ; j'arrivais à garder la tête froide. Mais deux ans plus tôt, j'aurais été bouleversée et je me serais peut-être mise à pleurer. Penser à sa disparition était une tristesse. L'idée suffisait à me faire monter les larmes aux yeux. C'était l'homme qui avait changé mes langes. Mais si l'on prenait un peu de recul, pour embrasser du regard un monde plus vaste, il n'y avait pas forcément de quoi se laisser aller au désespoir. Parce que tout le monde, un jour, quitte son enveloppe mortelle.

J'ai repensé à Yôko bouillonnant de colère lorsqu'elle était entrée dans la papeterie Tsubaki un jour de juin dernier. Elle en voulait terriblement à son mari soudainement disparu. Incapable de laisser libre cours à son chagrin comme à ses larmes, elle souffrait. Qu'était-elle devenue ? Avait-elle réussi à faire fondre cette tristesse qui lui pesait sur le cœur comme un bloc de glace ?

Après avoir dit au revoir au Baron, j'ai rêvassé un moment. Loin de l'agitation de la veille, la journée était calme.

J'ai fermé la boutique et mis à tremper les herbes sauvages qu'il avait apportées.

Puis j'ai commencé à préparer le dîner.

Au menu de ce soir, des nouilles *udon* en marmite. J'allais faire mijoter les restes du jour de l'An – omelette roulée au poisson *datemaki* et pâte de poisson cuite à la vapeur *kamaboko*, poulet et cerfeuil *mitsuba*, shiitakés et roulé d'algue *kombu*, entre autres – dans une marmite en terre, avec les nouilles. C'est un plat à la longue tradition dans la famille Morikage et, pour Mitsurô, cela a le goût de chez lui, paraît-il.

Lorsque nous avons appelé ses parents pour leur souhaiter la bonne année, j'ai demandé la recette à sa mère qui me l'a aussitôt envoyée par fax, avec plein de détails. Recette que je suis maintenant pas à pas.

Et que vont-ils manger, chez le Baron ? D'après Panty, il cuisine très bien, alors peut-être est-il en train de leur mitonner de bons petits plats. Je me demande si sa main ankylosée ne le gêne pas, mais se changer les idées en cuisinant, par exemple, lui permet peut-être d'oublier un instant la douleur.

J'ai soulevé le couvercle de la marmite : les œufs étaient cuits juste comme il faut.

— C'est prêt, venez manger tant que c'est chaud ! ai-je crié à Mitsurô et QP.

Mitsurô, ses lunettes sur le nez, était plongé dans la lecture du journal, tandis que QP jouait à la dînette avec une peluche, son cadeau de Noël. Dans le sillage de la fête de Tanabata, elle avait demandé au père Noël « une petite sœur ou un petit frère », mais nous n'avions pas réussi à en déposer un près de son oreiller.

J'ai attrapé les bords de la marmite avec des maniques pour aller la déposer sur la table basse, en prenant garde à ne pas tomber. A l'intérieur, les ingrédients avaient cuit à cœur dans la chaleur de la terre.

Depuis mon mariage avec Mitsurô, j'ai un faible pour les *udon*. Un jour comme celui-ci en particulier, on en mange forcément. Ces nouilles à la farine de blé sont comme une mère débordant d'amour. Elles vous réchauffent tendrement le corps et le cœur.

Les *udon* en marmite, un héritage des Morikage pour accommoder les restes du jour de l'An, baignent dans un bouillon riche et réconfortant. C'est un peu comme un creuset culturel : dans la marmite, de multiples ingrédients à l'identité forte unissent leurs ressources, se complétant et s'effaçant tour à tour pour composer un nouvel univers. Chaque gorgée du bouillon vous réchauffe de l'intérieur.

— Demain matin, on se coupera les ongles, d'accord ? ai-je dit à QP qui, depuis un moment, triturait du bout de ses baguettes un morceau de poireau resté dans son bol – le poireau, ce n'est pas son fort.

— Pourquoi ?

— Parce qu'on dit que si on se coupe les ongles après les avoir trempés dans l'eau des sept herbes sauvages, on passera toute l'année en bonne santé.

— C'est vrai ?

— Oui.

Pour tout avouer, l'an passé, je ne l'ai pas fait car cela me semblait inutile. Et je n'ai pas tardé à attraper un rhume. Je sais bien qu'il n'y a pas de lien direct. C'est une superstition, rien de plus. Mais se plier à cette tradition permet, par la force de l'esprit, de se convaincre qu'on ne s'enrhumera pas, et peut-être qu'alors le corps bloque les microbes.

Cela m'a paru clair quand j'ai attrapé un rhume pour de bon. Donc, cette année, j'ai décidé de me couper les ongles le matin où je mangerais la soupe de riz aux sept herbes sauvages.

— Merci pour ce bon repas !

QP est sortie de table en laissant dans son bol le morceau de poireau tout écrabouillé, puis elle est revenue, chargée du panier de mandarines.

L'Aînée épluchait souvent les mandarines pour moi. Elle ne se contentait pas d'ôter l'écorce, elle décortiquait aussi la fine peau autour de chaque quartier – je l'avais complètement oublié, jusqu'à l'arrivée de QP dans mon existence ; cela m'est revenu depuis que nous partageons le même toit.

Les jours passés avec QP faisaient ressortir les blancs de ma propre vie. Désormais à la place de l'Aînée, je voyais certaines choses sous un angle nouveau.

— Tu épluches tout consciencieusement pour ta fille, mais pas pour moi, a un peu râlé Mitsurô, son repas terminé, quand je lui ai tendu une mandarine entière.

— C'est normal, non ? Tu es capable de le faire toi-même. Mais quand tu seras vieux et que tu t'étrangleras avec les peaux, je te l'éplucherai comme il faut.

Je le pensais vraiment.

Mitsurô deviendrait un gentil papy, c'était certain.

C'est par une après-midi où de petits flocons dansaient dans le ciel de Kamakura que j'ai trouvé dans la boîte aux lettres une enveloppe arrivée par la poste aérienne. En prévision de l'adieu aux lettres, le 3 février de l'ancien calendrier lunaire, cette année encore, du courrier de tout le Japon arrive à la papeterie Tsubaki. Si je ne vide pas la boîte aux lettres tous les jours, elle déborde vite à cause de sa petite taille.

Je m'en doutais, et j'avais vu juste : la lettre venait de Shizuko, en Italie.

Je l'avais déjà remerciée par l'intermédiaire de son fils Agno de m'avoir renvoyé les lettres de l'Aînée, mais à la fin de l'année, dans ma carte de vœux, je lui avais proposé de reprendre la correspondance – avec moi.

La lettre était adressée à *Madame Morikage Hatoko, Papeterie Tsubaki*.

J'avais l'impression d'avoir rencontré Shizuko à de nombreuses reprises, en tant que correspondante de l'Aînée. Mais en réalité, je ne connaissais ni son visage ni sa voix. C'était également la première fois que je voyais son écriture.

Vu l'âge d'Agno, elle devait avoir dans les cinquante-cinq ou soixante ans. Son écriture faisait beaucoup plus jeune. C'était celle de quelqu'un qui vivait depuis longtemps à l'étranger. Sa calligraphie vibrait d'une pureté éclatante.

A une époque, j'échangeais des lettres avec QP, mais nous avons arrêté maintenant que nous vivons ensemble. Avoir une nouvelle correspondante me réjouissait, cela me donnait envie de sautiller.

Je suis retournée à l'intérieur pour vite décacheter l'enveloppe avec un coupe-papier.

Lorsque je l'ai ouverte, une bouffée d'air italien s'en est échappée.

Buongiorno !

Hatoko, enchantée ! C'est Shizuko.

Ta grand-mère et moi avons longtemps correspondu. Du coup, je te connais plus ou moins depuis que tu es toute petite et je t'ai toujours considérée comme un lointain membre de la famille.

Je vois que tu t'es mariée. Toutes mes félicitations !

Buongiorno!

鳩子さん、はじめまして! 静子です。

あなたのおばあさまと、長く文通をしていました。だから、
あなたのことは、幼い頃からなんとなく知っていて、勝手に、
遠い親せきのおじょうさんのような気持ちでおりました。
ご結婚なさったのですね。おめでとうございます!
きっと、天国のおばあさまも喜んでいらっしゃることでしょう。
手紙にはいつも、鳩子さんのことが書かれてありましたので。
あの手紙が、鳩子さんとかし子さんの関係を取り戻す
お手伝いができたと知り、私もとてもうれしくなりました。
鳩子さんは、あの手紙をもう一度私の元に戻すべきなのでは
ないかと悩まれているようですが、それには及びません。
あの手紙は私にとっても、大切な人生の記録であることは
確かです。だから、息子に持たせる前に、コピーを取りました。
お心遣い、ありがとうございます。原本(?)は、鳩子さんが
持っていてください。かし子さんも、きっとそれを望んでいます。
かし子さんと文通していた頃は、ミラノに住んでおりましたが、
主人も仕事を引退したので、今は北イタリアにある山あいの
小さな村に暮らしています。娘も息子も独立し、今は
主人とふたり暮らしです。

もうすぐ、長女が出産するので、そうなると、私もいよいよおばあちゃん！

これまで、かし子さんには、本当にたくさんの悩みを聞いてもらいました。主人にも、実の母にも相談できないことも、不思議と、かし子さんには打ち明けることができたのです。

かし子さんに、どれだけお礼を伝えても足りません。

最後の手紙をいただいてから、私は毎日、祈るような気持ちで郵便受けをのぞいていました。来る日も来る日も、かし子さんから次の手紙が来るのを待っていたのです。けれど、ついに届きませんでした。かし子さんが最後と書いていた手紙は、本当に最後になってしまったのです。

あの時の寂しさを思い返すと、今でも涙がこぼれます。

かし子さんは、私の心の友でした。

けれど、思わぬ形で、今度はかし子さんが大切に育てられたお孫さんと、またこうして文通が再開できるとは、なんという*fortuna*でしょう！

この年になると、サツバツとした世の中に嘆くことも多くなってきますが、こんな時代でも、こんなステキなことが起こるんですね。

戸棚を探したら、まだエアメール用の封筒がありました。

かし子さんとの文通の際、よく使っていた封筒です。
鳩子さんも、私のことを親戚のおばさんか何かだと思って、
気軽になんでも書いてください。
私達の文通に、イタリアと日本で、共に祝杯をあげましょう。
In bocca al lupo!

Shizuko

（In bocca al lupo! は、私の大好きな言葉です。
bocca は口、lupo はオオカミなので、直訳すると、
「（幸運は）オオカミの口の中」です。
鳩子さんのご多幸を、心よりお祈りしております！）

Ta grand-mère au paradis se réjouit sans doute. Car tu apparaissais toujours dans ses lettres. Apprendre qu'elles ont aidé à rétablir le lien entre Kashiko et toi m'a apporté une grande joie. Je crois savoir que tu songes à me les renvoyer, mais ce n'est pas la peine. Pour moi aussi, c'est un précieux témoignage de ma vie. Donc, avant de les confier à mon fils, j'en ai fait des copies. Je te remercie pour ton attention, mais garde les originaux certifiés (si l'on peut dire). Kashiko le voudrait, je pense. Quand nous nous écrivions, je vivais à Milan, mais maintenant que mon mari est à la retraite, nous habitons un petit village niché dans une vallée du Nord. Mon fils et ma fille ont quitté le nid familial et nous vivons seuls, mon mari et moi.

Ma fille va bientôt accoucher ; à mon tour de devenir grand-mère !

Kashiko a prêté l'oreille à nombre de mes interrogations. De façon étonnante, j'arrivais à m'ouvrir à elle de choses dont je ne pouvais parler ni à mon mari ni à ma propre mère. Je ne pourrai jamais assez la remercier.

Après avoir reçu sa dernière lettre, j'allais tous les jours relever le courrier en priant. Chaque jour, j'espérais recevoir une nouvelle lettre. Mais elle n'est jamais arrivée. Elle avait écrit que ce serait sa dernière lettre et cela a vraiment été le cas.

Quand je repense à mon chagrin de l'époque, les larmes me montent encore aux yeux. Kashiko était mon amie de cœur.

Mais voilà que le hasard me donne la possibilité de reprendre cette correspondance avec toi, la petite-fille qu'elle a élevée avec tant de soin ; c'est une extraordinaire fortuna*!*

A mon âge, les occasions de s'affliger de ce triste monde se font plus nombreuses, mais le présent réserve encore parfois de belles surprises.

J'ai fouillé dans mes tiroirs et j'ai retrouvé une enveloppe par avion. L'une de celles que j'utilisais pour écrire à Kashiko.

Considère-moi comme une tante ou une lointaine relation et écris-moi sans te gêner.

Trinquons à notre correspondance entre l'Italie et le Japon!

In bocca al lupo!

Shizuko

(In bocca al lupo est une de mes expressions favorites : bocca, c'est la bouche et lupo, le loup ;

littéralement, cela signifie « (la chance est) dans la gueule du loup ». Je prie de tout mon cœur pour ton bonheur !)

C'était comme si l'Aînée m'avait fait une énorme surprise. Celle que ressent un enfant qui croit au père Noël en découvrant un cadeau à son chevet. L'Aînée ne m'avait jamais rien offert pour Noël, mais cette fois, c'était sans doute possible un cadeau par-delà les années. Me mettre ainsi en relation avec Shizuko, c'était magnifique de sa part.

J'avais envie de répondre immédiatement mais j'ai résisté ; je voulais attendre un peu que mon émotion retombe.

Quand j'ai relevé la tête, une fine couche de neige commençait à tenir sur le sol. Les fleurs rouges du camélia étaient elles aussi enveloppées d'un manteau blanc. Cela leur donnait un petit air de père Noël.

Il me semblait qu'à Shizuko, je pourrais parler de Lady Baba. Deviendrait-elle un jour mon amie de cœur ? Me considérerait-elle ainsi ?

Tiens, j'allais préparer des patates douces pour le goûter de QP. Madame Barbara m'en avait donné la veille.

Je les ferais bien cuire au four et nous les mangerions avec du beurre fondu.

QP n'allait pas tarder à rentrer ; elle aurait faim.

— Je vais organiser une dégustation ; tu pourrais venir au restaurant dimanche midi ? Si possible, j'aimerais avoir plusieurs avis, alors si tu pouvais inviter Madame Barbara et d'autres personnes…

Nous étions en train de faire la vaisselle après le dîner, quelques jours plus tard, lorsque Mitsurô m'a fait cette demande, l'air plus grave que jamais. Les préparatifs de son restaurant l'absorbaient beaucoup, ces derniers temps.

Il s'occupait de tout, tout seul, pour l'ouverture : il passait quasiment ses journées sur place, du matin au soir. Il avait réalisé lui-même presque toute la décoration intérieure, confiant ce qui le dépassait à des professionnels. Tout avançait bien, m'avait-il dit. Mais la carte n'était pas encore fixée ; il continuait d'hésiter sur les plats à y faire figurer.

— Tu as mis au point le curry ?

Il servirait du curry, cela, c'était décidé depuis longtemps.

— Je ne veux rien te dire. Viens manger dimanche, tu verras bien.

Il paraissait anxieux, les sourcils froncés – c'était rare.

— Tu ne veux pas que j'aille t'aider ? ai-je demandé, ce à quoi il a répondu que non, tout ce que j'avais à faire, c'était inviter du monde à la dégustation.

Pour lui, cette dégustation, c'était peut-être l'affaire d'une vie. A cette idée, je me serais presque sentie anxieuse, moi aussi.

Le restaurant petit à petit façonné par Mitsurô, de ses propres mains, est vraiment sympathique. Rien d'exceptionnel, mais c'est un lieu propre et agréable, chaleureux. Et puis, la cuisine est équipée d'une fenêtre avec une vue imprenable. La décoration ne sent pas l'amateurisme ou les maladresses du fait-main, et les toilettes, avec leur siège lavant et chauffant dernier cri, sont confortables. La salle est suffisamment spacieuse pour accueillir cinq couverts au comptoir et deux tables, le bon nombre pour que Mitsurô puisse opérer seul. Ce n'est pas grand mais bien agencé, il peut se déplacer sans gêner personne.

— Tu en as fait un bel endroit.

— J'ai bien fait de t'écouter, Hatoko.

QP et moi étions arrivées un peu en avance, il n'y avait encore personne d'autre. Mitsurô, le front ceint d'une serviette en coton, avait ajusté un tablier en lin autour de ses hanches. Il avait fière allure.

Madame Barbara est arrivée, tirée à quatre épingles. Elle était coiffée d'un joli béret à rubans. Le Baron est venu avec un ami, un ancien camarade de collège. J'ai hésité à l'inviter mais parmi mes connaissances, c'est le plus fin gourmet et comme il s'agit d'une dégustation, quelqu'un qui n'a pas peur de donner son avis sera précieux pour Mitsurô, alors je m'y suis résolue. L'ami du Baron a lui aussi l'air d'un gastronome averti.

Les cinq participants à la séance de dégustation se sont installés au comptoir. Mitsurô est aussitôt passé en cuisine. Quel curry allait-il nous servir ? Nous n'en avions aucune idée.

A côté de la marmite où réchauffait la sauce au curry, Mitsurô s'est mis à préparer de la friture. Ce qu'il faisait frire avec application, c'était du chinchard pané. L'huile crépitait gaiement. Quand il a ouvert la fenêtre pour aérer, un pousse-pousse qui transportait un couple en kimonos seyants passait justement dans la rue.

Pendant que nous attendions, j'ai servi un verre d'eau à chacun. Le chinchard pané était doré à la perfection. Mon anxiété s'est muée en attente. Des gargouillements d'estomac sonores se sont fait entendre. Enivrée par le parfum du riz fraîchement cuit, j'ai dégluti plus bruyamment que je ne l'imaginais.

QP scrutait gravement le moindre geste de son père. Sa cuillère à la main, elle était prête à manger.

Sous nos regards attentifs, Mitsurô travaillait sans montrer le moindre signe d'affolement, avançant à son rythme. Il respirait la confiance.

— C'est prêt.

Une assiette a été déposée devant chacun d'entre nous.

— C'est du curry au chinchard pané. Mangez tant que c'est chaud, je vous en prie.

QP avait reçu une portion presque aussi copieuse que les adultes.

— Je ne peux plus attendre une seconde de plus. Bon appétit ! a lancé Madame Barbara.

A son signal, chacun des participants a commencé à déguster son curry.

Mais moi, je n'arrivais pas à me décider à plonger ma cuillère dans le mien. La simple vue de l'assiette de curry fumante d'où s'élevaient de douces volutes blanches me frappait comme un spectacle parfait et j'avais l'impression que c'était du gâchis de détruire cet univers. Alors que l'instant d'avant encore, je brûlais de le manger, j'en étais incapable.

Parce que cette assiette concentrait toutes les émotions de Mitsurô – ses joies et ses colères, ses peines et ses plaisirs.

Il avait rencontré Miyuki, ils s'étaient promenés à Kamakura où, ensemble, ils avaient rêvé de tenir un café un jour ; QP était née ailleurs, Miyuki avait été tuée et Mitsurô avait sombré dans un chagrin sans fond. Il avait néanmoins réussi à se ressaisir et était venu s'installer à Kamakura avec QP. Là, son café n'avait pas très bien marché mais il avait serré les dents et, à force d'essais et d'erreurs, c'était à ce curry, que j'avais maintenant sous les yeux, qu'il avait abouti. En cours de route, moi aussi j'étais entrée dans sa vie.

Repenser à ce parcours qui n'avait rien de rectiligne enrichissait l'assiette de curry d'une telle histoire que je n'arrivais pas à l'entamer.

J'avais envie de la regarder éternellement ; voilà ce que je ressentais.

Mais alors, Mitsurô est apparu devant moi et a murmuré :

— Qu'est-ce qu'il t'arrive, Hato ? Dépêche-toi de manger, ça va refroidir. C'est une séance de dégustation, il faut que tu y goûtes.

Ces mots m'ont fait reprendre mes esprits. J'ai mis un couvercle sur mes émotions et, soudain de retour dans la réalité, j'ai commencé à manger. Il avait raison, j'avais été invitée à tester ce plat.

C'était un curry exactement à son image. Velouté, authentique, délicieux. Loin de se borner à une légèreté superficielle, grâce à la présence affirmée des épices à l'arrière-plan. Plein d'émotions variées mais maîtrisées. Un curry solide, enraciné, exactement comme Mitsurô.

— Aussi bien accommodé, le chinchard va monter au ciel.

C'était l'ami d'enfance du Baron qui avait parlé en premier.

— Autrefois, quand j'allais au ski, je mangeais souvent du curry au porc pané le midi ; ça me rappelle cette époque, que de souvenirs ! Mais maintenant, le porc pané me reste sur l'estomac jusqu'au lendemain, alors c'est mieux avec du chinchard, a dit le Baron.

Son assiette était presque vide.

— Le curry et le chinchard pané se marient très bien, a murmuré Madame Barbara comme pour elle- même.

La sauce ne piquait pas trop ; QP continuait à manger en silence.

— J'aimerais que vous me donniez aussi votre avis sur les points à améliorer, a dit Mitsurô.

Devant les compliments qui pleuvaient, il tentait de réorienter la discussion. Le Baron a alors suggéré :

— Avec ce curry, je me demande si des oignons de Chine confits ne conviendraient pas mieux que des légumes marinés.

— Le riz pourrait peut-être être un tout petit peu plus ferme ?

J'étais d'accord avec Madame Barbara.

Mitsurô notait toutes nos remarques.

— Ce serait bien de le baptiser, ce curry, non ? Le curry quelque chose. Un nom facile à retenir pour tout le monde.

Cette suggestion émanait de l'ami d'enfance du Baron.

— Mais il y a déjà les pâtes de Kamakura, les chemises de Kamakura, les gâteaux à la crème de Kamakura… c'est trop. Le curry de Kamakura, ça ferait vraiment réchauffé, a murmuré le Baron.

— Et puis, ça existe certainement déjà, a lâché Mitsurô.

— Le curry de Shônan, par exemple ?

— Ça, ou alors inversement, au niveau local, pourquoi pas le curry de Nikaidô ?

Mitsurô continuait à tout noter.

Moi, le curry de Nikaidô, je trouvais ça plutôt bien, mais je n'ai rien dit.

Quand tout le monde a eu fini son assiette, Mitsurô nous a servi du *chai*.

— Ah, c'est bon !

Un soupir m'a échappé après la première gorgée. « Il n'est pas très sucré, vous pouvez ajouter du miel si vous voulez », avions-nous été prévenus, mais je trouvais très agréable la touche sucrée qui se cachait tout au fond.

— Normalement, le *chai* se prépare en faisant infuser des feuilles de thé. Mais le restaurant sera ouvert le soir ; comme la clientèle rentrera se coucher après avoir dîné, j'ai pensé qu'il valait mieux éviter la caféine. J'utilise du rooibos qui n'en contient pas. Vous ne le trouvez pas trop léger ?

Mitsurô scrutait le visage de chacun, inquiet.

— Pas du tout, un thé au lait léger le soir, c'est parfait, a approuvé Madame Barbara avant tout le monde.

— Ça doit être bon pour soigner la gueule de bois, non ?

La remarque émanait du Baron.

— Le curry a des vertus thérapeutiques et pour le *chai*, j'utilise des épices qui favorisent l'endormissement.

— C'est pour ça que je commence à piquer du nez !

L'ami d'enfance du Baron devait aimer le sucré car il avait ajouté une bonne dose de miel à son thé.

J'avais savouré mon repas comme une cliente, en oubliant complètement que c'était une dégustation en avant-première.

Après avoir dit au revoir à Madame Barbara restée à bavarder jusqu'à la fin, nous nous sommes retrouvés tous les trois, Mitsurô, QP et moi. J'avais l'intention de l'aider à ranger, mais il a refusé, c'était son travail.

— Dis-moi plutôt ce que tu as pensé de mon curry. Pas de compliments, donne-moi ton avis sincère.

Il me regardait droit dans les yeux.

— Bon, alors je te dis vraiment ce que j'en pense, ai-je répondu.

Ses traits se sont tendus un bref instant.

— Il est bon. Vraiment. Pendant que je mangeais, c'était comme si une douce brise me berçait. Je me suis dit que ce plat, les clients le mangeraient avec plaisir. Ils viendront fatigués de leur journée, en sachant qu'ici, ils pourront savourer ce curry, et je crois que ça leur redonnera la pêche. Quand on est fatigué, on a envie de manger de la friture, d'accord ? Mais sans que ça nous reste sur l'estomac. Ton curry, il comble ces deux souhaits, à mon avis. On n'en mangerait peut-être pas tous les jours, mais une fois par semaine, oui, c'est sûr. Si tu m'en resservais un demain, je l'avalerais avec joie. Et puis, le chinchard, c'est une excellente idée. Parce qu'ici, c'est les meilleurs du Japon. Et la friture était parfaite.

Mitsurô m'écoutait, les lèvres serrées.

— Mais d'où t'est venue l'idée de marier chinchard pané et curry ?

La question me titillait, alors je l'ai posée.

— C'est le hasard. Avant qu'on s'installe ensemble, un jour, j'ai acheté du chinchard pané. Mais c'était un peu triste, sans rien d'autre ; j'ai cherché ce que je pourrais mettre avec et il me restait un peu de sauce au curry dans une casserole. Alors je l'ai fait réchauffer en l'allongeant avec de l'eau et j'ai versé le tout sur le chinchard pané posé sur du riz. C'était délicieux ! Mais ce jour-là, c'était du curry préparé avec un roux du commerce ; là, j'ai mis au point mon propre roux, pour accompagner le poisson à la perfection.

— Je ne savais pas que tu avais fait des essais dans mon dos.

— Je ne peux quand même pas continuer à vivre à tes crochets. Je me démène pour que ça change.

Dehors, une fragrance aux accents nostalgiques embaumait l'air.

QP et moi avons marché jusqu'au sanctuaire Egara-tenjin pour y admirer les pruniers en fleur. Dans l'enceinte en haut de l'escalier abrupt, nous avons cherché les arbres. Ils commençaient à se couvrir ici et là de fleurs d'un rose foncé. Nous avons lancé une pièce dans la boîte à offrandes et joint les mains devant la divinité des études.

Ici, chaque année, une cérémonie d'adieu aux pinceaux est organisée le 25 janvier. On brûle pinceaux et crayons à papier usés pour leur rendre grâce. C'est peut-être cette cérémonie qui a inspiré l'adieu aux lettres à l'Aînée.

— L'année prochaine, on apportera tes crayons usés, d'accord ?

L'Aînée m'avait-elle dit la même chose, il y a bien longtemps ?

Le spectacle depuis le haut des marches était encore plus paisible que d'habitude. Le printemps arrivait du sud, pas à pas.

— Bonjour !

Sous une pluie mêlée de neige fondue, une femme en kimono a fait son apparition à la papeterie Tsubaki. Elle a refermé son parapluie japonais d'un geste élégant avant de pénétrer dans la boutique d'un pas feutré. C'était la première fois que je la voyais.

Je venais à peine d'ouvrir ; l'eau mise à chauffer sur le poêle n'était pas encore chaude. A priori, c'était une cliente pour l'écrivain public.

— Asseyez-vous, je vous en prie.

Elle avait ôté son manteau d'un mouvement souple. Je lui ai proposé un tabouret. J'avais une théière toute chaude de thé vert *kyô-bancha* ; je lui en ai servi dans une tasse en verre trempé.

— Ça me rappelle des souvenirs !

L'air d'un chat qui se fait dorer au soleil, la tasse entre ses mains en coupe, elle a inspiré l'arôme du *kyô-bancha*. Avec ses paupières effilées d'une douce pâleur et son implantation de cheveux en V, sa beauté toute japonaise évoquait le mont Fuji. L'élégance avec laquelle elle portait le kimono tout comme la démarche langoureuse qui la mettait en valeur affichaient un art consommé. C'est alors que la Belle Fuji a soudain déclaré :

— Je suis encore ignorante des hommes.

Faute de savoir comment répondre à cette affirmation abrupte, j'ai détourné le regard. Cela signifiait donc, en bref, que la Belle Fuji était… Tandis que j'imaginais la situation, elle a repris sans attendre :

— Parce que, voyez-vous, mon amoureux, c'est Yasunari. Au bout du compte, je n'ai rencontré aucun homme qui m'attire davantage que lui, a-t-elle dit en zézayant légèrement, comme si elle parlait avec un bonbon dans la bouche.

— Yasunari, dites-vous ?

Ce n'est quand même pas ce Yasunari-là, ai-je pensé, mais j'ai préféré vérifier. La Belle Fuji a répondu d'un ton guilleret, sa voix une octave plus haute :

— Maître Kawabata Yasunari. Même à votre jeune âge, vous avez déjà lu l'un ou l'autre de ses livres, n'est-ce pas ?

— Euh, oui, bien sûr, ai-je répondu sans trop m'engager.

— Quand je pense à lui, j'éprouve une douleur dans la poitrine, comme si on me pinçait le cœur. Mais après, comment dire, c'est comme si un élixir sucré sourdait du plus profond de mon corps. Parce que j'ai toujours été convaincue que nulle autre que moi ne pourrait le rendre heureux.

Si mes souvenirs étaient bons, Kawabata Yasunari s'était suicidé au gaz dans un appartement de la marina de Zushi. C'était arrivé bien avant ma naissance et je n'en savais guère plus. Il avait longtemps vécu à Kamakura, à un moment, il avait même habité dans le quartier, avais-je entendu dire. Vers la fin de sa vie, quand il vivait à Hase, près du sanctuaire Amanawa-shinmei, on disait qu'il allait manger chez Tsuruya. Est-ce que l'Aînée n'avait pas dit un jour qu'il avait un regard perçant quand il choisissait du poisson ?

— Vous avez toujours vécu à Kamakura ? ai-je demandé.

— Non, je suis née et j'ai grandi dans le Kansai, a répondu la Belle Fuji en allongeant élégamment les dernières syllabes à la mode de l'Ouest du Japon.

J'aurais juré qu'elle était d'ici. Elle se fondait tellement bien dans le paysage.

Elle avait perdu ses parents l'un après l'autre quand elle n'était encore qu'une enfant et avait été élevée par des parents adoptifs, m'a-t-elle appris. Kawabata était celui qui avait accompagné sa solitude, avait su la comprendre.

— Je suis peut-être une sorte de bonne sœur. Elles s'offrent corps et âme à Jésus, sans aimer d'homme ni se marier, n'est-ce pas ? Pour moi, maître Kawabata est un dieu. J'ai décidé de lui consacrer ma vie. Et pourtant, il a disparu d'une terrible façon… J'étais fonctionnaire dans le département de Shiga. Parce qu'il me fallait bien gagner ma vie, être indépendante. Dans ma jeunesse, j'ai eu quelques propositions, mais aucune d'un homme plus attirant que Yasunari.

La Belle Fuji s'est interrompue pour déguster avec volupté une gorgée de *kyô-bancha*, les yeux fermés.

— Vous allez peut-être rire de moi, penser que je suis une vieille femme dérangée qui prend ses rêves pour la réalité, mais je l'aimais vraiment. Du fond du cœur. Et cet amour est toujours vivant.

En l'observant bien, j'ai remarqué les fines rides qui marquaient son visage. Elles me sont apparues comme des médailles honorant son existence. Suivre le chemin qu'on a choisi demande du courage, car on ne peut reporter la faute sur personne. Je me suis fait cette réflexion en repensant à mon passé de *ganguro*. Rester fidèle à soi-même quand on est moqué et montré du doigt demande une détermination à toute épreuve.

La Belle Fuji a repris calmement :

— Une fois à la retraite, j'ai décidé de sauter le pas pour m'installer à Kamakura. Quand je travaillais, je n'étais pas du tout coquette et j'ai mené une vie très économe, l'argent n'est donc pas un problème. Aujourd'hui, dans sa ville, je contemple les mêmes paysages que lui au fil des mêmes saisons et je suis heureuse.

C'est peut-être un peu tôt mais, le mois dernier, j'ai emménagé dans une maison de retraite. Je suis encore en forme, mais comme je n'ai pas de famille… Ainsi, je n'embêterai personne si jamais il m'arrive quelque chose.

Etre seul, c'est triste, vous savez. Surtout à mon âge. J'ai bien quelques relations dans le coin. Mais je souhaiterais qu'une fois par mois environ, vous m'écriviez une lettre d'amour de la part de Yasunari. Voilà pourquoi je suis venue.

A ce point de son discours, la Belle Fuji m'a regardée en souriant.

Au début, honnêtement, j'étais sur mes gardes, je me demandais si elle n'était pas un peu toquée. Mais plus je l'écoutais et plus j'avais l'impression de la comprendre.

Elle a ouvert le fermoir de son sac, dont elle a tiré une feuille de papier. Dessus figuraient son nom et l'adresse d'une maison de retraite de Chigasaki.

— Une carte postale me suffira. J'ai l'impression que si je pouvais, à la fin de ma vie, baigner dans un doux rêve, cela me rassurerait sur mon existence, je pourrais me dire que j'ai eu raison, que je n'ai pas fait fausse route ; ce serait comme si quelqu'un me serrait dans ses bras.

Ces mots signifiaient sûrement qu'elle nourrissait quelques doutes. Peut-être se disait-elle qu'elle aurait pu mener une autre vie. Jeter un coup d'œil par-dessus son épaule et frémir devant l'obscurité dans laquelle on a cheminé : cela m'est arrivé, à moi aussi.

Quand elle a quitté la papeterie Tsubaki, la neige et la pluie avaient cessé. Le ciel était d'un jaune canari délavé. Tout le monde ne peut pas choisir sa vie, disait son dos frêle.

Je la regardais s'éloigner quand le bas de son kimono s'est joliment soulevé, dévoilant ses sandales. C'était comme s'il exprimait les sentiments profonds de la Belle Fuji.

De retour du musée de littérature de Kamakura où j'étais allée consulter des manuscrits de Kawabata, j'ai fait un crochet par le sanctuaire Amanawa-shinmei.

Il faisait un froid de canard, à vous geler les entrailles. J'ai tant bien que mal gravi les marches escarpées pour aller me recueillir devant le bâtiment principal. Ce sanctuaire est, dit-on, le plus ancien de Kamakura.

J'ai repéré un cerisier près de l'escalier. Un cerisier *tamanawa*, une variété propre à Kamakura. Voir, malgré le froid, ses bourgeons roses gonflés était attendrissant. Cette image évoquait parfaitement la vie de la Belle Fuji.

Je me suis retournée : par-delà les toits des maisons apparaissait la mer.

Kawabata Yasunari avait sans doute, lui aussi, regardé la mer d'ici. La maison traditionnelle où il avait passé ses derniers jours était juste au pied du sanctuaire.

J'ai expiré fort et mon haleine a formé un nuage blanc comme de la fumée. Il faisait tellement froid que j'avais les yeux qui commençaient à pleurer.

J'avais été un peu déçue par l'écriture de Kawabata. Les caractères étaient serrés sur la droite – comme le contenu d'un bento trop longtemps transporté de travers. Des pattes de mouche qui remplissaient à peine les cases du papier quadrillé.

C'est peut-être parce qu'il s'agit de manuscrits révisés, m'étais-je dit, mais les cartes postales de sa correspondance privée exposées dans une autre pièce montraient la même écriture griffonnée, pareille à des pois dont les vrilles partent en tous sens. La Belle Fuji le savait-elle ? En comparaison, l'écriture de Kobayashi Hideo était magnifique, tout à fait à son image.

Le froid était tel que je me suis réfugiée dans une pâtisserie proche du musée. Chaque fois que je passais devant, elle m'attirait l'œil.

Le salon de thé à l'étage était vide, je l'avais pour moi toute seule. Je me suis installée à une table près de la fenêtre et j'ai commandé un Earl Grey. J'ai aussi craqué pour un shortcake aux fraises.

J'ai levé les yeux : le plafond aux poutres apparentes était agréablement haut. Je me suis frotté les mains à la manière d'un écureuil, ça m'a aidée à me réchauffer.

J'ai sorti de mon sac une carte postale et un stylo achetés en chemin chez Kyûkyodô, que j'ai posés sur la table. Nul besoin d'aller exprès jusqu'à Ginza pour acheter une carte de chez eux, on en trouve au supermarché Kinokuniya de Kamakura.

J'ai écrit d'un seul jet. J'avais réfléchi au texte un peu plus tôt, le long de l'avenue Yuigahama-ôdôri.

菊子殿

先日の、白い帽子をかぶつた大佛様は、御覧になりましたか。あなたが、風邪などひいてゐないことを願ふばかりです。一生のうち、たつた一人でも、あなたのやうな讀者と巡り合へた自分は、幸せ者です。また書きます。

康成

追伸。寒さを乘り切るには、牛肉を食べるのが一番です。

Chère Kikuko,

Avez-vous vu, l'autre jour, le grand Bouddha coiffé d'un couvre-chef blanc ? J'espère de tout cœur que vous n'êtes pas enrhumée. Avoir pu rencontrer, au cours de ma vie, ne serait-ce qu'une seule lectrice comme vous a fait de moi un homme heureux. A bientôt.

Yasunari

P. S.: Pour surmonter le froid, rien de mieux que de manger de la viande de bœuf.

Kikuko était-il le vrai prénom de la Belle Fuji ou celui qu'elle s'était choisi, je l'ignorais. C'est aussi celui de l'héroïne du *Grondement de la montagne*, un roman de Kawabata dont l'action se situe à Kamakura.

Dans la nouvelle *Le bonheur d'une personne*, il a écrit ceci :

Si au cours d'une vie, on parvient à faire le bonheur ne serait-ce que d'une seule personne, on est heureux.

La Belle Fuji et Kawabata Yasunari ne s'étaient jamais rencontrés, mais elle aimait ses œuvres du fond du cœur et si celles-ci lui avaient donné la force de vivre, c'était une bonne chose pour lui. Bref, même si c'était de façon indirecte, elle avait contribué au bonheur de l'écrivain. J'espérais qu'elle verrait les choses de cette façon.

Pour le timbre, j'en avais apporté un ancien, tiré de la collection de l'Aînée.

Kawabata est décédé le 16 avril 1972. J'avais opté pour un timbre commémoratif des Jeux olympiques d'hiver de Sapporo, organisés au mois de février de la même année. Un homme en noir et une femme en justaucorps rouge y dansent sur leurs patins à glace. L'image est dynamique, on a l'impression que les patineurs vont en jaillir d'une seconde à l'autre.

Je l'ai fermement collé sur la carte avec mon doigt trempé dans mon verre d'eau. Ensuite, pour les deux yens manquants, j'ai ajouté un vieux timbre représentant un chien d'Akita. Kawabata adorait les chiens ; il aurait sûrement choisi le même.

Mais pourquoi avait-il mis fin à ses jours ? Aucune lettre expliquant son geste n'a jamais été retrouvée.

Alors que si, je dis bien si, il avait rencontré la Belle Fuji, si elle avait pu l'alléger de sa solitude, sa vie aurait peut-être connu une autre fin.

Voilà les pensées qui me traversaient l'esprit tandis que je finissais ma part de shortcake aux fraises.

Quand j'ai quitté la pâtisserie, le froid était encore plus intense. Découragée, j'ai décidé de rentrer par Yuigahama et la ligne Enoden.

Chez Namihei, j'ai acheté quatre *taiyaki*, des pâtisseries en forme de poisson fourrées à la purée de haricots *azuki*. Je les ai fait mettre dans des sachets séparés, trois d'un côté et un de l'autre, que j'offrirais à Madame Barbara.

Avec les sachets dans mes poches, j'avais les mains bien au chaud, comme avec des chauffe-rettes. J'ai posté la carte pour la Belle Fuji dans une boîte aux lettres sur mon chemin.

Dans le train de la ligne Enoden, j'ai eu envie de manger mon *taiyaki*, mais je me suis retenue. Je ne voulais plus savourer les bonnes choses toute seule. Même pour une toute petite quantité, je préférais désormais partager avec QP et Mitsurô. Manger pareil réduirait progressivement la distance entre nous et nous finirions par nous ressembler ; du moins, je l'espérais.

La suite de la tournée des sept divinités de Kamakura s'est faite avec QP. En contrepartie, Mitsurô gardait le fils du Baron et de Panty. Celle-ci avait renâclé, semblait-il, à laisser derrière elle le bébé qu'elle allaitait, mais le Baron l'avait traînée quasiment de force.

Bien que, en raison de l'agenda des participants, nous n'ayons pas pu nous réunir exactement le jour de l'An de l'ancien calendrier comme la fois précédente, nous nous sommes retrouvés un dimanche proche de cette date devant chez Fenglong, près de la gare de Yuigahama sur la ligne Enoden. C'est un restaurant chinois de quartier où le Baron a, paraît-il, ses habitudes, vraiment tout près de la gare. Presque à l'intérieur, même. A chaque passage d'un train, le plancher vibre.

Nous allons y manger avant de partir à la rencontre des divinités.

C'est le Baron qui a passé commande.

Nous avons partagé un plat de raviolis chinois en attendant nos soupes pékinoises aux nouilles. C'était la première fois depuis notre pique-nique sous les cerisiers en fleur chez Madame Barbara que nous nous retrouvions ainsi tous réunis.

QP, qui ce jour-là s'était présentée à l'assemblée en annonçant qu'elle avait cinq ans, en avait aujourd'hui sept. Elle arrivait maintenant à manger ses œufs durs sans les noyer sous la mayonnaise. Le Baron et Panty avaient eu un enfant et Mitsurô et moi étions mariés. Madame Barbara, quant à elle, semblait avoir un nouvel amoureux, ces derniers temps.

Le Baron, apparemment ravi de pouvoir reprendre la tournée des sept divinités, était d'excellente humeur. Sans prêter l'oreille à Panty qui tentait de l'en empêcher, il a commandé une nouvelle bière.

Panty était devenue une véritable Mère Courage. Heureusement que j'avais réussi à intercepter la lettre qu'elle avait postée, paniquée, quand elle avait appris que son père était à l'article de la mort. Savoir que j'avais joué un petit rôle dans la naissance de ce couple qui présentait un certain écart d'âge me remplissait de joie.

— Voilà pour vous !

Les nouilles tant attendues sont arrivées. Une portion entière aurait été trop copieuse pour QP, qui a pris du riz arrosé de la soupe des nouilles : cela lui faisait une soupe de riz instantanée.

Nous avons mangé en silence. Les nouilles fines comme une mine de crayon, servies avec un mélange à la fois sucré et épicé, baignaient dans une soupe riche en ingrédients. Je m'inquiétais, c'était peut-être un peu trop piquant pour QP, mais non. Moi qui avais si froid, je sentais mon corps se réchauffer à chaque bouchée. Panty a essuyé avec son mouchoir le front constellé de gouttes de sueur du Baron, qui s'est laissé faire tout en affichant un air bougon.

Penser à ce qu'il m'avait confié risquait de me faire pleurer à l'improviste, alors j'ai décidé de totalement oublier cette information pour la journée. Je me suis répété que je ne savais rien, que je m'étais fait des idées.

QP n'avait pas eu assez avec son bol de riz et elle a englouti une petite portion de nouilles. J'avais dans mon sac à dos assez de pains-qui-sourient pour tout le monde, au cas où nous aurions un petit creux en cours de route.

— On y va ?

Le Baron en tête, nous avons repris, deux ans plus tard, notre tournée sous un ciel froid. Pour commencer, nous sommes allés chercher le sceau de Daikoku, la divinité de la richesse, au temple

Hase-dera ; nous en avons profité pour passer au sanctuaire Goryô prier Fukurokuju de nous accorder le bonheur.

QP m'a demandé qui était Fukurokuju et j'étais bien en peine de lui répondre quand le Baron est venu à ma rescousse :

— Fukurokuju possède le bonheur, la richesse et le grand âge ; c'est la divinité de la longévité.

— Mais alors, il a les mêmes attributs que Jurôjin !

— C'est vrai qu'ils symbolisent tous les deux la longévité.

Panty et Madame Barbara avaient réagi chacune à leur façon.

— La longévité ? a demandé QP.

— Oui, ça veut dire vivre longtemps, ai-je répondu.

Elle a repris gravement :

— Poppo, fais la longévité.

— Bien sûr, on va tous vivre vieux ! me suis-je exclamée en réprimant l'émotion qui menaçait de poindre.

J'espérais que tous – le Baron, Panty, Madame Barbara, Mitsurô et QP – vivraient de longues années.

Après le sanctuaire Goryô, nous avons fait une pause dans un salon de thé.

— On vient à peine de manger, a remarqué le Baron.

— Les sucreries, c'est la nourriture du cœur, a aussitôt rétorqué Panty.

Elle aussi, oubliant pour une journée son rôle de mère, prenait plaisir à la tournée des sept divinités.

Pour finir, c'est quelques minutes avant la fermeture des portes à dix-sept heures que nous avons réussi à prier Ebisu, divinité de la prospérité, au temple Hongaku-ji. Nous avions désormais six sceaux sur sept dans notre carnet. Il ne restait plus que le temple Myôryû-ji à Komachi.

Pour marquer le coup, alors que cinq heures sonnaient, nous avons investi le comptoir de chez Fukuya. Dans la journée, nous avions passé bien plus de temps à boire et à manger qu'à visiter les temples et sanctuaires. Mais c'était très bien ainsi : c'est comme ça, la tournée des divinités entre adultes. Et le plus important était d'avoir exaucé le vœu du Baron qui voulait laisser de beaux souvenirs à sa femme.

Mitsurô nous a rejoints avec le bébé. C'était la première fois que je le voyais avec un nourrisson dans les bras. Après une journée passée ensemble, ils avaient noué de solides liens de confiance.

— Dire qu'avec moi, il se met à hurler, a remarqué le Baron dépité, tellement Mitsurô avait l'air d'un bon père.

Panty en train de donner le sein au comptoir sans se cacher était belle.

En sortant de chez Fukuya, nous sommes tous allés à pied, y compris Mitsurô et le bébé, jusqu'au Myôryû-ji où s'est achevée notre tournée. Nous n'avons pas pu recevoir le sceau, mais le souhait du Baron avait été exaucé.

Comme Madame Barbara était avec nous, nous sommes rentrés en taxi. QP, sans doute fatiguée, s'est endormie, appuyée contre moi.

A cette heure, à quoi pensait le Baron, en route à travers les rues sombres avec sa femme et son fils bien-aimés ? J'ai essayé de l'imaginer. Je ne pouvais m'empêcher de prier pour que lui soit accordé ne fût-ce qu'un jour de plus avec sa famille.

J'avais les yeux sur les étoiles quand Madame Barbara a murmuré d'un ton pensif :

— Merci, Poppo, pour cette agréable journée. J'avais le pressentiment qu'un jour, dans un avenir lointain, quand je repenserais à cette journée, elle serait tout à fait particulière. Si je n'en avais pas nettement conscience maintenant, c'était simplement parce que j'étais en plein dedans.

L'adieu aux lettres s'est achevé sans encombre, cette année encore.

La vérité, c'est que la famille Amemiya n'était pas écrivain public de génération en génération et l'adieu aux lettres était une cérémonie inventée par l'Aînée ; du coup, j'aurais pu tout arrêter. Mais cela m'aurait gênée, quelque part, et puis ça aurait été dommage, cette cérémonie avait son utilité, bref, tant qu'on m'enverrait des lettres à brûler, je continuerais, c'était mon destin, me semblait-il.

Parce que, de la même façon que les humains ont une âme, les mots en ont une à eux. Alors, pourquoi pas une cérémonie pour les envoyer au paradis ? Cela faisait peut-être rire certaines personnes, mais tant pis.

Le nouveau restaurant de Mitsurô a ouvert ses portes et son curry au chinchard pané a vu le jour sous le nom officiel de *Curry de Nikaidô*. En guise de cadeau d'ouverture, j'ai calligraphié pour lui le menu et l'enseigne du restaurant. Parfois, il nous arrive de nous disputer pour trois fois rien et dans ces cas-là, c'est QP qui nous réconcilie.

Le Baron était en forme, toujours aussi jovial. Je n'aurais pas à écrire une lettre à sa place de sitôt, semblait-il. Je réfléchissais de temps en temps à mon texte, sans savoir comment je réagirais le jour venu.

Simplement, pour envelopper la lettre, j'avais décidé que j'utiliserais le papier pelure bleu clair avec lequel nous avions testé l'Olivetti. Il portait les mots *I love you* tapés par le Baron.

Il se mettrait en colère dans l'au-delà, dirait que j'avais prémédité mon coup. Mais c'est sans doute la Providence, qui sait tout, qui m'a guidée. Parce qu'il est impossible de changer le cours des choses.

Les jours se sont peu à peu allongés et les bourgeons de pétasites du Japon ont commencé à poindre cette année encore sur les flancs de la colline derrière chez Madame Barbara. Le dimanche matin, je suis allée en cueillir avec QP.

— Attention à ne pas tomber ! nous a lancé Madame Barbara avec le sourire tandis que nous gravissions la pente.

Nous étions toutes les deux chaussées de bottes en caoutchouc.

Il suffisait d'avancer de quelques pas pour que l'odeur d'humus se fasse soudain plus forte, pour sentir tout près de soi le souffle des animaux sauvages.

— J'en ai trouvé un !

C'est QP qui a découvert le premier. Sur la terre d'un noir profond s'épanouissait un bourgeon de pétasite en forme d'étoile.

— Bravo ! Mais c'est plutôt les bourgeons fermés, pas encore fleuris, qui sont les meilleurs.

Je lui ai répété ce que l'Aînée m'avait appris autrefois.

— Des bébés bourgeons ?

— Oui, on peut dire ça.

— Alors, c'est comme les feuilles de thé vert ?

— C'est ça, comme les bébés feuilles qu'on a cueillis.

Elle mémorisait le moindre de nos échanges.

Des bourgeons de pétasites pointaient ici et là, un peu partout.

— On dirait des taupes !

Chaque fois qu'elle en découvrait un, QP le caressait tendrement.

— Ils sont mignons.

A mes yeux aussi, les bourgeons ont pris l'apparence de taupes.

En une petite heure de marche dans la forêt, nous en avons cueilli une belle quantité.

— On va rentrer à la maison.

QP paraissait vouloir continuer la cueillette, mais on n'arriverait jamais à tout manger. Je l'ai guidée vers le chemin du retour, dans la descente.

— Fais attention, ça glisse, étais-je en train de dire quand c'est moi qui me suis cassé la figure.

J'ai à peine eu le temps de sentir mon corps se soulever dans les airs que j'ai lourdement atterri sur les fesses. C'était peut-être bien la première fois depuis mon enfance que je faisais une telle chute.

La surprise, la douleur et le ridicule mêlés m'ont fait éclater de rire. Je riais tellement que j'en pleurais. Alors que tout s'était passé très vite, je revoyais précisément chaque millième de seconde, comme des photos prises en rafale.

Je me suis relevée et j'ai regardé mes fesses : mon jean était tout noir.

— On fera la lessive à la maison, Poppo, m'a dit QP.

J'avais encore mal au derrière, mais j'étais soulagée de ne pas m'être blessée. J'ai pris QP par la main et nous sommes descendues avec précaution, pas à pas.

De retour à la maison, je me suis changée et, pendant que QP et moi déjeunions, j'ai mis les bourgeons de pétasites à tremper. J'en ai réservé assez pour faire des tempuras pour le dîner et j'ai préparé le reste en miso.

Pendant que je hachais les bourgeons brûlants après les avoir blanchis, QP a pilé les noix. La voir utiliser le pilon et le mortier préférés de l'Aînée me faisait tout drôle. Elles n'avaient aucun lien de parenté et pourant elles étaient reliées, je le sentais. Ce pilon tout simple m'apparaissait comme un bâton de relais.

Si l'Aînée avait encore été parmi nous, comment se serait-elle comportée avec QP ?

Aurait-elle continué à jouer les grands-mères sévères ? Ou, au contraire, serait-elle devenue une arrière-grand-mère gâteau ? QP aurait sûrement réussi à l'entraîner dans son monde à elle et à la faire sourire.

Une chose était certaine : l'Aînée n'aurait pas renié mon choix. Sans sourciller, elle m'aurait sûrement dit quelque chose du genre : « Fais comme tu l'entends. Mais ne renonce pas en cours de route. »

Aller jusqu'au bout de ses décisions, c'était sa philosophie de vie. Sans doute avait-elle décidé, devant le nourrisson que j'étais, de m'élever strictement. Et elle avait tenu sa promesse jusqu'à la fin. C'était sa façon de me montrer son amour, en faisant de moi quelqu'un capable de vivre seul.

Parce que si elle était venue à disparaître, il n'y aurait plus eu personne pour m'aider. Je devais être en mesure de me débrouiller toute seule dans cette éventualité ; c'était la raison de sa sévérité.

Maintenant j'arrivais à la comprendre un peu mieux. Si j'avais su la voir plus tôt sous ce jour, nous aurions pu éviter cette bataille sanglante.

Après avoir soigneusement haché les bourgeons de pétasites, je les ai pressés de toutes mes forces.

J'ai allumé le feu sous la poêle et j'y ai versé un filet d'huile de sésame. Les noix confiées à QP étaient pilées bien fin comme il faut. Autrefois, j'avais été à sa place. A côté de l'Aînée, j'avais fait de mon mieux pour la contenter.

Quand j'ai versé les bourgeons hachés dans la poêle chaude, le printemps a déferlé dans la cuisine.

— Ça sent bon ! ai-je dit.

QP a répondu en prenant un ton adulte :

— Oui, ça sent bon.

Comme j'étais heureuse ! Par un dimanche après-midi, à préparer du miso de pétasite avec ma mignonne petite fille.

— Tout à l'heure, on ira en apporter à Madame Barbara, d'accord ? ai-je proposé en mélangeant le contenu de la poêle avec une cuillère en bois.

Dehors, une bouscarle chanteuse annonçait le printemps.

Ce soir-là, QP est tombée malade.

Le dimanche soir est un moment précieux, où nous pouvons dîner en famille tous les trois, et j'avais mis les petits plats dans les grands : j'avais fait des tempuras avec les bourgeons de pétasites cueillis le matin et les légumes que j'avais. C'est arrivé après le repas, alors que je préparais les fraises données par Madame Barbara pour le dessert.

— J'ai mal au cœur, a murmuré QP.

Quelques secondes plus tard, elle vomissait tout son repas. Mitsurô s'est précipité vers elle avec un saladier, mais trop tard. Un instant, je me suis inquiétée, les bourgeons de pétasites étaient-ils mauvais ? Mais c'était impossible.

— Elle a de la fièvre. Va chercher le thermomètre, a lancé Mitsurô, une main sur le front de QP.

Alors qu'un instant plus tôt, elle mangeait normalement, elle était maintenant affalée entre les bras de Mitsurô, les joues rouges.

J'ai vite apporté le thermomètre, que je lui ai coincé sous l'aisselle. J'en ai profité pour éponger le vomi autour d'elle. Elle avait plus de trente-neuf de fièvre.

— Qu'est-ce qu'on fait ? ai-je demandé, affolée.

— Calme-toi ! m'a intimé Mitsurô.

Il avait haussé le ton, ce qui était rare. QP avait souillé ses vêtements, il fallait d'abord que je la change. Mais j'étais si paniquée que je n'arrêtais pas de faire des gestes inutiles. C'était la première fois que je la voyais aussi affaiblie.

J'ai posé la main sur son front : elle avait clairement de la fièvre. Mais elle répétait qu'elle avait froid. Son corps était secoué de frissons.

— On va la mettre au lit. C'est dimanche aujourd'hui et il est déjà tard ; on verra comment elle se sent demain matin et on l'emmènera à l'hôpital si nécessaire.

J'écoutais Mitsurô en me disant que normalement, ç'aurait dû être l'inverse. La mère de famille censée être solide comme un roc, chez les Morikage, perdait ses moyens. Rongée d'inquiétude, j'étais incapable d'autre chose que de suivre Mitsurô qui montait les escaliers, QP dans les bras.

— Il n'y a rien d'autre à faire qu'attendre. La fièvre et les vomissements, c'est fréquent chez les enfants, a-t-il calmement dit, une fois QP au lit.

— D'accord. Je vais dormir avec elle cette nuit.

Rester à ses côtés, c'était tout ce qui était en mon pouvoir.

— OK. Mais ne te surmène pas. Si toi aussi tu tombais malade, ce serait la catastrophe.

— Oui, je sais, ne t'inquiète pas.

Quand j'étais petite, j'avais souvent de la fièvre à l'école. Chaque fois, l'Aînée venait me chercher. Même dans ces moments-là, elle n'était pas douce avec moi. Que dis-je… elle était carrément de mauvaise humeur. Si je m'enrhumais ou que je tombais malade, c'était de ma faute, parce que je ne prenais pas soin de moi, me sermonnait-elle alors que je me sentais mal. Peut-être devinait-elle que je cherchais à me faire dorloter.

J'ai installé mon futon à côté du lit de QP. Le visage tout rouge, elle gémissait. J'espérais que cela n'arriverait pas, mais au cas où il faudrait appeler une ambulance dans la nuit, j'ai préparé un sac avec sa carte de Sécurité sociale, mon portefeuille et quelques vêtements de rechange, pour être sûre de ne rien oublier dans la précipitation. J'ai posé une compresse contre la fièvre sur son front.

J'ai attendu qu'elle semble aller un peu mieux pour descendre ; Mitsurô était en train de ranger la cuisine.

— Merci, ai-je dit.

— Ça m'a rappelé la première fois que Haru a eu de la fièvre ; nous étions tous les deux paniqués, a-t-il répondu, songeur.

« Tous les deux », cela désignait Mitsurô et Miyuki. C'était rare qu'il parle d'elle.

— Comment ça s'est passé, cette fois-là ?

La personne que j'aurais voulu voir à cet instant, c'était elle. J'aurais aimé pouvoir lui demander ce que je devais faire.

— Il n'y avait pas de glaçons dans le congélateur, ce que je lui ai reproché, et nous nous sommes disputés. Je crois bien qu'elle a couru jusqu'à la supérette acheter un pain de glace. Ça m'est revenu à l'esprit. C'était il y a quelques années seulement mais j'ai l'impression que ça fait une éternité.

Dehors régnait le même silence que lorsqu'il neige. J'étais en train de préparer une tasse d'eau pour QP quand Mitsurô m'a dit :

— Il ne faudrait pas qu'elle se déshydrate ; je vais aller acheter un soluté de réhydratation orale.

— Oui, ça sera mieux. Si tu trouves des bananes, prends-en aussi, s'il te plaît.

Les bananes, ça renforce les défenses immunitaires, disait souvent l'Aînée.

J'ai emporté la tasse d'eau à l'étage ; QP dormait d'un sommeil agité. Je venais à peine de la changer, mais elle était déjà trempée de sueur.

Avec une serviette sèche, j'ai épongé sa transpiration. Si j'avais pu, j'aurais voulu plonger une paille dans son corps pour aspirer toute sa douleur et sa souffrance !

Je me suis couchée tout habillée. J'avais l'intention de rester éveillée, mais je crois bien que je me suis endormie.

Quand je me suis relevée une énième fois pour prendre sa température, la fièvre avait un peu baissé mais elle avait encore trente-huit. J'ai remplacé la compresse sur son front et changé son pyjama humide de transpiration. J'ai posé une main contre sa joue : elle était encore très chaude.

Tiens bon, QP ! Je l'ai encouragée intérieurement en la regardant dormir. Son corps frêle luttait contre un ennemi inconnu.

Je me suis souvenue avoir été hospitalisée, une fois. C'était peut-être bien au même âge. J'avais été opérée de l'appendicite. Cette fois-là, tout de même, l'Aînée ne m'avait pas grondée.

Cela voulait-il dire qu'elle faisait parfaitement la différence entre les fois où je faisais semblant d'être malade et celles où je l'étais vraiment ? Avec le recul, cela me paraissait évident.

J'ai fini par m'endormir, la tête appuyée contre le bord du lit de QP. Quand j'ai rouvert les yeux, elle murmurait des propos incohérents.

— Qu'est-ce qui se passe ? Ça va ?

Peut-être faisait-elle un cauchemar. C'est alors qu'elle a chuchoté quelque chose. J'ai tendu l'oreille pour recueillir ce mot.

— Maman !

C'était bien ça.

Un instant, je me suis demandé si elle n'appelait pas Miyuki, mais je me suis reprise aussitôt. C'était sans importance. Que ce soit Miyuki ou moi, quelle différence ? L'important, c'était qu'elle avait besoin de sa mère.

— Haru ! ai-je dit à QP plongée dans son rêve.

J'avais toujours évité d'utiliser son prénom – il me semblait que cette appellation était réservée à Miyuki. Moi qui ne lui avais pas donné la vie, je n'avais pas le droit de l'appeler ainsi, me disais-je, et je me l'interdisais. Moi qui ne l'avais pas enfantée dans la douleur, je n'étais pas sa vraie mère et je m'effaçais. Mais j'avais tort. Je m'étais trompée, comme je le comprenais maintenant. QP avait besoin de moi. Elle avait besoin de moi, et de Miyuki. Peut-être étais-je Miyuki et Miyuki était-elle moi. Cela n'avait aucune importance pour elle. J'avais honte de m'être arrêtée à un tel détail.

— Haru ! ai-je répété.

J'étais heureuse qu'elle m'appelle maman, même si ce n'était qu'en rêve. J'étais heureuse, même s'il ne s'agissait pas de moi. En réalité, j'avais envie qu'elle m'appelle ainsi. Je l'ai compris en voyant la joie qui naissait en moi. J'avais cru que cela m'était indifférent mais je m'en étais juste persuadée, par manque de maturité.

Et si l'Aînée avait attendu, elle aussi, le jour où je l'appellerais mamie ?

Toute cette transpiration avait peut-être été bénéfique car la fièvre est tombée sous les trente-huit degrés.

Quand je suis descendue au petit matin, Mitsurô était déjà debout, en train de préparer une soupe de riz.

— Bonjour, ai-je doucement dit dans son dos.

Il s'est retourné, comme surpris.

— Comment se sent-elle ?

— Je viens de prendre sa température, la fièvre a bien baissé.

— Bonne nouvelle. Tu as réussi à dormir un peu ?

— J'ai somnolé par intervalles, ça va. De toute façon, la boutique est fermée aujourd'hui, ai-je dit en versant de l'eau dans la bouilloire pour me préparer du thé *kyô-bancha*.

Un bon arôme de soupe au riz s'élevait de la marmite en terre.

— On a des kumquats ? a demandé Mitsurô en fouillant dans le bac à légumes du réfrigérateur.

— Je pense que oui, j'en ai acheté à la coopérative l'autre jour.

— Ça y est, je les ai trouvés.

Il a sorti le sachet du bac à légumes.

— Qu'est-ce que tu vas en faire ? ai-je demandé.

— Je vais en mettre dans la soupe de riz. Il y a déjà des patates douces, a-t-il répondu comme si c'était tout naturel.

— Quoi, des kumquats et des patates douces ? Dans une soupe de riz ?

Etonnée, j'ai dévisagé Mitsurô.

— Moi aussi, la première fois, ça m'a surpris. Mais c'est la soupe de riz qu'on faisait toujours dans la famille de Miyuki quand quelqu'un était malade. En vrai, il faut aussi des raisins secs, mais je pense qu'on peut s'en passer ; aujourd'hui, ce sera kumquats et patates douces. Miyuki disait qu'elle adorait attraper un rhume parce qu'elle savait qu'elle mangerait de cette soupe de riz. Du coup, elle en a préparé plusieurs fois pour Haru, quand elle était enrhumée.

— Elle aime ça ?

— Je ne pense pas qu'elle s'en souvienne, mais elle avait l'air d'aimer, oui.

— Alors, il faut lui en donner. La mère de Miyuki cherchait sûrement à reconstituer ses forces en mettant dans la soupe des aliments sucrés que les enfants aiment.

J'ai mis des feuilles de thé dans la théière et versé de l'eau chaude dessus. Une odeur de feuilles mortes d'automne s'est élevée. J'ai repensé au matin où nous étions allés à Shishimai admirer les feuillages d'automne.

— Tiens.

Après avoir laissé infuser le thé, j'en ai déposé une tasse devant Mitsurô. D'habitude, je bois mon *kyô-bancha* toute seule devant le soleil levant, mais aujourd'hui, nous le prendrions face à face.

— J'ai une question, ai-je annoncé après avoir avalé une gorgée de thé brûlant. Entre la terre, la mer et le ciel, qu'est-ce que Miyuki préférait ?

A vrai dire, cela me titillait depuis un moment.

— Qu'est-ce qui te prend, tout à coup ? On dirait que tu parles des différentes armes des forces d'autodéfense.

— Mais non, c'est une vraie question, alors réponds-moi sincèrement, s'il te plaît. Ça ne te coûte rien, de toute façon.

Le thé bu en compagnie de Mitsurô avait une saveur plus douce que d'habitude.

— Eh bien, quand il s'agissait de sortir, elle préférait la mer, je crois.

— Je vois, c'est pour ça qu'elle aimait Kamakura.

— Moi, je suis plutôt montagne, alors parfois j'avais envie d'aller faire du camping. Et toi, Hato ?

— Moi, mon truc, c'est la forêt. La mer, c'est trop vaste, ça me fait un peu peur. En montagne, le temps peut vite changer, c'est dangereux. Mais la forêt, c'est calme. C'est doux. Même les non-initiés peuvent en profiter.

— Mais pourquoi cette question, au fait ?

— Parce que je pense lui écrire. J'ai envie de lui dire ce que je ressens. Jusqu'à présent, je ne savais pas où envoyer ma lettre. Mais puisqu'elle aimait la mer, je la mettrai à l'eau.

— Ah bon.

Mitsurô me regardait, les bras croisés.

— Tu ne veux pas profiter de l'occasion pour lui écrire, toi aussi ?

Je venais à peine de prononcer ces mots que la porte de la cuisine coulissait, laissant apparaître QP.

— Moi aussi, je veux écrire !

Sa voix était pleine de vigueur, comme si elle n'avait rien eu.

— Comment te sens-tu ? Tu n'as pas mal au ventre ? ai-je demandé.

Elle m'a répondu, au bord des larmes :

— Il faut vite que je me prépare, je vais être en retard à l'école.

Elle n'avait pas encore manqué la classe une seule fois.

Elle avait bien meilleure mine et pas de fièvre, a priori – j'ai posé la main sur son front. Mais pour en être sûre, je suis allée chercher le thermomètre, que je lui ai coincé sous l'aisselle. Vu son état la veille au soir, je n'aurais pas imaginé qu'elle irait à l'école aujourd'hui.

J'ai regardé le thermomètre : en effet, sa température avait baissé.

— C'est bon, tu peux y aller, a dit Mitsurô.

— Youpi, ce midi, c'est roulé au chou ! s'est écriée QP en sautillant de joie.

C'est vrai, le menu du jour à la cantine, c'était du roulé au chou, un de ses plats préférés.

— D'accord. Si tu ne te sens pas bien, j'irai te chercher tout de suite.

L'atmosphère un peu triste qui avait régné jusque-là a soudain pris des couleurs.

QP s'est changée à toute vitesse et s'est débarbouillée avant de fourrer ses cahiers et ses manuels dans son cartable. Puis nous avons mangé tous ensemble.

La soupe de riz aux patates douces et aux kumquats était étrange mais bonne, légèrement aigre-douce. Cela aurait sûrement fait plaisir à Miyuki. C'était le début d'une nouvelle journée pour la famille Morikage.

Chère Miyuki,

Je t'écris pour la première fois. Tu sais sans doute déjà qui je suis, mais permets-moi de me présenter quand même.

Je m'appelle Morikage Hatoko. Je suis la nouvelle femme de Mitsurô.

Mitsurô et moi nous sommes rencontrés à Kamakura. De simples voisins, nous sommes devenus un couple et, au printemps dernier, nous

美雪さんへ

はじめて手紙を書きます。もう、私が誰か美雪さんにはつつぬけかもしれないけれど、一応、自己紹介をさせていただきますね。

私は、守景鳩子といいます。ミツローさんの、二番目の妻になりました。

ミツローさんとは、鎌倉で知り合いました。ご近所さんから交際に発展し、去年の春、QPちゃんが小学生になった日に入籍しました。来月で、結婚してから一年になります。

私達の間をとりもってくれたのは、QPちゃんです。QPちゃんといっても、美雪さんにはピンとこないかもしれません。QPちゃんというのは、美雪さんとミツローさんの娘です。私は、彼女をこう呼んでいます。
美雪さん、QPちゃんを産んでくださって、本当に本当に
ありがとうございます。まずは、美雪さんにそのお礼を伝え
たくて、この手紙を書いています。
QPちゃんが、私の人生を変えてくれました。彼女が、私を
明るい世界へと導いてくれたのです。
もう、QPちゃんと出会わなかった人生を、想像することが
できません。
でも、そのことに感謝すればするほど、私は美雪さんに対して、
後ろめたさを感じてしまいます。
美雪さん、本当に辛かったね。痛かったでしょう。
たくさんの血を流しながらも、最後までQPちゃんのことを

気にかけていたんだよね。QPちゃんのことを、必死で守ったんだよね。
母親として、美雪さんを心から尊敬します。
初めて美雪さんの書いた文字を見た時、私、なんだか美雪さんのことを前から知っているような気持ちになりました。
あー、私この人のことが好きだな、って直感でそう感じたのです。
会いたかったなぁ、美雪さんと会いたかったよ。
ミツローさんを抜きにして、友達になりたかったです。
一緒にお茶を飲んだり、旅行に行ったり、してみたかった。
きっと私達、いい友情を育めたんじゃないか、って、そう思うのです。だって、なんといっても、男の人の趣味が一緒ですから！
ミツローさんをステキだと思う私達って、きっと、すごーく見る目があると思いません？

美雪さん、私、ＱＰちゃんのこと、美雪さんと同じように、はるちゃん、と呼んでしまってもいいですか？　私が本気で、はるちゃんの母親になってしまってもいいですか？

そうすることは、なんだか美雪さんをモリカゲ家からしめだすようで、心苦しかったの。でも、私もちゃんと、名実ともに「お母さん」になりたいな、って、この間、彼女の看病をしながら、はっきりそう思ったのです。

どうか、私のわがままを許してください。

私は、モリカゲ家が世界一のキラキラ共和国になれるように、精一杯がんばります。キラキラ共和国を、命がけで、守ります。

もちろん、美雪さんが帰ってくる場所は、いつだって、モリカゲ家に用意しておきます。約束します。
これは夢物語かもしれないけれど、もしも美雪さんが、
私たちの赤ちゃんになってこっちの世界に戻ってきてくれるなら、
それはもう、大歓迎です！
だから、もしも、いつか私が妊娠したら、赤ちゃんを、産んでもいいですか？
私は、美雪さんの気持ちを一番にしたいな、と思っています。
もう一度言います。美雪さん、はるちゃんを産んでくれて、
本当にどうもありがとうございます。
私、美雪さんのことが、大好きです。これからも、ずっとずっと好きです。

鳩子

nous sommes mariés le jour où QP est entrée à l'école primaire. Cela fera un an le mois prochain.

C'est QP qui nous a rapprochés.

Je te parle de QP, mais peut-être que cela ne te dit rien. QP, c'est votre fille, à Mitsurô et toi. C'est ainsi que je l'appelle.

Merci du fond du cœur de lui avoir donné naissance. C'est d'abord pour te dire cela que je t'écris cette lettre.

Elle a changé mon existence. Elle m'a guidée vers un monde lumineux.

Je n'arrive plus à imaginer ma vie sans elle.

Mais plus ma gratitude grandit, plus je me sens coupable vis-à-vis de toi.

Cela a dû être terrible. Tu as sans doute souffert.

Alors que tu perdais ton sang, tu t'es préoccupée de QP jusqu'à la dernière seconde. Tu l'as protégée de toutes tes forces, n'est-ce pas ?

En tant que mère, je te porte une profonde estime.

La première fois que j'ai posé les yeux sur ton écriture, je ne sais pas pourquoi mais j'ai eu l'impression que je te connaissais depuis longtemps.

J'ai aussitôt senti que je t'aimais. J'aurais aimé te rencontrer. Comme cela m'aurait fait plaisir !

J'aurais aimé être ton amie, rien qu'à toi.

J'aurais aimé qu'on prenne le thé ensemble, qu'on parte en voyage toutes les deux. Je crois vraiment que toi et moi, on aurait été de bonnes amies. C'est vrai, quoi, on a les mêmes goûts en matière d'homme ! Nous qui trouvons Mitsurô séduisant, on peut dire qu'on a l'œil, non ?

Miyuki, m'autorises-tu à appeler QP Haru, comme tu le faisais ? A devenir sa mère pour de bon ?

Il me semblait que l'appeler ainsi revenait, quelque part, à te chasser de la famille, ce qui me pesait. Mais j'ai envie de vraiment devenir sa « maman », cela m'est apparu comme une évidence l'autre jour, lorsque j'ai veillé à son chevet.

J'espère que tu accéderas à ma demande.

Je vais faire tout mon possible pour que la famille Morikage soit la plus belle république du bonheur au monde ! Notre république du bonheur, que je protégerai au prix de ma vie.

Et toi, tu y auras toujours ta place. Je te le promets.

Ce n'est peut-être qu'un rêve, mais si tu revenais parmi nous en te réincarnant dans notre bébé, je t'accueillerais à bras ouverts !

Si un jour je tombe enceinte, es-tu d'accord pour que j'aie ce bébé ?

Je ne veux surtout pas te blesser. Je te redis merci, vraiment merci d'avoir donné naissance à Haru.

Je t'aime, Miyuki. Et je continuerai à t'aimer, toujours.

Hatoko

J'avais écrit le plus petit possible, mais ma lettre faisait tout de même cinq pages. Après les avoir numérotées, j'ai roulé le paquet de feuilles pour en faire un tube. Je l'ai glissé dans le goulot de la bouteille que je voulais jeter à la mer.

QP et Mitsurô ont eux aussi envoyé un message à Miyuki. Mitsurô avait renâclé jusqu'à la dernière minute, sous prétexte qu'il n'aimait pas écrire et qu'il avait une écriture de cochon, mais au bout du compte, hier, il a rédigé sa lettre d'un air grave, installé à la table basse chauffante. QP a illustré la sienne, je crois. Chacun ignore le contenu du message des autres.

Le premier week-end du mois d'avril, nous nous sommes levés tôt pour aller à Zaimokuza.

— Trois, deux, un, partez !

J'ai jeté la bouteille à la mer tandis que QP lâchait le ballon de baudruche auquel était attachée sa missive. Il est monté à toute vitesse dans le tendre ciel bleu de printemps, comme aspiré.

— L'homme aux ballooooons ! criait-elle, tournée vers le ciel.

J'ai moi aussi regardé s'éloigner la bouteille contenant ma lettre, jusqu'à la perdre de vue.

Au début, elle a peiné à trouver le courant et j'ai même cru qu'elle allait revenir s'échouer sur le sable, mais, à croire qu'elle avait pris sa décision, elle a fini par se laisser emporter par les vagues, comme si elle nageait avec aisance.

La lettre de Mitsurô à Miyuki est partie par la poste, adressée à la Poste des lettres perdues. La Poste des lettres perdues, c'est, au beau milieu de la petite île d'Awashima sur la mer Intérieure, un lieu qui accueille les courriers sans destinataire.

Sur le chemin du retour, Mitsurô a lâché :

— Je l'ai toujours haï. Le meurtrier. Je n'ai pas cessé de lui souhaiter de mourir dans les mêmes souffrances.

— C'est normal, ai-je dit.

Moi aussi, j'en voulais à celui qui avait volé la vie de Miyuki. J'espérais qu'il irait en enfer après avoir copieusement souffert.

— Mais tu sais... a repris Mitsurô, j'ai compris que souhaiter son malheur ne me rendait pas heureux. Pendant que j'écrivais ma lettre.

Ses paroles me sont tombées dessus comme un poids.

— Tout ce que je peux faire, c'est vivre. Admettons que la vengeance soit possible : j'ai réalisé que face à un meurtrier, elle consiste à être heureux. Verser des larmes, ce serait entrer dans son jeu.

Une douce brise soufflait de la mer. Le vent nous enveloppait, pareil à un châle. Il nous murmurait « ça va aller ».

— Haru ! ai-je lancé alors que nous attendions à un feu. Merci d'être née. Je suis reconnaissante du fond du cœur à ta maman de t'avoir mise au monde.

Bien que première concernée, elle regardait le ciel d'un air vague, peut-être parce qu'elle ne comprenait pas, mais j'espérais qu'elle graverait ces mots dans son cœur, à sa façon. Son expression laissait entendre que je proférais une évidence qui n'avait pas besoin d'être exprimée à voix haute.

Le feu est passé au vert et nous nous sommes remis en marche. Dans quelles eaux ma bouteille à la mer flottait-elle désormais ? Etait-elle déjà à la hauteur du mont Fuji ?

— Tu as raison, ceux qui restent doivent vivre, ai-je dit, reprenant les mots de Mitsurô.

— Lady Baba aussi, quand elle a accouché, y a certainement mis tout son cœur, a-t-il répondu du tac-au-tac.

Je me suis arrêtée, estomaquée.

— Comment sais-tu que...

Je m'étais pourtant juré que quoi qu'il arrive, jamais, au grand jamais, je ne lui en parlerais.

— Il suffit de la regarder pour comprendre. Elle est venue au restaurant, l'autre jour. Un instant, j'ai cru que c'était toi. Son accoutrement m'a détrompé.

— On ne se ressemble pas ! ai-je rétorqué.

Il nous trouvait un air de famille ! Je n'en revenais pas.

— Mais si. Regarde-la bien. Je t'accorde qu'avec le maquillage dont elle se tartine, c'est un peu compliqué. Mais vous avez exactement les mêmes paupières et la même bouche.

— Non…

C'est parce qu'il ne la connaissait pas qu'il pouvait dire cela.

— Ne la laisse pas t'emberlificoter, ai-je dit âprement.

QP a lancé :

— Lady Baba est ta maman ! Il faut être gentille avec sa maman, sinon c'est mal.

— Exactement. Qui qu'elle soit, une mère est une mère. Et puis, tu es heureuse aujourd'hui, non ? Ce bonheur, tu ne pourrais pas l'éprouver si tu n'avais pas de corps. Et ce corps, c'est ta mère qui te l'a donné. Si tu es heureuse, sois-lui reconnaissante, sinon tu le regretteras. Tu n'as pas besoin de l'aimer pour autant.

La remarque de Mitsurô m'a ouvert les yeux.

— C'est vrai, rien ne m'oblige à l'aimer. Mais je peux quand même lui exprimer ma gratitude.

J'ai senti disparaître le poids qui m'avait longtemps pesé sur le cœur.

J'ai levé les yeux vers le ciel : les étoiles brillaient. En pleine journée, ces étoiles invisibles brillaient. Parmi elles se trouvaient l'Aînée et Miyuki.

Brille, brille.

Leur magnifique lumière nous enveloppe en permanence. Alors, tout va bien.

Leur magie m'accompagne.

Achevé d'imprimer en Espagne
par Black Print

Dépôt légal : juin 2023